Benjamin Stückelberger

Auf der Kanzel

Pfarrer Gabathuler räumt auf

Kriminalroman

Atlantis

www.atlantisverlag.ch
Lektorat: René Stein
Satz: Tristan Walkhoefer, Leipzig
Gesetzt aus der Stempel Garamond LT / 220130
Druck und Bindung: Friedrich Pustet, Regensburg
Auch als E-Book erhältlich
ISBN 978 3 7152 5021 2

1

»Ich habe entschieden, nicht mehr das Böse zu bekämpfen, sondern das Gute zu fördern.« Rückblickend war für Roger Gabathuler klar, dass es diese Antwort war, die ihm den Wahlvorschlag der Pfarrwahlkommission sicherte. Aufmerksam hatten die rund zwanzig Personen seinen Ausführungen gelauscht. »Das ist genial!«, war die spontane Reaktion von Walter Rohner, dem Kirchenpflegepräsidenten.

Die Kirchgemeinde Winterthur-Ganterwald hatte einen neuen Pfarrer gesucht, der sich vor allem auch um die Jugendarbeit »mit besonderem Fokus auf die Zeit nach der Konfirmation« bemühen sollte. Das Ziel war, Angebote zu entwickeln, um die Jugendlichen über die Konfirmation hinaus an die Kirche zu binden. Mit dem nicht besonders originellen Motto »Die Jugend ist unsere Zukunft« hatte die Pfarrwahlkommission einen jungen und dynamischen Pfarrer gesucht. Wirklich jung war Gabathuler mit seinen sechsundvierzig Jahren nicht mehr. Umso mehr war ihm daran gelegen, dass er als dynamisch wahrgenommen wurde. Er hatte daher auf die standardisierte Kombination von Hemd und Krawatte verzichtet und sich stattdessen für ein sonnengelbes T-Shirt entschieden, über dem er ein blaues Jackett trug. Das enganliegende Shirt, das seinen trainierten Oberkörper zur Geltung brachte, und der starke Kontrast der Farben würden, da war er sicher, die nötige Portion Dynamik vermitteln.

Gabathuler hatte Theologie auf dem zweiten Bildungsweg studiert. Nach der Matura hatte er sich zunächst bei der Kantonspolizei Zürich beworben. Im Anschluss an die Grundausbildung stieß er zu den Polizeigrenadieren und wurde schließlich Ermittler in einer Abteilung, die sich überwiegend mit Frauenhandel beschäftigte.

Nach zwölf Jahren Jagd auf die Hintermänner dieses üblen Geschäfts stieg er aus und studierte Theologie. Wenn er sein Gegenüber irritieren wollte, pflegte er zu sagen, dass er nur wegen der schönen Theologinnen das Studium angepackt habe. Und das war auch nicht ganz falsch. Nur, die Wahrheit hatte natürlich auch noch tiefer liegende Gründe. Er hatte damals nicht nur nach einer Alternative zum Job bei der Polizei gesucht, sondern den Kontrast, die völlig andere Aufgabe. Dann war er im Netz auf das Programm für Quereinsteiger bei der Zürcher Landeskirche gestoßen. Das hatte ihn elektrisiert. Erst nach und nach begriff er den Grund dafür. Aber sein Entschluss hatte in jenem Moment festgestanden.

Jedenfalls war so eine Biographie in der Kirchenlandschaft unüblich. Im Gespräch mit der Pfarrwahlkommission stellte daher die Ressortverantwortliche der Kirchenpflege für Diakonie, Marlies Schober, die Frage, die wohl die meisten der Anwesenden beschäftigte: ob denn das kein Widerspruch sei, die Tätigkeiten als Polizist und Pfarrer. Der Polizist müsse doch vor allem streng sein und für die Einhaltung der Gesetze sorgen, während der Pfarrer eher Barmherzigkeit walten lasse. »Können Sie uns dazu etwas sagen?« Darauf gab Gabathuler eben jene Antwort, die ihm Rang eins in der Kandidatenliste bescherte. Damit war seine Wahl so gut wie sicher.

»Es gibt da allerdings ein Problem«, sagte Walter Rohner, nachdem er Gabathuler die frohe Nachricht verkündet hatte. Er rang hörbar nach Worten. »Wir wollten es im

Bewerbungsgespräch nicht zum Thema machen, und da Sie nicht danach gefragt haben, was übrigens positiv zur Kenntnis genommen wurde, muss ich es jetzt ansprechen. Es geht um das Pfarrhaus …«

Ein Pfarrer hatte Wohnsitzpflicht in der Gemeinde. Im Gegenzug stellte ihm die Gemeinde in der Regel ein stattliches Haus zur Verfügung. Damit war das Pfarrhaus nicht nur Lohnbestandteil, sondern auch Statussymbol. Nicht selten strahlte es noch den Glanz längst vergangener Zeiten aus, in denen Kirche und Pfarrer anerkannte Autoritäten waren. Gabathuler verstand, dass Rohner das Thema unangenehm war.

»Im Pfarrhaus lebt derzeit ein Asylbewerber zusammen mit seiner Frau und seinem Neffen.« Endlich war es ausgesprochen. »Wie Sie wissen, war Ihr Vorgänger, Pfarrer Graf, zweiunddreißig Jahre in unserer Gemeinde tätig. Nach seiner Pensionierung wollten wir bewusst eine Zäsur machen und haben die Stelle nicht gleich ausgeschrieben, sondern Valerie Aebersold als Verweserin engagiert.«

Gabathuler hatte sich noch immer nicht an diesen altertümlichen Begriff gewöhnt. Im Lernvikariat hatte er einmal gehört, dass Verweserin nichts mit Verwesung zu tun hatte, sondern von »verwaist« abstammte. Ob diese Erklärung korrekt war, wusste er nicht. Sie leuchtete ihm aber ein. Denn eine Verweserin war eine Pfarrerin, die die Aufgaben einer verwaisten Pfarrstelle wahrnahm.

»Und damit das große Pfarrhaus nicht einfach leer stand«, fuhr Rohner fort, »haben wir den Wohnraum für Asylbewerber zur Verfügung gestellt. Es wohnt jetzt eine russische Familie dort, die politisches Asyl beantragt hat.«

»Das war doch eine gute Idee! Mit anderen Worten, ich werde dort nicht einziehen können«, versuchte Gabathuler die Konsequenzen auf den Punkt zu bringen.

»Doch, doch!«, entgegnete Rohner schnell. »Selbstverständlich werden wir zusehen, dass Sie schnellstmöglich einziehen können. Nur wird das noch eine Weile dauern. Sie wissen schon: Kündigungsfrist et cetera.«

»Ich werde schon eine Lösung finden.« Gabathuler dachte dabei an sein Elternhaus in Andelfingen, wo er seit dem Studium wieder lebte. Seine Eltern waren bereits eine Weile tot.

»Das wird nicht nötig sein«, wandte Rohner schnell ein. »Wir könnten Ihnen für die Übergangszeit die Wohnung in unserer Scheune anbieten.«

Das irritierte Gabathuler nun doch ein wenig. »In der Scheune?«, fragte er ungläubig.

»Verzeihen Sie. Das war missverständlich. Vor bald fünfzig Jahren haben wir an der Stelle einer alten Scheune einen Neubau mit Büros und zwei Einliegerwohnungen erstellen lassen. Intern reden wir immer noch von der Scheune.«

Das klang doch deutlich attraktiver.

All das hatte sich vor den Sommerferien ereignet. Nach den Sommerferien war Gabathuler dann im Rahmen einer außerordentlichen Kirchgemeindeversammlung gewählt worden, und nun stand er mit Walter Rohner im Eingangsbereich des Kirchgemeindehauses, um die Örtlichkeiten kennenzulernen, künftigen Mitarbeiterinnen und Mitarbeitern die Hand zu schütteln und diverse Schlüssel entgegenzunehmen.

»Was das Pfarrhaus angeht: Wir können der russischen Familie erst zum Ende des Jahres kündigen. Danach haben sie ein weiteres halbes Jahr Zeit, sich eine neue Bleibe zu suchen.«

Der Kirchenpflegepräsident händigte ihm einen Generalschlüssel für sämtliche kirchlichen Räume aus.

»Am besten zeige ich Ihnen die Wohnung gleich.« Gabathuler folgte Rohner über den Kirchplatz. Unterwegs begegnete ihnen eine Frau mit einem Besen in der Hand. »Das ist Judith Hanselmann, unsere Hilfssigristin«, stellte Rohner die Frau vor. »Sie ist zu vierzig Prozent angestellt, arbeitet aber viel mehr.« Anerkennend legte er ihr die Hand auf die Schulter.

»Die Arbeit erledigt sich eben nicht von selbst«, antwortete die klein gewachsene Frau. Gabathuler schätzte sie auf circa sechzig Jahre. Sie reichten sich die Hand. »Judith«, sagte die Aushilfsküsterin.

»Roger«, erwiderte Gabathuler mit einem freundlichen Lächeln. Und um das Gespräch noch einen Moment im Fluss zu halten, sagte er mit Verweis auf die ersten bunten Blätter am Boden: »Offensichtlich hat der Herbst schon begonnen. Und wenn ich mir die Bäume hier anschaue, wird in den kommenden Wochen noch deutlich mehr Arbeit auf euch zukommen.« Tatsächlich begrenzten ein paar prächtige Ahorne und Linden den Kirchplatz.

»Ich sage immer: Das Laub, das wir jetzt aufsammeln, wird uns morgen keine Arbeit machen«, antwortete Judith sehr pragmatisch.

Als sie weitergingen, erklärte Rohner dem neuen Pfarrer: »Judith ist ein Schatz. Sie ist ungemein hilfsbereit und macht viel zu viel. Wir können ihr all die Überstunden gar nicht bezahlen.«

»Wer ist denn der Hauptsigrist?«

»Ihr Mann, Erwin Hanselmann«, antwortete Rohner. »Die beiden sind ein tolles Team.«

In der Zwischenzeit waren sie die Außentreppe der »Scheune« hochgestiegen, einem Betonbau aus den sechziger Jahren. »Dieser Bau ist an der Stelle und mit den Maßen jener Scheune erstellt, die ursprünglich hier gestanden hatte. Der Denkmalschutz hatte es so gewollt«, erklärte Rohner.

Im Erdgeschoss befanden sich das Sekretariat und das Büro des Jugendarbeiters, das zurzeit unbesetzt war. Im Obergeschoss gab es zwei kleine Wohnungen.

»Hier wohnt Frau Zimmermann«, sagte Rohner mit Verweis auf die andere Wohnungstür. »Sie war früher mal Kirchenpflegerin. Nach dem Tod ihres Mannes ist sie in diese Wohnung gezogen. Sie werden sich gut mit ihr verstehen. Falls Sie sich überhaupt begegnen. Und hier«, Rohner schloss die Wohnungstür auf, »können Sie es sich gemütlich machen. Zumindest vorübergehend.«

Ein kurzer Flur öffnete sich in einen großzügigen Raum. Ein Fenster gab den Blick auf eine Straßenkreuzung frei.

Gabathuler blickte hinaus. Vor der Straßenkreuzung befand sich zur Linken ein alter Gebäudekomplex. *Zum Wilden Mann* konnte er auf dem Schild über der Tür lesen. Davor waren einige Tische und Stühle aufgestellt. Auf der rechten Seite entdeckte er einen Lebensmittelladen, ein Schuhmachergeschäft, einen Kiosk und eine Pizzeria namens Da Giorgio. Zwischen dieser Ladenzeile und dem Platz, auf dem die Tische des Wilden Mannes aufgestellt waren, führte eine Quartierstraße auf die Kreuzung zu.

»Das scheint so etwas wie das alte Dorfzentrum zu sein«, sagte Gabathuler. Er hatte gelesen, dass Ganterwald einst ein eigenständiges Dorf nahe Winterthur war, nach dem Ersten Weltkrieg aber eingemeindet worden war und seither eines der sieben Stadtviertel bildete.

Rohner nickte. »Seit Jahrzehnten wälzt sich nun der Hauptverkehr hier durch und zerteilt unser Quartier. Es hat schon viele Initiativen gegeben, den Platz neu zu gestalten. Aber bisher konnte nichts verwirklicht werden.«

Als Gabathuler sich umwandte, sah er eine kleine offene Küche, lediglich durch eine Theke vom Wohnraum getrennt.

»Die haben wir vor etwa fünf Jahren neu eingebaut. Sie sollte noch in gutem Zustand sein. Und hier hinten«, Rohner wies auf eine offene Tür, »wäre dann das Schlafzimmer und rechts finden Sie WC und Bad.«

Gabathuler sah sich alles an. »Das ist doch ideal. So kann ich mir hier«, er zeigte in die Stube, »ein kleines Büro und eine Sofaecke einrichten. Und wenn ich mich mal etwas länger zurückziehen will, gehe ich in mein Haus in Andelfingen.«

»Sie haben eine Wohnung in Andelfingen?«

»Mein Vater konnte das Haus vor einigen Jahren erstehen. Nach seinem Tod habe ich es übernommen.«

Als sie wieder draußen standen, überreichte Rohner Gabathuler den Schlüssel. Dann hielt er kurz inne. »Wissen Sie was? Ich zeige Ihnen gleich noch das Pfarrhaus, wenigstens von außen. Dann haben Sie mal einen ersten Eindruck, und vielleicht lernen Sie noch jemanden von der Russenfamilie kennen.«

Über eine kleine Zufahrt gelangten sie in das Wohnquartier hinter dem Kirchplatz. Die Mehrfamilienhäuser reihten sich aneinander. Es war ein Arbeiterquartier.

»Dies hier ist die Weiherwieslistrasse. Sie führt am Friedhof vorbei, überquert da vorne die Autobahn und geht nahtlos in die Flurstrasse über. Von dort aus sehen wir in den Pfarrhausgarten. Als das Pfarrhaus gebaut wurde, stand es alleine am Rand des Quartiers. Mittlerweile ist es von Wohnblöcken wie diesen hier umgeben. Früher wohnten hier viele Italiener und Spanier. Heute sind es eher Familien aus dem Balkan und der Türkei.«

Die beiden kamen am Friedhof vorbei, der zur Straße hin von einer hohen Mauer begrenzt war. Lediglich das schmiedeeiserne Tor, das offen stand, gab den Blick auf die Grabstätten frei.

Gabathuler blieb stehen und sah hinein. »Dies also wird von Zeit zu Zeit mein Arbeitsplatz sein.« Er hatte keine besondere Beziehung zu Friedhöfen. Es waren keine Orte, an denen er sich gerne aufhielt. Er ließ die gemähten grünen Wiesen auf sich wirken. Dürrenmatt hatte recht. Der Tod ist grün.

Sie überquerten die Autobahn und gelangten in die Flurstraße.

»Hier rechts ist die Primarschule. Das Schulhaus Flur grenzt an Ihr Pfarrhaus. Zwischen Pfarrhaus und Schulareal geht der Schulweg durch. Ihr Vorgänger hat sich mit den Kindern schwergetan. Dann und wann fliegt schon mal ein Ball in den Garten. Für Ernst Graf war das ein Problem. Und seine ohnehin schon ernste Miene wurde noch ernster, wenn die Kinder an der Haustür klingelten, um sich den Ball zurückzuholen. Darum nannten sie ihn irgendwann Graf Ernst.«

Rohner ging weiter und zeigte auf eine große Rasenfläche mit einem freistehenden Einfamilienhaus dahinter. »Da vorne sehen Sie auch schon das Pfarrhaus mit dem großen Garten.« Das Einfamilienhaus mitten in der Arbeitersiedlung nahm sich seltsam aus. Mochte es früher ein ruhig gelegenes Haus am Rand der Stadt gewesen sein, so stach es nun als Villa von fast schon provokativem Luxus heraus. Auf der Wiese vor dem Haus war ein Blumenbeet angelegt worden, das aber ungepflegt wirkte und kaum Blumen aufwies. Durch den großen Garten war das Haus sicher noch einmal zehn Meter von der Straße zurückversetzt.

»Da werde ich viel zu mähen haben«, meinte Gabathuler, »und ich glaube nicht, dass ich dem Beet mehr Blumen werde entlocken können.«

»Ja, einen grünen Daumen haben diese Russen tatsächlich nicht. Aber sie sind pflegeleicht, und wir sind froh, dass wir das Haus vermieten und damit etwas Einnahmen erwirtschaften konnten. Ah, da ist ja Alexej!«

Erst jetzt, als er aufgestanden war und den Rasen überquerte, bemerkten die beiden den Mann, der auf der überdachten Terrasse gesessen hatte. An der Stelle, an der Rohner und Gabathuler in den Garten blickten, war die Hecke höchstens hüfthoch und stark ausgedünnt. So konnten sich der Kirchenpflegepräsident und der Russe über die Hecke hinweg die Hand reichen.

»Wie geht es Ihnen, Alexej?«, fragte Rohner.

»Danke, geht mir gut.« Dass er russischer Abstammung war, hörte man sofort.

»Ihrer Tante und Ihrem Onkel auch?«

»Igor und Katja geht sehr gut, danke. Und wie geht Ihnen, Herr Rohner?«

Gabathuler hatte dem freundlichen Geplänkel nur mit halbem Ohr zugehört. Schon als der Mann in seinem Anzug und den gepflegten schwarzen Lederschuhen auf sie zugekommen war, hatte Gabathuler ihn erkannt. Seinen Gang, seinen Körperbau und schließlich auch sein Gesicht! Gabathulers Körper schlug Alarm, instinktiv spannten sich seine Muskeln an. Plötzlich war Gabathuler bereit, auf alle möglichen Gefahren zu reagieren. Vor ihm stand Alexej Donskoi, Jakovlevs Kofferträger. »Die Nase« hatten sie ihn genannt, weil sein Riechorgan ziemlich schief im Gesicht stand. In jungen Jahren musste Alexej bei einer Schlägerei die Nase gebrochen worden sein. Jahrelang hatten sie gegen ihn und vor allem gegen seinen »Onkel« ermittelt, Igor Jakovlev, polizeiintern Großfürst genannt. Jakovlev war alles Mögliche, aber bestimmt nicht Alexejs Onkel. Wochenlang, monatelang hatten sie ihn observiert und seine Telefongespräche abgehört. Zweimal hatten sie Jakovlev festgenommen. Beide Male war er schon nach kurzer Zeit wieder auf freiem Fuß gewesen. Stets schafften es Jakovlevs Anwälte, irgendwelche Formfehler anzubringen, die alle Indizien absolut zahnlos machten. Und wieder war der Großfürst davongekommen und die Arbeit des ganzen Teams für die Katz. Der dritte Zugriff schließlich wurde zum Debakel. Er machte Gabathuler zwar zum Helden, erwies sich aber letztlich als Anfang vom Ende seiner Karriere bei der Polizei.

Und nun stand die Nase wieder vor ihm, plauderte mit dem Präsidenten der Kirchenpflege, erzählte von Jakovlev und dessen Frau, mit denen er im Pfarrhaus lebte!

Als Rohner Gabathuler als neuen Pfarrer vorstellte, wusste Gabathuler im selben Augenblick, dass auch die Nase ihn wieder erkannt hatte. Nur für den Bruchteil einer Sekunde hatte Donskoi gezögert. Aber eben doch lange genug. Selbst sein sogleich freundlich aufgesetztes Lächeln konnte es nicht mehr ungeschehen machen.

»Ah! Sie sind …«, er blickte noch einmal kurz zu Rohner und fuhr dann zu Gabathuler gewandt fort, »… Pfarrer! Welche Ehre. Ihr Name, verzeihen Sie, ich habe nicht verstanden Ihren Namen?«

Du weißt ganz genau, wie ich heiße, du beschissenes Arschloch, dachte Gabathuler bei sich, sagte dann aber freundlich: »Mein Name ist Gabathuler. Roger Gabathuler.«

Das kurze, aber unüberhörbare Schweigen, das folgte, beendete Rohner, indem er sagte: »Nun, ich wollte unserem neuen Pfarrer zeigen, wo er eigentlich … Ich meine, Sie verstehen sicher, dass …«

»Aber sicher, Herr Rohner, wir verstehen«, half ihm Alexej mit einem etwas zu freundlichen Lächeln. »Wir werden schnell suchen ein neues Haus, damit Herr Pfarrer«, diesen Titel betonte er besonders, »damit Herr Pfarrer hier wohnen kann.«

Rohner und Gabathuler verabschiedeten sich und zogen weiter. »In der Thomas-Stiftung können wir noch zu Mittag essen«, meinte Rohner. »Diese Stiftung betreut geistig und mehrfachbehinderte Menschen und versucht, sie so weit als möglich in den normalen Arbeitsprozess zu integrieren. Sie führt unter anderem auch ein einfaches Restaurant. Ich lade Sie ein!«

Gabathuler war noch zu beschäftigt damit, das eben Erlebte zu verarbeiten, als dass er auf das muntere Geplauder des Präsidenten hätte eingehen können. Nicht nur war die Begegnung äußerst verstörend gewesen, Gabathuler musste sich auch überlegen, was er von seinem Wissen über die Pfarrhausbewohner dem engagierten Kirchenpflegepräsidenten weitergeben durfte. Seine Gedanken rotierten. Und schnell war ihm klar: nichts. Er wollte nicht seine Pfarrstelle antreten und sich gleich zu Beginn zu dieser offensichtlich noch nicht ganz verheilten Wunde äußern müssen. Er beschloss stattdessen, sich vorsichtig an das Wissen seines Gegenübers heranzutasten.

»Was wissen Sie über diese Russenfamilie im Pfarrhaus?«, fragte er, nachdem sie sich gesetzt hatten und von einer Bewohnerin der Thomas-Stiftung bedient worden waren.

Rohner, der sich gerade etwas Salat in den Mund geschoben hatte, überlegte einen Moment kauend und sagte dann: »Igor Jakovlev war ein erfolgreicher Getreidehändler in der Ära Jelzin. Er kaufte damals sogar die Mühle Zürich! Er war wohl einer dieser Oligarchen, bis er vor etwa fünf Jahren Putin ins Gehege kam. Von da an war er seines Lebens nicht mehr sicher. Sein Auto wurde in die

Luft gesprengt. Es war reiner Zufall, dass er selbst nicht drin saß. Aber sein Chauffeur kam dabei ums Leben.«

»Woher wissen Sie das?«

»Von Tillmann Kunz hauptsächlich. Er ist in der Kirchenpflege für die Liegenschaften zuständig und kann zum Glück Russisch. Hat, glaube ich, mal eine Dolmetscherschule besucht. Jedenfalls pflegt er den Kontakt zu der Familie.«

»Ist nicht gerade üblich, dass ein Asylbewerber sich die Miete eines Pfarrhauses leisten kann.«

»Jakovlev ist kein Wirtschaftsflüchtling. Geld hat der genug. Er fürchtet um sein Leben.«

»Igor Jakovlev sagen Sie«, Gabathuler tat so, als würde nachdenken. »Woher kenne ich diesen Namen?«

»Man hat mehrfach versucht, ihn festzunehmen! Aber die Beweise waren offensichtlich nicht stichhaltig. Im Gegenteil: Die Polizei musste sich sogar bei ihm entschuldigen, und ihm wurde Schmerzensgeld zugesprochen. Das haben Sie doch bestimmt mitbekommen!«

Selbstverständlich hatte Gabathuler all das mitbekommen, sogar hautnah. Nach der zweiten Festnahme gingen Jakovlevs Anwälte in die Offensive und verklagten die Zürcher Polizei, die sich daraufhin tatsächlich entschuldigen und eine Genugtuung bezahlen musste.

»Meine Abteilung hatte nichts damit zu tun«, log Gabathuler.

»Jedenfalls hat man ihn seither in Ruhe gelassen. Wir kommen sehr gut mit ihm zurecht.«

In Gabathuler tobte ein Sturm, der alles, was er sich in den vergangenen fünf Jahren aufgebaut und zurechtgelegt hatte, zum Einsturz zu bringen drohte. Er hatte doch entschieden, nicht mehr das Böse zu bekämpfen, sondern das Gute zu stärken. Keine Verbrecherjagd mehr! Die

Menschen froh zu machen, das war sein Plan. Ihm selbst hatte das Studium der Theologie gutgetan. Er hatte Zeit und Muße, sich den biblischen und theologischen Texten hinzugeben, sie eingehend zu studieren. Das war etwas ganz anderes als Indizien zu sammeln, Verhöre zu führen, verdeckte Operationen zu leiten oder – wie während jener Schießerei – Verbrecher zu töten. Im Laufe seines Studiums hatte ganz allmählich und doch mit der Unaufhaltsamkeit der aufgehenden Sonne ein Satz aus der Weihnachtsgeschichte in ihm Raum gewonnen. »Siehe, ich verkündige euch große Freude, die allem Volk widerfahren wird.« Dieser Botschaft wollte er nachfolgen. Nun aber hatte sich mitten in diese neue, wohlgeordnete Welt Igor Jakovlev eingenistet, der skrupellose Frauenhändler und Mörder. Und damit nicht genug! Gabathuler würde ihm nicht ausweichen können. Denn selbst wenn der Großfürst auszog, könnte Gabathuler nicht darüber hinwegsehen, dass Jakovlev nun ganz legal hier wohnte und, da war Gabathuler sich sicher, unbemerkt weiter sein Unwesen trieb. Wieso lief der noch frei herum? Wieso hatte die Polizei es bis heute nicht geschafft, ihn hinter Gitter zu bringen?

Ohne sich darüber im Klaren zu sein, wohin er denn eigentlich wollte, hatte sich Gabathuler nach dem Essen von Rohner verabschiedet, war in seinen Saab 900 Cabrio Baujahr 1993 gestiegen, hatte Winterthur verlassen und automatisch die Autobahn in Richtung Andelfingen genommen. Nun erst, als er mit deutlich überhöhter Geschwindigkeit gegen Osten raste, überlegte er, wohin die Fahrt gehen sollte. Richtig, Möbel für die neue Wohnung wollte er kaufen. Die gab es aber am ehesten im Wohnland in Dübendorf. Also fuhr er bei der nächsten Ausfahrt ab und wendete. Im Wohnland angekommen, kaufte er ein Bett samt Nachttisch, einen kleinen Unterschrank für das Waschbecken, ein Sofa sowie einen Salon- und einen Beistelltisch. Gabathuler fehlte die Ruhe, Preise zu vergleichen oder sich auch nur zu fragen, ob ihm die Möbel gefielen. Wenn er das Gefühl hatte, dass die Maße passten, kaufte er das Teil. So fand er im nächsten Einrichtungshaus einen Schreibtisch, einen Bürostuhl sowie diverse Tisch-, Steh- und Deckenlampen. Er mietete gleich noch einen Kleintransporter, lud alles in das Fahrzeug und fuhr damit zurück nach Ganterwald.

Der Zorn über Jakovlevs Anwesenheit in seiner Gemeinde ließ ihn zielgerichtet und effektiv arbeiten. Als er nach zwei Stunden wieder auf dem Kirchplatz einfuhr, sah er einen Mann in Arbeitskleidung, vermutlich Erwin Hanselmann, den Sigristen. Der kräftig gebaute Mann trug einen blauen Kittel. Sein dichtes, grau meliertes Haar hatte etwas Ungestümes. Aber unter seinen ebenfalls dichten Augenbrauen lugten freundliche Augen hervor. Gabathuler stellte sich vor und sah seine Vermutung bestätigt. Nach einem kurzen Schwatz bat er Hanselmann um Hilfe. Gemeinsam entluden sie den Kleintransporter und trugen die gut verpackten Möbel in Gabathulers Einliegerwohnung.

Als sie alles in die Räumlichkeiten über dem Sekretariat geschafft hatten, schaute sich Hanselmann die zahlreichen neuen Möbel nachdenklich an und fragte schließlich: »Wo haben Sie denn bisher gewohnt?«

»Ich habe ein Haus in Andelfingen.«

»Haben Sie dort keine Möbel, dass Sie nun alles neu angeschafft haben?«

»Ich will das Haus nicht aufgeben. Darum richte ich mich hier neu ein«, antwortete Gabathuler. Aber er musste zugeben, dass er sich das gar nicht überlegt hatte. Er war einfach froh, dass er etwas zu tun hatte, das ihn ablenkte.

»Verschwendung!«, gab Ernst Hanselmann zurück. »Wenn Sie ins Pfarrhaus einziehen, müssen Sie gleich noch einmal neue Möbel kaufen.«

»Stimmt eigentlich.« Gabathuler hatte das alles in der Tat nicht wirklich durchdacht. »Übrigens, ich bin der Roger.«

»Ernst.« Sie gaben sich die Hand.

Ernst wollte sich gerade ans Auspacken und Aufbauen der Möbel machen, doch Gabathuler winkte ab. »Lass nur. Ich mach das später. Ich muss nun zurück ins Wohnland und den Lieferwagen zurückgeben.« Er wollte Ernst zum Dank einen Schein in die Hand drücken, der aber lehnte ab.

»Damit fangen wir gar nicht erst an. Wir werden zusammenarbeiten müssen. Und in einem guten Team hilft man sich gegenseitig auch mal privat.«

Gabathuler gefiel diese Einstellung. Er bedankte sich herzlich und stieg wieder in den Transporter. Obwohl er nun durch den Abendverkehr fuhr und deutlich langsamer vorankam, war er ruhiger als bei seiner Fahrt am frühen Nachmittag. Das Schleppen der Möbel zusammen mit Ernst, der jeden Handgriff ein klein wenig ruhiger ausführte als Gabathuler, hatte auch ihn ruhiger werden lassen. Und die kleine Plauderei hatte ihn vollends auf andere Gedanken gebracht.

Im Wohnland angekommen, gab er den Kleintransporter zurück, stieg in seinen Saab und ließ das Dach im Heck verschwinden.

Seine Stimmung entsprach nun ziemlich dem warmen und sonnigen Herbsttag. Und daran hätte sich wahrscheinlich auch nichts geändert, wenn er in Ganterwald beim Abbiegen zur Kirche und seiner Wohnung nicht dem entgegenkommenden braunen Mercedes die Vorfahrt gelassen hätte. So aber wartete er, bis der Mercedes seine Fahrbahn kreuzte und er den Fahrer des Wagens erblickte. Igor Jakovlev! Ungezählte Stunden hatte er ihn von einem geparkten Auto aus durch den Sucher seiner Kamera oder aus einer Wohnung durchs Fernglas beobachtet. Und der fuhr jetzt seelenruhig an die Flurstrasse und machte es sich im Pfarrhaus bequem! Erst das Hupen eines hinter ihm stehenden Fahrzeugs holte Gabathuler wieder in die Gegenwart.

Zurück in der Wohnung begann er damit, die Möbel auszupacken. Ohne System öffnete er Schachteln und Verpackungen, war aber nicht in der Lage, auch nur den kleinen Badezimmerschrank zusammenzusetzen. Nach kurzer Zeit stand er inmitten eines Chaos von Verpackungsmaterial und Einzelteilen, die zu Möbeln hätten zusammengebaut werden müssen. Die Ruhe und Gelassenheit von eben war verflogen. Er konnte sich auf nichts konzentrieren.

Er hatte Hunger. Er ging ins Da Giorgio und bestellte sich Salat, Pizza und ein Bier. Erst als er den ersten Schluck in der Kehle spürte, realisierte er, dass er auch unglaublich durstig war. Schnell war die erste Stange geleert. Er bestellte eine zweite. Gabathuler saß an einem Zweiertisch mit dem Rücken zur Wand und konnte sehen, wer kam und ging. Einige neu eintreffenden Gäste steuerten gleich auf die Küche zu, passierten sie und kamen nicht wieder. Offensichtlich gab es noch einen zweiten Bereich im Restaurant, zu dem man auf diesem Weg gelangte.

Als der Salat gebracht wurde, begann er sogleich zu essen und wurde ruhiger. Und als er schließlich die Pizza vor sich hatte, staunte er einmal mehr über die tröstende Wirkung des Essens. Jeder Bissen war eine Streicheleinheit, die ihn beruhigte, als wollte sie ihm sagen: »Alles wird gut. Es wird alles gut!«

Die zweite Hälfte der Pizza verschwand deutlich langsamer in seinem Magen. Es war wieder genug Energie im System. Sein Hirn sprang an. Seine Gedanken setzten sich in Bewegung.

Viele Jahre hatte er sich an Jakovlevs Fersen geheftet. Kein Schnupfen war ihm entgangen und kein Besuch beim Friseur. Er kannte alle seine Aufenthaltsorte und hatte akribisch festgehalten, wann er wen traf. Nach jeder gescheiterten Verhaftung hatte sich Gabathuler nur noch intensiver hineingekniet, Daten gesammelt und Informationen beschafft. Er war gut, und Rechsteiner, sein Chef, gewährte ihm viel Freiraum. Es war ihm und seinem Team sogar gelungen, Frank als Abnehmer seiner Ware – das heißt: einiger Frauen – einzuschleusen. Frank war seit den Tagen in der Polizeischule Gabathulers Freund. Gemeinsam hatten sie Jakovlev gejagt. Und als er schließlich angebissen hatte und sich mit Frank treffen wollte, hatten sie diesen Coup gefeiert. Aber eben dieser Erfolg hatte Gabathuler auch nachlässig werden lassen. Es hätte ihm auffallen müssen, dass auch er einen Verräter in der Truppe hatte. Und es ärgerte ihn immer noch zutiefst, dass er, der doch so nahe an Jakovlev dran war, nicht mitbekommen hatte, dass der Großfürst seinerseits Gegenmaßnahmen getroffen hatte. Dabei hatte es doch in der Luft gelegen. Ein Mann wie Jakovlev, der zweimal verhaftet worden war, sah nicht tatenlos zu, bis die Falle ein drittes Mal zuschnappte. Er würde sein verbrecherisches Gift ausstreuen und ein Opfer finden, das gerne davon kostete.

So war es nur eine Frage der Zeit gewesen, bis ein Kollege Gabathulers schwach wurde. Auch Polizisten sind Menschen. Das wissen die Guten und die Bösen. Und alle nutzen es zu ihrem Vorteil. Und so sickerte Jakovlevs Gift mehr oder weniger zur selben Zeit in den innersten Kreis der Ermittler ein, in der Gabathuler seinen Freund als V-Mann und potenziellen Geschäftspartner des Großfürst platziert hatte.

Gabathuler hatte die vergangenen Jahre genutzt, um sich ein neues Leben aufzubauen. Plötzlich stand er nicht mehr unentwegt unter Erfolgsdruck. Er hatte vielmehr Zeit, gewissen Fragen in Ruhe nachzugehen. Er lernte, sorgfältiger, systematischer zu denken. Er schuf sich ein Gedankengebäude, das ihm Ordnung und Überblick verschaffte. Und nun, da er bereit war, die Welt mit dieser erhellenden Ordnung zu beglücken, durchkreuzte Jakovlev seinen Plan. Es war, als hätte er sich mitten in das wohnliche Gebäude gesetzt und Gabathulers Ordnung durcheinandergebracht.

In Moskau hatte sich Jakovlev schon früh als Zuhälter einen Namen gemacht. Für seine Skrupellosigkeit war er berüchtigt. Unliebsame Konkurrenten hatte er aus dem Weg geräumt. Frauen, die nicht parierten, lebten nicht lange. Damals waren in Moskau regelmäßig Leichen gefunden worden, die alle etwas gemeinsam hatten: Sie alle waren durch einen Kopfschuss aus nächster Nähe getötet worden. Mitten in die Stirn. Das war Jakovlevs Markenzeichen. Als er sich dann unter Jelzin den Getreidehandel unter den Nagel reißen konnte, benutzte er diesen als Deckmantel, um sein Geschäft mit den Frauen zu internationalisieren. Großfürst wurde er wegen seines immensen Vermögens genannt. Und unmittelbar neben ihm, zu seiner Rechten, war die Nase, sein Kofferträger. Wo immer der Fürst auftrat, die Nase war gleich neben ihm, in der Hand den roten schlanken Lederkoffer.

Als Gabathuler von den Polizeigrenadieren zu den ermittelnden Kollegen wechselte, wurde er auf die Hintermänner des Frauenhandels angesetzt. So war Jakovlev in sein Leben getreten. Um ihn mit der Person Jakovlev bekannt zu machen, zeigte ihm sein Chef ein Überwachungsvideo, das ihnen von der ungarischen Polizei zugespielt worden war. Darauf war unter anderem zu sehen, was sich in besagtem Lederkoffer befand. In einer Lagerhalle warteten rund zwanzig Frauen, die für den Export nach Westeuropa bestimmt waren. Offensichtlich hatten sie Probleme gemacht. Jakovlev kreuzte auf und sprach kurz mit der Rädelsführerin. Auf ein Zeichen von ihm entriegelte die Nase die Verschlüsse und hielt ihm den geöffneten Koffer hin. Darin war nichts außer einer Pistole mit aufgeschraubtem Schalldämpfer. Jakovlev griff nach der Pistole, hielt sie der Frau an den Kopf und drückte ab. Dann legte er die Waffe wieder zurück und verließ den Raum. Der Widerstand der Frauen war gebrochen. Die Leiche der Rädelsführerin wurde am nächsten Tag im Rechen eines Stauwehrs gefunden. Weil die Aufnahmen im Ausland entstanden waren, konnten sie hier in der Schweiz nicht gegen Jakovlev verwendet werden.

Jakovlev war ein Schwein, das stand außer Frage. Dass Gabathuler daran gescheitert war, ihn hinter Schloss und Riegel zu bringen, war bitter. Besonders ärgerte ihn aber, dass er es während des Studiums nicht geschafft hatte, eine emotionale Distanz zwischen ihm und Jakovlev zu schaffen. Das alles war in ihm wieder hochgekommen, als er in der Pizzeria saß und den kombinierten Trost aus Salat, Bier und Pizza empfing. Anschließend fuhr er nach Andelfingen in sein Elternhaus. Dort trank er vor dem Fernseher ein weiteres Bier und dann noch eines. Es war gegen ein Uhr früh, als er sich ins Bett schleppte. Aber drei Stunden später war er bereits wieder hellwach. Er stand auf, ging joggen, stemmte Gewichte und frühstückte eine Kleinigkeit. Nichts half. Die Gedanken rotierten.

Also packte Gabathuler Kleidung und andere Dinge, die er in den nächsten Tagen in Winterthur brauchen konnte, in eine Tasche. In den Rucksack kamen Bücher, die er am ehesten benötigen würde. Hauptsächlich theologische Werke: Bibeln, ein Griechisch-Wörterbuch, exegetische Kommentare. Er konnte später ja noch mehr holen. Dann ging er in einen Nebenraum, in dem ein Gästebett und ein Wäscheschrank standen. Aber da er kaum Gäste hatte, betrat er diesen Raum eigentlich nur, wenn er an den Schrank musste. Er legte die Bettwäsche heraus, die er mitnehmen wollte, und stopfte alles in seine Tasche.

Als er die restliche Wäsche im Schrank wieder ordnete, tat er das mit der Sorgfalt dessen, der ein Möbelstück kennt, weil er es einst selber repariert hatte. Nach dem Tod seines Vaters hatte er alle Zimmer und Schränke ausgemistet. Im Laufe der Jahrzehnte hatten sich zahllose Dinge angesammelt, die der Strom der Zeit angespült und in Sedimentschichten abgelagert hatte. Diese Ablagerungen wollte er abtragen und neuen Raum erschließen. Das galt auch für den Wäscheschrank. Er grub sich durch die Schichten von Laken, Bezügen, Frottiertüchern, Waschlappen und was sich sonst noch darin gesammelt hatte. Dabei erging es ihm wie überall im Haus: Während ihn gewisse Sedimentschichten ratlos oder kopfschüttelnd zurückließen, konnte er andere lesen und betrachten wie ein Bilderbuch. Erinnerungen stiegen hoch an Momente, als er dieses Badetuch oder jene Taucherbrille benutzt hatte. Die Bezüge mit den aufgedruckten Teddybären und Abendsternen aus Kindertagen ließen ihn schmunzeln.

Seine Eltern hatten alles aufgehoben! So gab es viel, sehr viel Material zu entsorgen. Einiges flog direkt in den bestellten Container, andere Dinge brachte er zum Trödler oder in den Caritasladen. Vor allem aber freute er sich an dem neugewonnen Platz.

So war er auch mit diesem Schrank verfahren, vor dem er nun stand. Als er schließlich leer war, hatte er die Holztablare gereinigt und neu mit Papier ausstaffiert. Beim Einräumen der Tablare stellte er fest, dass ein Brett in der Rückwand des Schrankes lose war. Also musste er den Schrank von der Wand abrücken, um das Brett wieder zu fixieren. Dabei war ihm dann eine Leiste in der Täfelung aufgefallen, die etwas mehr nachgab, als er sich daran lehnte. An diese Leiste in der Täfelung, und was sich dahinter verbarg, musste er nun wieder denken. Und es brachte ihn auf eine Idee.

Gabathuler schloss den Schrank, verließ das Haus und fuhr nach Ganterwald. Die Straßen waren leer. Die ruhige Fahrt lenkte die Gedanken in geordnete Bahnen. Seine Idee entwickelte sich zu einem Plan. Es war nicht in Ordnung, dass Jakovlev ihn daran hinderte, ein neues Leben zu beginnen. Vor allem aber war es nicht in Ordnung, dass er der Justiz bis jetzt hatte entkommen können. Dieser Verbrecher gehörte verurteilt. Wie konnte ein Asylgesuch von so jemandem überhaupt ernsthaft erwogen werden? Ein Hohn war das! Gabathuler war entschlossen, die verlorene Ordnung wiederherzustellen und Gerechtigkeit walten zu lassen.

»Dann musst du zum Torkel gehen.« Ernst Hanselmann stand auf dem Kirchplatz und spielte mit seinem großen Schlüsselbund. Gabathuler hatte den Morgen genutzt, um seine neuen Möbel aufzubauen und den Verpackungsmüll zu entsorgen. Nun sah es schon fast wohnlich aus in seiner kleinen Bleibe. Die Wände waren zwar noch kahl, aber auf dem Pult standen ein paar Bücher, im Schrank hingen die ersten Hemden, und das Bett war bezogen. Danach wollte er noch den Kühlschrank mit dem Nötigsten bestücken, zudem sollten wenigstens ein Rot- und ein Weißwein vorhanden sein. Auch eine Flasche Whisky und etwas Coke durften nicht fehlen. Und ein Netz Orangen! Er liebte ihre süßsaure Frische. Zudem sahen sie einfach schön aus. Ein paar Orangen in einer Schale schmückten den Raum wie ein Blumenstrauß. Auf dem Rückweg vom Einkauf überlegte Gabathuler, wo er etwas zu Mittag essen konnte. Das Da Giorgio kannte er bereits, nun wollte er ein neues Lokal ausprobieren.

»Im Torkel isst man immer gut, und zu Fuß bist du in einer gemütlichen halben Stunde da. Es ist aber nicht ganz billig«, fügte Hanselmann an.

»Das passt schon«, antwortete Gabathuler, »ich muss ja nicht jeden Tag dort essen gehen.« Er schlug die von Hanselmann angegebene Richtung ein und erreichte bald den Spazierweg, der ihn zum Torkel führte.

Ein Tisch im Schatten mit Aussicht auf die Stadt war frei. Gabathuler setzte sich und bestellte bei der Chefin des Hauses. Entrecote vom Rind mit Kartoffelgratin und Bohnen und zur Vorspeise einen marktfrischen Salat an Himbeerdressing. Angelika Schubert, so hieß die Wirtin, war eine blonde Mittvierzigerin. Ihr akzentfreies Deutsch ließ keinen Zweifel an ihrer Herkunft.

»Sind Sie neu in der Gegend?«, fragte sie ihn, als sie den Salat brachte.

Gabathuler freute sich über die Gelegenheit, ein wenig mit ihr zu plaudern: »Könnte es nicht sein, dass ich zufällig bei einer Wanderung hier vorbeigekommen bin?«,

»Eher nicht.« Die Wirtin sah ihn keck an. »Sie sind kein Wanderer. Dafür sind Sie nicht passend gekleidet. Sie arbeiten doch hier in der Gegend und haben nun Mittagspause.«

»Durchschauen Sie alle Ihre Gäste so schnell?«

»Man bekommt mit der Zeit ein Auge für die Kundschaft. Darf ich fragen, was Sie beruflich machen?«

»Das erraten Sie nie!«

Diese Bemerkung schien ihren Ehrgeiz anzustacheln. Sie kniff die Augen zusammen, überlegte kurz und sagte dann: »Sie sind der neue Pfarrer.«

Gabathuler war beeindruckt.

»Menschenkenntnis!«, sagte Schubert nicht ohne Stolz. »Menschenkenntnis und die regelmäßige Lektüre des Kirchenblattes. Sie wurden doch vor Ihrer Wahl dort vorgestellt. Mit Bild!«

»Sie sind gut informiert«, antwortete Gabathuler.

»Ich weiß gerne, was in der Gegend vor sich geht. Darf ich Ihnen als Willkommensgruß ein Cüpli offerieren?« Ohne Gabathulers Antwort abzuwarten, gab sie einer Mitarbeiterin hinter der Theke ein Zeichen. »Aber ist das Pfarrhaus nicht bewohnt?«, fuhr sie fort.

Gabathuler staunte einmal mehr, wie gut die Wirtin über Ganterwald Bescheid wusste. »Ja, noch lebt dort ein Ehepaar mit seinem Neffen.« Den Ärger, der augenblicklich wieder in ihm aufstieg, ließ er sich nicht anmerken.

»Na ja, ob das der Neffe ist … ich weiß nicht. In meinen Augen verhält er sich eher wie ihr Chauffeur.«

»Sie kennen die Leute?« Gabathulers Interesse war geweckt.

»Sie kommen jeden Freitagabend hierher zum Essen. Immer an denselben Tisch.«

»Jeden Freitagabend?«

»Ausnahmslos. Auch für kommenden Freitag haben sie reserviert. Haben Sie sie schon kennengelernt?«

»Ich hatte gestern das Vergnügen, dem Neffen die Hand zu schütteln. Aber Onkel und Tante habe ich noch nicht gesehen. Dazu werde ich dann ja spätestens bei der Hausübergabe Gelegenheit bekommen«, antwortete Gabathuler.

Das Cüpli kam, Schubert wünschte ein »Zum Wohl!« und ging zum nächsten Tisch.

Nach dem hervorragenden Essen erkundete Gabathuler noch ein wenig die Gegend. Landwirtschaft und Wald ließen einen vergessen, dass man sich in unmittelbarer Nähe der Stadt befand. Die Gegend war ein Naherholungsgebiet, das auch fleißig von Hundebesitzern genutzt wurde. Gabathuler ging zunächst einem offenen Feld entlang, bevor der Weg in einen Wald mündete. Gerade als er in den Wald eintauchen wollte, fiel sein Blick auf einen Hochsitz, der rund zwanzig Meter weiter oben am Waldrand stand. Er verließ den Weg und steuerte darauf zu. Sein Vater war Jäger gewesen. Die Eröffnung der Jagdsaison hatte ihn stets mit einer Aufregung erfüllt, die Gabathuler sonst nicht von ihm kannte. Gerne und mit Stolz zog er dann seine Jägermontur an und verabschiedete sich in seinen Wald. Als Gabathuler etwa sechzehn Jahre alt war, gab er dieses Hobby jedoch auf. Die Zeit sei immer knapper geworden, hatte er ihm einmal erklärt. Davor aber hatte sein Vater ihn gelegentlich auf Spaziergängen auf einen Hochsitz mitgenommen. Gabathuler musste lachen, als ihm einfiel, dass die Jäger den Hochsitz ebenfalls Kanzel nannten. Da hatte er doch etwas mit seinem Vater gemeinsam. Und so bestieg Gabathuler den hölzernen Turm und schaute sich um. Von hieraus öffnete sich der Blick über einen Acker, der sich bis zum Parkplatz und dem dahinterliegenden Eingang des Torkel erstreckte. Gabathuler staunte, dass hier ein Hochsitz stand. Die Lage dieser Kanzel erforderte viel Verantwortung des Jägers, damit Restaurant und Gäste nicht in die Schusslinie gerieten.

Er ließ seinen Blick über den Acker schweifen, der sich den Hügel hinauf erstreckte, bis ihm eine Landstraße eine Grenze setzte. Gabathuler wollte schon von der Kanzel steigen, als sein Blick noch einmal auf dem Parkplatz vor dem Eingang des Torkel hängen blieb. Zur Idee von vorhin gesellte sich eine weitere. Der Plan nahm Form an.

Zurück auf dem Kirchplatz lief ihm ein junger Mann über den Weg, der sich ihm als Adrian Müller vorstellte, der Organist. Er lud Gabathuler ein, mit ihm einen Kaffee zu trinken.

»Wir machen meist um drei eine kleine Pause. Das tut der Atmosphäre im Team gut, und man kann so einige Infos austauschen.«

In der Eingangshalle des Kirchgemeindehauses war ein Automat aufgestellt, an dem die Mitarbeiter ihren Pausenkaffe beziehen konnten. Daneben standen um einen einfachen runden Holztisch ein paar Stühle aus Aluminium, die Hanselmanns saßen bereits. Gabathuler gesellte sich gerne dazu. Er hatte gelernt, dass es sich für einen Pfarrer immer auszahlt, wenn zum Sigristen ein guter Draht besteht. Denn man war immer wieder auf seine Unterstützung angewiesen, manchmal auch sehr kurzfristig, und ohne Goodwill des Küsters konnte es zäh werden. Zwischen Gabathuler und den Hanselmanns entspann sich ein belangloses Gespräch. Wenig später gesellte sich Markus Engelhart, der Sekretär, zur Runde. Schließlich tauchte auch Walter Rohner auf. Auch er schien begriffen zu haben, dass der direkte Kontakt mit den Mitarbeitenden durch keine E-Mail zu ersetzen war. Rohner kam zugute, dass er erst vor Kurzem in den Ruhestand versetzt worden war, weshalb er ohne Probleme auch tagsüber an Besprechungen oder informellen Treffen wie diesem hier teilnehmen konnte. Gabathuler hoffte einfach, dass er auch noch andere Beschäftigungen hatte. Er wusste von seiner Zeit als Vikar, dass ein Kirchgemeindepräsident, der zu viel Zeit hatte, Gefahr lief, zu großen Einfluss auf die tägliche Arbeit in der Gemeinde zu nehmen.

»Und? Haben Sie schon einmal in Ihrer Wohnung übernachtet?«, fragte Rohner.

»Noch nicht. Ich musste sie zuerst einmal einrichten.«

»Ist schon etwas kleiner als so ein Pfarrhaus, nicht wahr?«, witzelte Adrian Müller von seinem Platz aus.

»Ich brauch nicht viel. Und die Lage ist doch sehr schön.«

»So wie ich das sehe, kann das noch lange dauern, bis wir die Jakovlevs da raus haben. Da ist es gut, wenn du dich entsprechend in der Wohnung einrichtest«, warf Engelhart ein.

»Unser Sekretär«, erklärte Rohner, »ist bestens informiert, da er die administrativen Arbeiten für unsere Kirchgemeinde erledigt und somit auch die Unterlagen zu Jakovlev kennt.«

»Ist denn die Kündigung schon ausgesprochen?«, wollte Gabathuler wissen.

»Ich arbeite daran«, gab Engelhart zur Antwort. »Wir wollten zuerst sicherstellen, dass du gewählt wirst und die Wahl annimmst. Nun kann das Schreiben nächste Woche rausgehen.«

»Wie haben sich die Jakovlevs als Mieter denn so aufgeführt?«, fragte Gabathuler.

»Wir hatten nie Probleme«, sagte Engelhart. »Im Gegenteil. Als zum Beispiel ihre Heizung defekt war, haben sie das gleich selbst an die Hand genommen und auch selbst bezahlt. Obwohl wir ihnen gesagt haben, dass wir als Eigentümer eigentlich die Rechnung begleichen müssten.«

»Und die Miete bezahlen sie pünktlich jeden Monat«, ergänzte Rohner. »Im Grunde verdienen wir an ihnen. Denn Sie als Pfarrer müssen die von der Kantonalkirche festgesetzte Pfarrhauspauschale bezahlen, von den Jakovlevs aber erhalten wir eine marktübliche Miete, die natürlich deutlich über der Pauschale liegt.«

»Wieso lassen wir sie dann nicht weiterhin im Pfarrhaus wohnen?« Nun sahen Gabathuler lauter fragende Augen an. »Ich meine ja nur. Ich habe zwar Wohnsitzpflicht in der Gemeinde, aber ich muss nicht zwingend im Pfarrhaus wohnen. Im Grunde reicht mir die Wohnung über dem Sekretariat. Ich lebe ja allein. Und wenn ich mich zurückziehen will, dann habe ich ja immer noch mein Haus in Andelfingen.«

»Das würden Sie machen?«, fragte der Präsident sichtlich überrascht. Die Idee schien ihm zu gefallen.

»Das ist mir jetzt so durch den Kopf geschossen. Ich habe das noch nicht zu Ende gedacht. Aber wieso nicht? Und – aber auch das ist jetzt erstmal so eine spontane Idee – mit dem Geld, das wir mit der Miete einnehmen, eröffnen wir einen Fonds für Jugendarbeit. Dann hätten wir in der Jugendarbeit nebst dem jährlich budgetierten Betrag noch etwas Spielraum für besondere Aktionen.«

»An was für Aktionen denkst du denn?«, wollte Hanselmann wissen.

»Keine Ahnung. Ich habe ja noch nicht einmal mit der Arbeit begonnen. Aber uns wird bestimmt etwas einfallen.«

»Dann wäre ich aber eher für einen Konzertfonds für die Kirchenmusik. Da ist nie genug Geld vorhanden«, gab Adrian Müller zu bedenken.

»Ich bin auf die Jugend gekommen, weil ich ja die Jugendarbeit aufbauen soll. Aber das kann man alles noch besprechen«, entgegnete Gabathuler.

Rohner hörte aufmerksam zu. »Das klingt ja fast schon zu gut, um wahr zu sein«, sagte er schließlich. »Wenn das so ist, werden wir mit der Kündigung noch einen Moment warten. Aber schlafen Sie erst noch mal darüber.«

Gabathuler war einverstanden. »Ich gehe ohnehin am Freitag für ein paar Wochen weg. Bis zur Amtseinsetzung habe ich ja noch etwas Zeit. Danach setzen wir uns nochmals zusammen.«

»So machen wir's.« Rohner war sichtlich beschwingt, und offensichtlich hatte Gabathuler auch auf die anderen Mitarbeiter Eindruck gemacht. Sie hatten noch nie erlebt, dass ein Pfarrer auf das Privileg des Pfarrhauses zu verzichten bereit war. Gabathuler beglückwünschte sich zu dieser spontanen Idee. Aussagen der Anwesenden würden ihn nun als Unterstützer der Familie Jakovlev beschreiben. Zudem würden sie auch zu Protokoll geben, dass er ab Freitag auf Reisen war.

»Und? Wie fühlt sich das an, wenn der Bösewicht einem direkt vor der Nase sitzt und man nur noch die Bibel hat und Nächstenliebe predigen muss?« Frank Herzog, Gabathulers bester Freund aus Polizeitagen, saß ihm im City gegenüber, einem einfachen, aber guten Restaurant in unmittelbarer Nähe des Bahnhofs. Noch konnten sie draußen sitzen. Die Herbstsonne vermochte die Terrasse so weit zu wärmen, dass die Freunde ihr Bier an der frischen Luft genossen.

Als Gabathuler damals den Dienst bei der Polizei quittiert hatte, bedauerte Frank seine Entscheidung zwar, konnte ihn aber verstehen. Gabathulers Ankündigung jedoch, er wolle Theologie studieren und Pfarrer werden, verstand er nicht mehr. »Der war gut«, hatte Frank mit einem Lachen geantwortet, weil er überzeugt war, sein Freund mache einen Scherz. Roger Gabathuler, der Polizeigrenadier und verdiente Ermittler, sein Kollege und Freund, der ihm dank seines entschlossenen Handelns das Leben gerettet hatte – dieser Draufgänger sollte nun ein Mann des Wortes und der Nächstenliebe werden?

»Du denkst zu sehr in Klischees!«, hatte ihm Gabathuler damals schon gesagt. »Ich werde nicht jünger, und bei der Polizei bin ich in einer Sackgasse gelandet. Ich muss etwas Neues machen.«

»Ja, schon. Aber dann wird man Jurist und sorgt dafür, dass die bösen Jungs auch wirklich hinter Gitter kommen. Oder man bringt in der Wirtschaft seine Führungserfahrung ein.« Frank hatte kein Verständnis für Gabathulers Berufswahl aufbringen können. »Übernimm ein Fitnesscenter, mach dein Hobby zum Beruf – aber Pfarrer? Was willst du denn als Pfarrer?«

»Ich habe mein ganzes Berufsleben lang das Böse bekämpft. Aber erreicht habe ich das Gegenteil.«

»Wie meinst du das?«

»Das Schlimme damals waren nicht die fünf Toten, sondern dass ich eine eigenartige Freude dabei empfand, ihnen meine Kugeln in den Körper zu jagen.«

»Du hast mein Leben gerettet! Dazu musstest du ein paar Verbrecher ins Jenseits befördern. Das war nicht schön, aber notwendig!«

»Dass ich dabei das Leben meines besten Freundes retten konnte, war und ist mir tatsächlich ein Trost. Aber mich hat irritiert, was in mir selbst vorgegangen ist. Ich habe wahrscheinlich mit derselben Lust und Kaltblütigkeit diese Verbrecher umgebracht, wie die es zuvor mit ihren Opfern gemacht haben. Was unterscheidet mich da noch von ihnen?«

»Du bist einer der Guten!«

»Ich bin ihnen zu ähnlich geworden, Frank.«

»Aber das haben wir doch immer gewusst: Nur wenn wir Verbrechern in unserem Denken und Fühlen ähnlich werden, können wir ihnen auch das Handwerk legen.« Frank drang mit seinen Argumenten nicht durch. Er tröstete sich damals damit, dass Gabathuler von der Theologie bald genug haben werde. Aber Gabathuler blieb seiner Wahl nicht nur treu, je länger das Studium dauerte, desto begeisterter schien er von der Theologie zu sein. Und so kam es, dass Frank sich vor einem Jahr doch tatsächlich an der Ordinationsfeier seines Freundes im Zürcher Großmünster wiederfand und miterlebte, wie dieser mit einem Duzend weiterer Theologen gelobte, seinen Dienst als Pfarrer der Zürcher Landeskirche gewissenhaft zu tun. Die Feier – mal abgesehen von den Liedern und Gebeten – hatte ihn im Übrigen stark an die Brevetierungsfeier damals in der Fraumünsterkirche auf der anderen Seite der Limmat erinnert. Auch die Polizeiaspiranten mussten einige Reden über sich ergehen lassen und dann einen Eid schwören. »Wenigstens bist du reformiert und nicht katholisch!«, hatte er damals bei sich gedacht. Denn die ganze Sache hätte sich für ihn noch um einiges schräger angefühlt, wenn sein Freund auch noch einen zölibatären Lebensstil gewählt hätte.

Frank und Roger hatten es sich in all den Jahren nicht nehmen lassen, sich in unregelmäßigen Abständen auf ein Bier zu treffen und miteinander zu plaudern. So auch an diesem Mittwochabend.

»Ihr habt den Großfürst also immer noch auf dem Radar?«, fragte Gabathuler, nachdem er einen großen Schluck getrunken hatte.

»Nun, wie du weißt, hat er Asyl beantragt. Wir müssen daher den zuständigen Behörden Grundlagen für ihre Entscheidung zur Verfügung stellen. Aber das macht nun ein junger Kollege. Werner Stucki. Ich glaube, den hast du nicht mehr kennengelernt, oder?«

Gabathuler schüttelte den Kopf.

»Für dich hingegen muss sich das doch seltsam anfühlen. Da hast du ihn über Jahre hinweg gejagt und nicht verhaften können – und nun lebt er inmitten deiner Schäfchen, und du kannst nichts machen. Übrigens: Stimmt es, dass er in einer kirchlichen Liegenschaft wohnt?«

»Er wohnt in meinem Pfarrhaus.«

Frank starrte seinen Freund ungläubig an. »Bitte was?«

»Ich kann nicht ins Pfarrhaus ziehen, weil Igor Jakovlev mit seiner Frau und der Nase dort wohnt.«

Frank lachte laut auf. »Kommt er wenigstens am Sonntag in die Kirche?«

»Keine Ahnung.« Gabathuler blieb ruhig, während sein Freund Tränen lachte. »Ich vermute aber eher nicht.«

»Wieso nicht? Vielleicht hat er sich ja gewandelt und ist nun ein frommer Wohltäter der Menschen?«

»Das ist nicht auszuschließen. Aber ich bin reformiert, und er russisch-orthodox.«

»Aber stell dir mal diese Ironie vor, wenn er nun zu dir käme, dir alle seine Verbrechen gestehen würde, und du könntest nicht nur nichts der Polizei verraten, sondern müsstest sie ihm auch noch vergeben!« Frank konnte sich fast nicht halten vor Lachen.

»Ja, das würde tatsächlich nicht einer gewissen Ironie entbehren.« Gabathuler versuchte ruhig zu bleiben.

»Nun spiel doch nicht den Abgeklärten! Oder bist du schon zu einem Heiligen mutiert? Ich weiß doch, mit welcher Leidenschaft du gegen Jakovlev ermittelt hast. Ich habe doch deine Wut erlebt, wenn er uns wieder einmal durch die Lappen gegangen ist. Ich glaub dir einfach nicht, dass es dich nicht rasend macht, dass er dir nun vor deiner Nase sitzt und du nicht zuschnappen kannst.«

»Natürlich lässt mich das nicht kalt! Aber glaube mir, ich habe das im Griff.«

Frank sah den zum Pfarrer gewordenen Freund an. »Und warum erzählen mir deine Augen etwas anderes?«

Gabathuler konnte seinem Freund nichts vormachen. Das war ja auch ein Grund, weshalb er ihn so mochte. Andererseits wollte er sich die durch Jakovlev verursachte Unordnung in seinem Inneren nicht noch länger vorhalten lassen. Daher fuhr er, ohne auf Franks Frage einzugehen, fort: »Wie dem auch sei! Der Präsident der Kirchenpflege hat mir erzählt, dass auf Jakovlev vor einiger Zeit ein Attentat verübt worden sei und er nur mit Glück überlebt habe, aber seinen Chauffeur hätte es erwischt. Weißt du da etwas?«

»Man kann die Geschichte auch so erzählen«, gab Frank nun wieder ganz ruhig zur Antwort. »Natürlich hat Jakovlev den Zorn Putins auf sich gezogen. Aber nicht etwa, weil er die Opposition unterstützt und sich für mehr Demokratie und Rechtsstaatlichkeit oder dergleichen eingesetzt hätte. Nachdem es bei unserem dritten Festnahmeversuch zur großen Schießerei gekommen war, hatte es den Anschein, dass er sich aus dem Frauenhandel zurückziehen würde. Jedenfalls konzentrierte er sich verstärkt auf den Getreidehandel, über den er mehr Einfluss auf der politischen Ebene wollte. Er hat das Angebot verknappt und in den Medien der Misswirtschaft Putins die Schuld gegeben. Das hat dem Machthaber im Kreml bestimmt nicht gefallen. Aber das Attentat hatte Jakovlev wahrscheinlich selbst inszeniert. Denn mit dem Chauffeur ist er auch gleich einen Informanten, der für Putin gearbeitet hatte, losgeworden. Für den Asylantrag jedoch ist die andere Version natürlich erfolgversprechender.«

Gabathuler hatte aufmerksam zugehört. »Wie ich vermutet habe. Jakovlev hat sich nicht geändert.«

»Da ist nun deine christliche Nächstenliebe gefordert, nicht wahr?«

»Fragt sich nur: Wer ist hier mein Nächster?«

Der Kellner kam und stellte zwei frisch gezapfte Biere vor die Freunde. Sie wechselten das Thema und erwähnten Jakovlev, seinen Neffen und alles, was damit zusammenhing, für den Rest des Abends mit keiner Silbe mehr.

Der folgende Tag verlief unspektakulär. Und so wurde es Freitag, der Tag, für den Gabathuler seinen Urlaubsantritt angekündigt hatte. Er hatte die Zeit genutzt, um sich sorgfältig vorzubereiten. Dann kam der Abend.

Seit Stunden saß Gabathuler nun schon auf der Kanzel. Genau genommen lag er mehr, als dass er saß. Wie von Angelika Schubert angekündigt, war Jakovlev samt Frau und Nase vor dem Torkel vorgefahren. Gut verborgen von den Holzwänden des Hochsitzes hatte Gabathuler die drei ankommen sehen und wartete nun geduldig darauf, dass sie das Lokal wieder verließen. Nur dann und wann schaute er über die Brüstung, um zu sehen, wer auf dem Parkplatz vor dem Torkel eintraf oder wegfuhr.

Er war sich bewusst, dass er wohl noch eine ganze Weile so würde ausharren müssen. Es waren kaum mehr Spaziergänger unterwegs. Dennoch hatte er die Dunkelheit mit einer gewissen Erleichterung begrüßt, als sie sich über die Landschaft legte. Aber auch jetzt hob er den Kopf nur über die Brüstung seiner Kanzel, wenn er Stimmen oder das dumpfe Knallen von Autotüren auf dem Parkplatz hörte. Der Parkplatz war hell erleuchtet und hieß die ankommenden Gäste mit seinem freundlichen Licht willkommen. Auch Jakovlevs Mercedes war gut zu sehen. Die Nacht war still, und in der vergangenen Stunde war wenig passiert. Zweimal war ein Gast aus dem Torkel getreten, um eine Zigarette zu rauchen. Etwas später hatte ein Pärchen das Lokal verlassen und war davongefahren. Nur einmal fürchtete Gabathuler, sein Versteck könnte auffliegen, als plötzlich ein Hund unter seinem Hochsitz auftauchte und laut bellte. Doch gleich darauf rief ihn sein Frauchen mit energischer Stimme zu sich. Gabathuler atmete auf, und das Warten ging weiter.

Endlich hörte er wieder eine Tür. Gabathuler blickte über die Brüstung. Da war er. Die Nase verließ den Torkel und ging zum Auto. Er startete den Motor und stellte den braunen Mercedes wenige Meter vor dem Treppenabsatz ab, der ins Restaurant führte. Dann stieg die Nase aus, ließ aber den Motor laufen. Alles war bereit zur Abfahrt. Nun wusste Gabathuler, dass auch Jakovlev bald das Lokal verlassen würde, und ging in Position. Und tatsächlich: Kurz darauf sah er ihn aus dem Restaurant kommen. Er sah ihn durch das Zielfernrohr, in Großaufnahme.

Gabathuler konzentrierte sich nun ganz auf Jakovlev. Und wie er diesen Verbrecher, diesen skrupellosen Schlepper und Mörder, wie er also Jakovlev mit seinem Auge verfolgte, begann es unwillkürlich in ihm zu zitieren. Ungerufen stiegen altvertraute Worte in ihm hoch, Dürrenmatt'sche Worte, die er damals im Gymnasium gelesen hatte und die sich ihm so tief eingeprägt hatten, dass er sie getrost hatte vergessen können. Doch jetzt waren sie urplötzlich wieder da: »Einer muss dich richten, Igor Jakovlev, einer muss es tun. Nun bin eben ich dein Richter.« Er beobachtete genau, wie Jakovlev mit seiner Frau die Treppe hinunterstieg. Er sah, wie sie unten an der Treppe einen Moment innehielten. Nun standen sie im hellen Schein der Parkplatzbeleuchtung. Dann löste sich die Gattin vom Arm ihres Mannes und ging auf die Nase zu. Dieser führte sie auf die Fahrerseite des Wagens, um ihr die Türe zum Rücksitz zu öffnen. Gabathuler schwenkte zurück und nahm den Großfürst wieder ins Visier. »Ich habe dich gerichtet, Jakovlev, ich habe dich zum Tode verurteilt. Du wirst den heutigen Abend nicht mehr überleben.« Gabathuler konnte jetzt sogar in seine Augen sehen. Jakovlev schien einen schönen Abend gehabt zu haben. Zufrieden blickte er geradeaus in den dunklen Wald, in dem Gabathuler saß und sein Gewehr auf ihn gerichtet hatte. Gabathuler konnte die Regungen seines Gesichts genau erkennen. »Denn ich, der Richter, bin nun auch dein Henker. Ich werde dich töten, denn das muss nun einmal in Gottes Namen getan werden.«

Gabathuler hatte das Fadenkreuz über Jakovlevs Gesicht gelegt. Noch einmal sah er in dieses runde Gesicht mit den schwarzen Augenbrauen und der hohen zerfurchten Stirn. Jakovlev genoss die kühle Nachtluft. Gabathuler sah, wie er tief Luft holte und dabei die Augen schloss. Er schien den Atem anzuhalten. Für einen Moment war alles ganz still. Dann drückte Gabathuler ab.

2

»Was hast du angestellt?«

»Ich bin Pfarrer geworden.«

»Wie konntest du nur!« Barbara Wildberger trat einen Schritt zurück und ließ Gabathuler herein. »Kaffee?«

»Sehr gerne.«

Sie nahm eine Tasse und schenkte aus dem Kaffeekocher ein.

»Woher kommst du?«

»Andelfingen.«

»Bist du die ganze Nacht durchgefahren?«

Gabathuler nickte und nahm die Tasse dankend entgegen. »Hast du noch etwas Milch?«

»Richtig! Du trinkst den Kaffee mit Milch.« Sie öffnete den Kühlschrank und stellte ihm die Milchtüte hin. Einen Moment lang sagte keiner ein Wort. Barbara beendete das Schweigen. »Hör mal, Roger, es ist schön, dich zu sehen. Wenn auch etwas überraschend. Aber ich muss jetzt raus. Die Helfer kommen um sieben, und bis dann muss das Material bereit liegen.«

»Seid ihr schon in der Ernte?«

»Wir hatten einen sehr warmen Sommer und einen wunderbaren Herbstanfang. Wenn wir die Trauben jetzt nicht einfahren, werden sie überreif.«

»Du musst dich nicht um mich kümmern. Wenn's recht ist, lege ich mich einfach für ein paar Stunden hin und gehe anschließend etwas spazieren.«

»Zwischen sieben und acht heute Abend essen wir. Es

werden alle Helfer da sein. Wenn du willst, kannst du dich dazusetzen.«

»Gute Idee!«

»Also, bis dann.« Barbara öffnete die Tür und trat nach draußen.

Gabathuler nippte an dem heißen Kaffee, holte sich aus der Küche ein Stück Brot und begann in den *Neuen Südtiroler Nachrichten* zu blättern. Es dauerte nicht lange bis ihm die Augen zufielen.

Als er erwachte, tat ihm alles weh. So wie er eingeschlafen war, konnte es nicht anders sein, als dass Oberkörper und Hals verspannt waren. Gabathuler richtete sich vorsichtig auf und streckte sich in alle Richtungen, um die Steifheit aus den Gliedern zu bekommen. Als er sich umsah und realisiert, wo er war, huschte ihm ein Lächeln übers Gesicht. Vertraut war ihm der Raum, vertraut die Aussicht über das Eisacktal. Sechs Jahre war es her, und doch kam es ihm vor, als wäre er erst gestern noch hier gewesen.

Damals, nach dem Zugriff an der Bäckerstrasse, hatte ihn Rechsteiner freigestellt. Sein Chef hatte immer hinter ihm gestanden und ihn auch in diesem Fall gedeckt. Aber aus politischen Gründen musste er kommunizieren können, dass »der zuständige Polizeibeamte für die Zeit der Untersuchung der Schießerei an der Bäckerstrasse vom Dienst suspendiert bleibt«, so der Wortlaut in der Pressemitteilung. Rechsteiner war damals in einer schwierigen Position. Nach oben und außen musste er klar machen, dass er seinen Laden im Griff hatte und er jeden Schusswaffengebrauch sorgfältig untersuchte. Nach innen, und das hieß in diesem Fall Gabathuler gegenüber, galt es zu vermitteln, dass er ihn nicht wie die sprichwörtliche heiße Kartoffel fallen ließ. Mit einer sehr formell gehaltenen

E-Mail, die bestimmt seine Sekretärin geschrieben hatte, ließ er Gabathuler in sein Büro kommen. Dort teilte er ihm in knappen Worten und in Gegenwart des Personalverantwortlichen seine Freistellung mit. Als die Formalitäten geregelt waren und der Personalchef wieder weg war, beugte sich Rechsteiner vor und sagte: »Gabathuler, Sie wissen, dass Sie mein bestes Pferd im Stall sind. Aber Sie haben in den vergangenen Jahren viel zu viel gearbeitet. Ich hätte Sie schon längst in den Zwangsurlaub schicken sollen. Betrachten Sie diese Freistellung nun als Geschenk des Kantons Zürich. Sie können mal Pause machen, ohne dass es von Ihrem Urlaubskonto abgeht.«

»Polizisten werden freigestellt, wenn sie etwas falsch gemacht haben. Ich habe nichts falsch gemacht.«

»Es sind fünf Leichen aus der Bäckerstrasse getragen worden! Vier davon wurden mit derselben Waffe erschossen. Mit Ihrer. Da darf es Sie nicht verwundern, dass die Öffentlichkeit und die Politik ein paar Fragen stellen.«

»Ich habe im Auftrage dieser Öffentlichkeit und dieser Politik gehandelt!«

»Das wissen Sie, und das weiß ich. Bevor wir das aber den Menschen da draußen sagen können, müssen wir ein paar Fakten aufbereiten, die wir den Medien und den Politikern präsentieren können. Und so lange muss ich Sie aus der Schusslinie nehmen.«

Gabathuler empfand die Freistellung als ungerecht, war aber zu müde, um sich weiter dagegen zu wehren. Und im Grunde seines Herzens wusste er auch, dass Rechsteiner richtig handelte. »Machen Sie eine Weltreise, oder gehen Sie meinetwegen in ein Kloster. Nur, schalten Sie ab! Bringen Sie sich auf andere Gedanken! Es braucht niemand zu wissen, wo Sie sind. Und dann kommen Sie nach zwei bis drei Monaten braungebrannt zurück und nehmen frisch gestärkt ihren Dienst wieder auf.«

Der Urlaub hatte dann etwas länger gedauert. Er hätte zwar nach drei Monaten seinen Dienst wieder aufnehmen können, doch dann bat er darum, seine Überstunden und den nicht bezogenen Urlaub nehmen zu dürfen. Rechsteiner bewilligte seinen Antrag postwendend, sodass Gabathuler weitere drei Monate der Polizeiarbeit fern bleiben konnte. Der Grund dafür war Barbara.

Gabathuler hatte zunächst keine Ahnung, was er mit der vielen Zeit machen sollte. In den zehn Jahren zuvor hatte er ununterbrochen gearbeitet und kaum einmal Urlaub gemacht. Wo sollte er jetzt auch hin? Alleine um die Welt reisen? Dazu hatte er keine Lust. Und Frank, sein bester Freund, hatte zwar auch viele Überstunden abzufeiern, aber er war verheiratet, hatte zwei Kinder und daher wenig Interesse, mit ihm mal eben für ein paar Monate zu verschwinden. Die erlösende Idee kam eines Abends, als er mit Frank in der Oceanbar im Zürcher Niederdorf saß und sie über ihre Anfänge bei der Polizei plauderten. »Was ist eigentlich aus Barbara geworden?«, hatte Frank damals gefragt. Barbara, Frank und Roger hatten gemeinsam die Polizeischule besucht und sich auch in der Freizeit regelmäßig getroffen. Barbara hatte dann den Weg als Hundeführerin eingeschlagen und sich dafür einen Schäferhund angeschafft, den sie Fandago nannte, der aber nach eingehenden Tests nicht als Polizeihund zugelassen wurde. Barbara hätte sich also einen zweiten Hund kaufen oder eine andere Aufgabe bei der Polizei übernehmen müssen. Dazu war sie nicht bereit. Sie quittierte den Dienst, übernahm das Weingut ihrer Eltern im Südtirol und machte die Ausbildung zur Winzerin.

»Soviel ich weiß, ist sie immer noch dort«, hatte Gabathuler damals gesagt. Sie sprachen noch eine Weile über Barbara. Schließlich meinte Frank etwas unvermittelt: »Geh doch zu ihr. Sie hat bestimmt Platz und wird eine helfende Hand gebrauchen können.« Gabathuler hatte diese Idee gefallen. Und je länger er darüber nachdachte, desto besser gefiel sie ihm.

»Klar doch!«, war die Antwort der sichtlich erfreuten Barbara auf Gabathulers Anfrage gewesen. Wenige Tage später fuhr Gabathuler die steile und immer steiler werdende Straße oberhalb St. Magdalena hoch, bog in den gekennzeichneten schmalen Feldweg ab, und als er schon meinte, er hätte sich verfahren, öffnete sich der Weg hin zum Premstaller Hof, einem traditionellen, einfach gehaltenen Weingut mit spektakulärer Aussicht auf das Eisacktal und Bozen. Gabathuler konnte im oberen Stock ein Zimmer beziehen, eine Kammer, die ihn in ihrer Kargheit an Bilder von van Gogh erinnerte. Tisch, Bett, Stuhl und Schrank möblierten den Raum. Ein Fenster öffnete den Blick ins Tal und ließ das helle Sonnenlicht herein. Eine Deckenlampe sorgte für die Beleuchtung. Das war's.

Gabathuler hatte diese Schlichtheit beeindruckt. Und in den Tagen und Wochen danach hatte er immer wieder mit einem gewissen Staunen zu sich selbst gesagt: »Das reicht. Das reicht vollkommen. Mehr braucht es nicht zum Leben.« Diese Erfahrung konnte er dann aber nur für zwei, drei Wochen auf sich wirken lassen. Denn immer häufiger verbrachte er die Nacht bei Barbara. »Weißt du, ich hatte schon damals ein Auge auf dich geworfen«, hatte sie ihm eines Abends gestanden, als sie auf der Terrasse vor dem Haus ein Glas Wein getrunken hatten. »Aber du hattest ja nur die Polizei im Kopf.« Auch Gabathuler hatte die Zeit genossen, als sie zu dritt durch Zürichs Innenstadt gezogen waren. Aber weiter war sein Interesse in der Tat nicht gegangen. Er war damals ganz auf die Polizeischule fokussiert und bereitete sich schon auf die Aufnahmeprüfung für die Polizeigrenadiere vor. Gerne ging er mit ihr und Frank aus, aber eine Beziehung stand damals nicht zur Debatte. Erst Cornelia, die er in der Ausbildung zum Polizeigrenadier kennenlernte, vermochte seine Aufmerksamkeit länger zu binden. Barbara war da schon lange nicht mehr bei der Polizei.

»Komisch, dass du das sagst«, meinte er zu Barbara. »Dabei hätte ich eher gedacht, dass Frank und du ein Paar werden könntet.«

»Frank und ich? Nein, niemals. Ich mochte ihn sehr, aber er war nichts für mich. Er war mir irgendwie zu brav.«

Auch an jenem Abend war er mit Barbara ins Bett gegangen. Und kurz darauf war er kaum mehr in seiner Mönchszelle anzutreffen. So war das ein wunderschöner Frühling und Sommer geworden, in dem sein Körper in ganz neuer Art und Weise ins Zentrum gerückt wurde. Es war ja nicht so, dass er bis dahin seiner Physis keine Beachtung geschenkt hätte. Im Gegenteil. Aber die körperlichen Belastungen waren stets mit Stress verbunden. Die endlosen Nächte, in denen er den Großfürst und seine Entourage vom Auto aus in gekrümmter Haltung oder im Nebengebäude am Fenster stehend oder hinter einem Busch kauernd zu beobachten hatte, waren sehr einseitige Belastungen, die er mit intensivem Training kompensierte. Seine Fitness diente somit stets einem bestimmten Zweck. Das veränderte sich im Südtirol nach und nach. Die Arbeit am Tag, die Zweisamkeit in der Nacht veränderten sein Körpergefühl. Im Polizeidienst hatte er sich des Körpers nach Bedarf bedient, so wie ein Handwerker es mit seinem Werkzeug machte. Bei der Arbeit in den Reben war alles eins. Die Gleichmäßigkeit der Arbeitsschritte versetzte ihn aller Anstrengung zum Trotz in einen wohltuenden Trott. Sie verschaffte ihm eine innere Ruhe, die er so nicht gekannt hatte. Sein Körper und er waren nicht mehr zwei unterschiedliche Größen. Hier im Weinberg erlebte er sie als eins. Körper und Seele schwangen sich in einen Gleichklang, und am Ende waren beide müde und nach einer guten Nacht beide erholt.

Kurz vor der Ernte machte Gabathuler dann noch eine Reise durch Norditalien.

Barbara unterstützte sein Vorhaben, meinte aber: »Wenn die Weinlese beginnt, musst du zurück sein. Wir brauchen dann jeden Helfer.«

So kam es, dass er in jenem Spätsommer Verona, Florenz und Venedig besuchen und ihre Schätze entdecken konnte. Auch hier hatte sich ihm eine neue Welt aufgetan. Denn bis dahin war er ja kaum gereist. Natürlich kannte er noch aus dem Unterricht am Gymnasium den David von Michelangelo. Aber es war eine Sache zu wissen, dass dies ein Meisterwerk der Kunstgeschichte ist, und eine andere, leibhaftig davor zu stehen. David, der Goliath besiegt hatte, war selber zu einem Goliath geworden und machte den Betrachter wiederum zu einem David. Mit großer Neugierde hatte Gabathuler diese Orte besucht und Mal für Mal erlebt, wie sein Wissen, vermittelt durch die sinnliche Begegnung, zu einer Erfahrung wurde.

Nun saß Gabathuler wieder in dieser Küche, in der er so viel Zeit mit Barbara verbracht hatte, und für einen Moment waren ihm alle diese Erlebnisse noch einmal durch

Kopf gegangen. Wieder lächelte er. Die Romanze mit Barbara währte bis in den Herbst. Aber ihm war immer klar, dass dieser Beziehung keine Zukunft beschieden war. Er war zu sehr Polizist der Zürcher Kantonspolizei, so dachte er damals zumindest. Und für sie kam nicht infrage, den Weinberg ihrer Eltern aufzugeben. Das hatte sie zwar so nie gesagt, schien Gabathuler aber logisch. Bei der Abfahrt vom Premstaller Hof, als er nach Zürich zurückkehrte, hatte ihn zum ersten Mal so etwas wie Melancholie beschlichen. Jedenfalls hatte sich ein Schmerz in seiner Seele festgesetzt, den er bis dahin noch nicht gekannt hatte und der erst verflog, als er wieder ganz in die Polizeiarbeit eingetaucht war.

Gabathuler stand auf, räumte das Geschirr weg und trat nach draußen. Einen Moment lang blieb er dort stehen und hüllte sich in die vertrauten Reize der Gegend. Die Luft, die Aussicht – ja, das war sein Südtirol! Gabathuler wollte noch mehr davon aufsaugen und machte sich nach Bozen auf. Gut fühlte es sich an, wieder hier zu sein. Und gut fühlte es sich an, das Böse ausgemerzt zu haben. Jakovlev war tot. Alles hatte bestens geklappt. Er freute sich über seinen perfekt durchdachten Plan, und er freute sich erst recht, dass alles so reibungslos verlaufen war. Gabathulers Ordnung war wiederhergestellt, der Gerechtigkeit war Genüge getan. Er hatte keine Spuren hinterlassen und war nun mehrere Hundert Kilometer vom Tatort entfernt. Der Fall würde wohl ungeklärt bleiben. Zufrieden schritt er die steile Straße nach Bozen hinab. Den kleinen, störenden Kiesel im Schuh seiner Seele ignorierte er.

In der Stadt angekommen schlenderte er unter den Arkaden an den Läden vorbei. Bei Athesia, einem Buchladen, ging er kurz hinein, streifte an den Regalen vorbei, verließ das Geschäft aber bald wieder, ohne etwas gekauft zu haben. Am Ende der Arkaden angekommen, bog er nach links, ging an einigen Ständen vorbei und kehrte im Gasthaus Vögele ein. An der Theke ließ er sich einen Pinot Grigio und ein Lachsbrötchen geben. Gabathuler liebte es, die altvertrauten Wege zu gehen und die von damals bekannten Orte aufzusuchen. Auf einem Barhocker am Fenster sitzend, beobachtete er Gäste und Passanten. Ja, so fühlte sich Bozen an. Die Shoppingmeile unter den Arkaden, der Markt mit den Früchten und dem Gemüse aus der Gegend, der Wein und er, Gabathuler, mittendrin! Sorglos, von Stress befreit gab er sich dem Augenblick hin. Er nippte an seinem Glas, ließ den Blick aus dem Fenster über die Gasse schweifen und atmete tief durch. Ja, es war beinahe so wie damals.

Aber eben nur beinahe. Je mehr er sich in das Gefühl von damals einkuscheln wollte, desto deutlicher spürte er dieses Etwas, das störte. Gabathuler bezahlte, verließ die Bar, bog in die Via della Mostra ein und spazierte zum Waltherplatz. Der großzügig angelegte Platz, in dessen Mitte die Statue von Walther von der Vogelweide aufragte, begann sich gerade im Licht der Bozener Sonne aufzuheizen, doch Gabathuler war es bereits zu heiß. Er ging ins Stadtcafé, das die eine Seite des Platzes begrenzte und bestellte noch »un caffè«. Eigentlich war alles in Ordnung. Und doch war da etwas, das nervte, das er loswerden wollte. Auf dem Rückweg zum Premstaller Hof ließ er daher noch einmal die ganze Nacht Schritt für Schritt vor dem inneren Auge Revue passieren. Und zwar rückwärts. Dabei achtete er genau darauf, wo sich das unangenehme Gefühl meldete. Wie ein Wünschelrutengänger ging er seinen Weg zurück. Und wo die Rute ausschlagen sollte, würde er zu graben beginnen.

Die Fahrt ins Südtirol ergab nichts. Die Strecke über den

Flüela- und den Ofenpass war ruhig gewesen. Ebenso der Vintschgau hinunter an Meran vorbei. Nichts. Schon die Fahrt von zu Hause nach Sargans mit dem Zwischenhalt in der Raststätte Heidiland gab der Wünschelrute keinen Anlass auszuschlagen. Vor der Weiterfahrt hatte er den Sack mit der Kleidung in einen Container geworfen. Der würde am Montag geleert werden. Die Waffe war wieder in der Holztäfelung hinter dem Schrank deponiert und damit so gut versteckt, dass sie wohl erst im Falle eines Abrisses gefunden würde. Er verweilte noch einen Augenblick bei der Waffe und dem Schrank, aber nichts regte sich. Die Rute schlug nicht aus.

Mit ruhigen und gleichmäßigen Schritten erklomm Gabathuler die steile Straße. Er war nun in St. Magdalena angekommen und bog nach links, wo die Straße weiter den Berg hinaufführte. Schritt für Schritt stieg er den Weg zum Premstaller Hof hinauf, und in demselben Rhythmus ging er den Weg jener Nacht zurück. Aber auch die Strecke von der Kanzel nach Hause ergab keine nennenswerte Reaktion. Alles war rund gelaufen. Verwertbare Spuren hatte er keine hinterlassen. Gesehen hatte ihn auch niemand. Gabathuler stieg in Gedanken noch einmal auf die Kanzel. Nun schlug die Rute aus, nur leicht, aber doch ganz deutlich. Gabathuler schaute noch einmal durch das Zielfernrohr, wieder sah er Jakovlev ins Gesicht, wieder zitierte es in ihm. »Einer muss dich richten. Ich habe dich gerichtet. Ich habe dich zum Tode verurteilt.« Wieder sah er den Großfürst die frische Abendluft tief einatmen. Und wieder sah er den roten Punkt, das Einschussloch auf Jakovlevs Stirn, unmittelbar bevor dieser nach hinten fiel. Nun schlug die Rute aus.

Hatte er etwa doch Gewissensbisse, weil er einen Menschen erschossen hatte? Nein, das war es nicht. Im Gegenteil. »Endlich« war das Wort, welches das gute Gefühl verstärkte. »Ja, ich habe dich gerichtet. Das Urteil ist mehr als gerecht.« Auch das Bild, wie Jakovlev zu Boden ging, befriedigte ihn noch immer. Dennoch mischte sich gerade in diesen Moment wohltuender Erinnerung auch das störende Etwas besonders stark ein.

Gabathuler hielt mitten im Anstieg inne. War es der Knall des Schusses? Nein, der war es auch nicht. Der gehörte irgendwie dazu. Er glich dem Hammer des Richters, der mit der Verkündigung des Urteils auf dem Richterpult aufschlug und im selben Moment auch das Urteil vollstreckte. Dennoch, Gabathuler war auf der richtigen Spur.

»Der Schrei!«, entfuhr es Gabathuler. »Es ist der Schrei von Jakovlevs Frau, der mich so irritiert.« Als Jakovlev zu Boden gestürzt war, da hatte ihn, Gabathuler, eine tiefe Befriedigung erfüllt. Aber im selben Augenblick drang der Schrei von Jakovlevs Frau an sein Ohr, die realisierte, was mit ihrem Mann geschehen war.

Jakovlevs Frau, die schon im Mercedes saß, war aus dem Auto gesprungen und hatte sich mit einem Schrei auf ihren toten Mann gestürzt. Wieso störte Gabathuler diese Reaktion? Was war an diesem Schrei … »Die hat ihn geliebt!«, entfuhr es Gabathuler erneut. »Die hat ihren Mann geliebt!« Er hätte es nie für möglich gehalten, dass eine Frau echte Liebe für einen Verbrecher wie Jakovlev empfinden konnte.

Frank und er hatten einmal über die Frauen der Mafiabosse gesprochen. Sein Freund war überzeugt, dass sie ihre Männer aufrichtig liebten. Gabathuler konnte das nicht glauben. Er vermutete eher, dass sie das Geld und den Luxus liebten und aus Angst vor der Gewalt, die ihnen drohte, bei ihren Männern blieben. Der Schrei von Jakovlevs Frau aber war mehr als bloße Angst vor der

Gewalt. Darin steckte die panische Furcht um das Wohl eines geliebten Menschen. Damit hatte Gabathuler nicht gerechnet.

Als Gabathuler auf dem Hof angekommen war, waren auch die Erntearbeiter schon da. Sie reinigten gerade die Scheren, Trichter und Hotten. Unten am Haus stellten zwei Frauen Brot und Wein auf einen Tisch, dazu Trockenfleisch und Wasser. Gabathuler ging durch die Reihen der fröhlichen und verschwitzten Gesichter hindurch und wollte gerade im Haus verschwinden, als ihm Barbara zurief. »Roger! Komm, setz dich zu uns. Wir stoßen schon mal an, bevor wir dann zu Abend essen.« Gabathuler hätte eigentlich gerne erst noch geduscht. Aber die Einladung der gut gelaunten Barbara, aus deren Gesicht das ganze an diesem Tag getankte Sonnenlicht zu leuchten schien, hatte ihn schnell umgestimmt. »Hört mal alle her!«, sagte Barbara kurz darauf in die Runde. »Das ist Roger, einige von euch kennen ihn vielleicht noch von früher. Er war mal einen Sommer lang hier. Jetzt ist er Pfarrer!«

»Herzlich willkommen, Roger«, sagte einer der Erntehelfer und drückte ihm ein Glas Wein in die Hand. Dann sagte er zu Barbara: »Ich wusste gar nicht, dass du mal was mit einem Pfarrer hattest!«

»Ehrlich gesagt«, begann Barbara und sah Gabathuler dabei mit kritischem Blick an, »ehrlich gesagt, ist mir das auch erst vor Kurzem klar geworden.«

Einen Moment lang stockte das Leben in der lustigen Runde. Es war das gespannte Warten fröhlicher Menschen, die darauf hofften, die Pointe einer lustigen Geschichte zu hören: »Ich bin reformiert. Ich darf das.« Und es war ihm, dass im nun einsetzenden Lachen auch eine gewisse Erleichterung mitschwang. Das Südtirol war katholisch geprägt. Hinter sich hörte er, wie jemand leise fragte: »Reformiert? Ist das eine Sekte?« Und jemand anders antwortete schnell: »Nein, nein. Aber ihre Pfarrer kennen kein Zölibat.« Damit schien auch für den letzten das Problem gelöst. Es wurde herrlich aromatisches Brot, Fleisch und Käse gereicht. Alle griffen zu und stießen miteinander an.

Auch das anschließende Abendessen fand in gelöster Atmosphäre statt. Speck, Sauerkraut und Kartoffeln schmeckten hervorragend. Aber bald schon, nachdem die Schüsseln geleert waren, löste sich die Runde auf. Jeder hatte seine Wegstrecke nach Hause, und am anderen Morgen galt es ja wieder früh aufzustehen, denn um sieben Uhr ging es mit der Lese weiter, wie ihm Barbara erklärte. »Wir haben sehr gute Öchslegrade. Viel mehr darf's nicht mehr werden. Darum habe ich die Helfer nun auch für morgen aufgeboten, obwohl es ein Sonntag ist. Zudem kann es sein, dass es am Montag regnet. Und dann möchte ich die Trauben beim Kellermeister haben.« Sie trugen das Geschirr in die Küche, wo Frau Gruber, die Haushälterin, bereits am Spülbecken stand und mit dem Abwasch begonnen hatte. Frau Gruber war das ganze Jahr über auf dem Hof engagiert und kochte für Barbara und ihre Mitarbeiter. Barbara wollte gerade nach dem Handtuch greifen, da wehrte Gabathuler ab und sagte: »Lass nur, das übernehme ich. Mach du Feierabend und genieß eine erfrischende Dusche.« Barbara ließ sich das nicht zweimal sagen und verzog sich ein Stockwerk tiefer in ihr Zuhause. Gabathuler und Frau Gruber standen noch eine gute halbe Stunde in der Küche, dann stieg auch die Köchin in ihr Auto und fuhr nach Hause. Er selber ging nach oben in seine Klause und gab sich seinerseits der belebenden Wirkung der Dusche hin.

In Trainingshose, T-Shirt und noch mit nassen Haaren begab er sich noch einmal hinunter. Durch die Hanglage war der Wohnbereich des Hauses über drei Etagen verteilt. Gabathulers Zimmer, in dem er vor sechs Jahren gewohnt hatte und auch diesmal logierte, befand sich ganz oben. Darunter war das Parterre. Hier befand sich die große Küche, Frau Grubers Reich. Wenn man von dort aus ums Haus ging, hangabwärts, gelangte man eigentlich auf die Ebene des Kellers. Der hintere Teil wurde auch tatsächlich als Keller genutzt. Im vorderen Teil, zum Hang hin, hatte sich Barbara eine schöne kleine Wohnung eingerichtet. Auf derselben Ebene, etwas abseits gelegen, gab es auch eine kleine Terrasse. Dort setzte sich Gabathuler hin und trank ein Bier. Bald darauf gesellte sich Barbara zu ihm, sie trug bereits ihren Schlafanzug. In der Hand hielt sie einen Becher mit Tee. Vorsichtig nippte sie daran.

»In Winterthur ist ein Mann erschossen worden.«

»In Winterthur?«

»Sie haben's vorhin in den Nachrichten gebracht.« Barbara blies in ihre Tasse.

»Hm. Haben sie sonst noch etwas gesagt?«

»Nicht viel. Das Mordopfer war russischer Staatsbürger. Hast du noch einen Draht zur Polizei?«

Gabathuler schüttelte den Kopf. »Ich weiß auch nicht mehr, als in den Zeitungen steht. Und das ist gut so.«

Barbara trank ihren Tee. »Und Frank?«

»Das ist was anderes. Ihn treffe ich regelmäßig zum Bier.«

»Dann hast du also doch noch Kontakt!?«

»Natürlich«, sagte Gabathuler wahrheitsgemäß und hoffte, dass Barbara damit das Interesse am Mord in Winterthur verlor.

Sie schwiegen einen Moment.

»Wie lange willst du bleiben?« Barbara wechselte tatsächlich das Thema.

»Wie lange darf ich denn bleiben?«

»Ich habe zuerst gefragt.«

»Ehrlich gesagt, habe ich mir das noch gar nicht richtig überlegt. Meine Stelle als Pfarrer trete ich erst Ende November an, also ... bis Ende November?«

Barbara hob den Kopf, schaute in den Himmel und lehnte sich an Gabathulers Schulter. »Jetzt leuchten sie wieder.« Gemeinsam betrachteten sie die hellen Sterne im dunklen Nichts des Himmels. Er legte seinen Arm um sie.

»Was hat dich eigentlich hierhergeführt?«

»Wie gesagt, ich habe noch viel freie Zeit. Und das Südtirol ist wunderschön.«

»Pfarrer Gabathuler – ich muss zugeben: Ich habe viel an dich gedacht. Aber dass du Pfarrer werden würdest – das wäre mir nie in den Sinn gekommen.«

»Ich suchte eine neue Herausforderung.«

»Klar. Und wer bei der Polizei aussteigt, wird Pfarrer. Ein Klassiker!«

»Das erkläre ich dir ein andermal«, gab Gabathuler zur Antwort und begann, Barbaras Oberteil aufzuknöpfen.

Die Sonne stand bereits hoch am Himmel, als Gabathuler durch die verschlafenen Lider blinzelte. Barbaras Seite war leer. Das kannte er noch von damals. Wie oft war er damals erwacht, und Barbara war schon auf. Ob seither andere Männer dieselbe Erfahrung gemacht haben? Hat überhaupt je wieder ein Mann diese Seite des Bettes belegt? »Das geht dich überhaupt nichts an«, sagte er halblaut zu sich selber und stand auf.

Barbara hatte ihm Kaffee warm gestellt. Er goss sich eine Tasse ein und ging nach draußen. Das Wetter hielt sich gut. Gabathuler genoss den sonnigen Tag mit Joggen und – Nichtstun. Auch am nächsten Morgen war das Wetter gut. Jedenfalls deutlich besser, als Barbara es für den Montag befürchtet hatte. Vor der Tür lagen die *Neuen Südtiroler Nachrichten*. Gabathuler hob die Zeitung auf und setzte sich auf die Terrasse. Gedankenverloren sah er sich das Blatt durch. Auf den Seiten vier und fünf war ein Bild abgedruckt, auf dem ein Sanitätswagen, Polizei und ein bedeckter Körper – offensichtlich eine Leiche – neben einem Auto liegend zu sehen war. Das Auto war wahrscheinlich ein Mercedes, dachte sich Gabathuler. Es dauerte eine ganze Weile, bis er begriff, worum es auf dieser Fotografie ging. Für ein paar wunderbare Stunden hatte er völlig vergessen, weshalb er hier war. *Ein Auftragsmord?*, war der Artikel überschrieben. *Für Igor Jakovlev kam jede Hilfe zu spät. Die Polizei ermittelt in alle Richtungen*, lautete die Bildlegende. Im Fließtext war dann nicht mehr viel Neues zu erfahren. Der Geschäftsmann Igor Jakovlev sei am Freitag spät abends erschossen worden. Die Polizei habe noch keine heiße Spur, gehe aber jedem Hinweis nach.

Standardformulierungen für die Presse. Das hieß alles und nichts. Und in diesem Fall hieß es höchstwahrscheinlich nichts. Welche Spur hätten sie verfolgen wollen? Die Bilder von jener Nacht tauchten wieder auf. Gabathuler spürte ein leises Kitzeln in der Magengegend. Er war schon ein wenig stolz auf seinen perfekten Schuss. Mitten in die Stirn! Danach hatte er die Patronenhülse eingesteckt und sich ins Dunkel des Waldes zurückgezogen. Zufrieden atmete er durch.

Lust auf ein Bier?
Bin im Südtirol.

Wo??!!!
Bin bei Barbara.

Der SMS-Verkehr zwischen Gabathuler und Frank brach ab, und Gabathulers Handy klingelte. »Willst du eine alte Romanze aufleben lassen?«

»Ich habe ja noch ein paar Wochen frei, bis der Ernst des Pfarrerdaseins einsetzt. Und hier im Südtirol kann ich sehr gut ausspannen.«

»Ausspannen nennst du das! Schon verstanden.«

»Was willst du?«

»Was hältst du davon, wenn ich auch für ein paar Tage zu euch komme? Ich muss noch Überstunden abbauen. Ich weiß zwar noch nicht genau, wann ich hier wegkann, aber diese oder nächste Woche sollte es klappen. Oder stör ich euch?«

Gabathuler überhörte diese Frage geflissentlich. »Und Ursina?«

»Ursina hat selber vorgeschlagen, dass ich mal für ein paar Tage alleine verreisen solle. Und wenn ich jetzt höre, dass du bei Barbara bist … Wäre doch schön, wieder einmal zu dritt abzuhängen.«

»Abhängen« – so hatten sie es damals genannt, wenn sie zusammen unterwegs waren. Meist sahen sie sich einen Film an, setzten sich anschließend in eines der Straßencafés im Zürcher Niederdorf oder schlenderten am See entlang. Es war eine sorglose Zeit, und doch hatte sie sich für Gabathuler nicht so angefühlt. Er wollte damals unbedingt die Polizeischule bestehen, um möglichst bald seinen Dienst antreten zu können. Ja, dienen wollte er diesem Staat, denn er war dankbar, dass er in Zürich groß geworden war. Sein Vater hatte ihm immer wieder zu verstehen gegeben, dass der Wohlstand und die Freiheit, in der sie lebten, nichts Selbstverständliches sei. Es gebe auch in der reichen Schweiz Menschen, die in Not gerieten. Denen müsse die Gesellschaft helfen. Das war wohl der Grund, weshalb sein Vater im Sozialamt der Gemeinde arbeitete. Im Rahmen der Möglichkeiten hatte er immer gerne und großzügig geholfen. Die Empfängerinnen und Empfänger von Sozialhilfe dankten es ihm mit Briefen und Karten und selbstgebackenen Weihnachtsguetzli.

»Aber dann gibt es die, die ihren Mitmenschen Schaden zufügen.« Die müsse man mit aller Härte verfolgen und dafür sorgen, dass sie keinen weiteren Schaden mehr anrichten könnten. »Schafft den Bösen aus eurer Mitte hinweg!« Gabathulers Vater war kein sehr emotionaler Mensch. Im Gegenteil. Er hatte eher ruhig und überlegt auf Gabathuler gewirkt. Wenn er es bei seiner Arbeit aber mit Menschen zu tun bekam, die ihre Familien tyrannisierten oder gezielt den Sozialstaat ausnutzten, dann verfinsterte sich sein Gesicht. Bösartigkeiten dieser Art ertrug er nicht. Dann konnte es sein, dass er jenen Satz aus der Bibel zitierte: »Schafft den Bösen aus eurer Mitte hinweg.« Ob das ein Grund dafür war, dass Gabathuler den Polizeiberuf ergriffen hatte? Weil er dafür sorgen wollte, dass die Bösen auch tatsächlich in die Schranken gewiesen wurden?

»Woran denkst du?« Barbara setzte sich neben ihn auf die Bank. Nachdem die Lese am gestrigen Sonntag gut über die Bühne gegangen war, konnte sie sich heute eine Kaffeepause gönnen.

»Ich habe darüber nachgedacht, welchen Einfluss mein Vater auf meine Berufswahl hatte.«

»Den Polizei- oder den Pfarrberuf?«

»Den Polizeiberuf. Was den Pfarrberuf angeht, soweit bin ich in meinen Überlegungen noch gar nicht gekommen.«

»Soll ich dich alleine lassen?«

»Nein, lass nur. Übrigens: Frank hat angerufen. Er würde ebenfalls gerne vorbeikommen. Dann wären wir wieder mal zu dritt. Wie in alten Zeiten. Was meinst du?«

»Wir zu dritt? Wie in alten Zeiten?«

»Wir könnten Bozen ein wenig unsicher machen. Ich würde Frank gerne die Bar im Hotel Laurin zeigen. Mit etwas Glück bekommen wir dort guten Jazz zu hören. Und tagsüber könnten wir Ausflüge in die Berge machen.«

Barbara blickte über das Tal und zum bewaldeten Hang, der sich auf der anderen Seite der Eisack erhob. »Darf ich dich mal was fragen?«

»Sicher!« Auch Gabathuler ließ seinen Blick in die Ferne schweifen.

»Weshalb bist du überhaupt hierhergekommen?«

»Wie schon gesagt: Ich liebe das Südtirol und hatte …«

»Nein«, unterbrach sie ihn, »weshalb bist du hierher, zu mir, gekommen? An welche alten Zeiten willst du anknüpfen?«

Auf diese Frage war Gabathuler nicht vorbereitet. »Ich versteh nicht, was du meinst.«

»Nun, mich hast du mit deinem Besuch nicht wenig überrascht. Vor allem aber hat mich überrascht, wie sehr ich mich gefreut habe.«

Gabathuler sah sie an.

»Seit du da bist … es ist … ich habe nicht einfach Besuch bekommen. Es fühlt sich an, als sei ein langes Warten zu Ende gegangen. Als hätte ein Teil meines Herzens seit deiner Abreise vor sechs Jahren darauf gewartet, dass du zurückkommst.«

»Wow. Das ist … besonders.«

»Wem sagst du das!«

Der Blick in die Weite und die Tiefe des sich gegen Bozen öffnenden Tals lud dazu ein, dass eben Gesagte nachklingen zu lassen.

Es war Gabathuler, der das Gespräch wieder aufnahm.

»Tja. Manchmal erwischt einen das Glück auf dem falschen Fuß.«

»Geht das?« fragte Barbara leicht irritiert.

»Nun, meine erste Reaktion war: Das kann ich jetzt gar nicht brauchen. Ich fange jetzt in Ganterwald ein neues Leben an, und da fühlte sich eine Beziehung hier in Südtirol erst mal wie ein Klotz am Bein an.«

»Hm.« Barbara zog die Mundwinkel nach unten.

»Gleichzeitig musste ich mir eingestehen: Es ist schon schön, wieder hier zu sein, bei dir. Mit dir.«

»Also ein angenehmer Klotz am Bein?«

»Mit Betonung auf angenehm.«

Gabathuler und Barbara hatten nach diesem Gespräch über gute Gefühle, die Freude am Zusammensein und das Handicap, das eine Fernbeziehung mit sich brachte, beschlossen, sich und ihren widerstrebenden Empfindungen noch etwas Zeit zu geben. Sie wollten ausloten, welches Gefühl wie schwer wog. Gabathuler blieb auf dem Premstaller Hof. Barbara musste zwar noch arbeiten. Aber nachdem die Trauben in der Kellerei waren, konnte sie freier über ihren Tag verfügen. Vor allem nach Feierabend zogen sie gerne sommerlich gekleidet los und erfreuten sich an den mediterranen Temperaturen, die Bozen immer noch bis spät in der Nacht zu bieten hatte. Obwohl die Stadt eine der nördlichsten Italiens war, gehörte sie zu den drei wärmsten des Landes. Im Talkessel, in dem Bozen lag, sammelte sich die Wärme des Sommers und wurde noch weit bis in den Oktober hinein gespeichert. Wenn die beiden nicht wie meist direkt in die Stadt hinabstiegen, nahmen sie den Oswaldweg, der sie rund um die Stadt hinunter an die Talfer führte. Früher oder später steuerten sie aber immer die Fischbänke an, um dort ein Glas Weißwein zu trinken. Nur noch die marmornen Tische erinnerten daran, dass da einst frischer Fisch angeboten wurde. Mittlerweile war daraus eine Freilichtbar geworden, in der Wein aus der Gegend ausgeschenkt wurde. Auch reichhaltige Salatteller oder knusprige Crostini wurden serviert. Auf Barhockern sitzend und ihren Pinot Grigio trinkend, plauderten Gabathuler und Barbara und schauten dem vorbeiziehenden Strom aus Touristen und Einheimischen zu. Gelegentlich rief Barbara jemandem ein »Ciao« zu und hielt einen kurzen Schwatz. Und manchmal folgte dem ersten noch ein zweites Glas Wein. Danach gingen sie etwas essen oder begnügten sich damit, durch die Lauben zu schlendern, ein Eis zu essen und vielleicht in einem Kleiderladen etwas anzuprobieren. Immer aber beschlossen sie den Abend mit einem Drink in der Laurin Bar. Das Laurin war in Bozen die erste Adresse für Hotelgäste und hatte eine hervorragende Bar. Nebst ausgezeichneten Drinks gab es immer Live-Jazz zu hören. Barbara und Gabathuler hielten es hier stets noch eine ganze Weile aus, bevor sie dann müde und ein bisschen angetrunken den Weg zum Premstaller Hof in Angriff nahmen. Bis sie oben angekommen waren – der Fußweg führte sie gut und gerne eine halbe Stunde lang steil bergauf – war die Trunkenheit verflogen. Dafür hatte sie die Müdigkeit nur umso fester im Griff.

Als sie wieder einmal auf diesem Weg aus dem warmen Bozen hinauf zum deutlich kühler gelegenen Hof waren, fragte Gabathuler noch einmal, ob es eine gute Idee sei, dass Frank auch noch zu ihnen stoße. »Wieso nicht?«, meinte

Barbara ganz spontan. »Er wird ja nicht ewig bleiben. Und Platz haben wir genug. Jetzt, wo du bei mir schläfst, sowieso.« Gabathuler hatte nichts dagegen einzuwenden.

Wir freuen uns beide.
Trifft sich gut. Ich könnte morgen losfahren.
Super.
Werde im Laufe des Nachmittags eintreffen.
Schreib mir von unterwegs, wann du kommst.
Okay.

Als Gabathuler an jenem Morgen erwachte, war es noch dunkel. Er zog los, joggte etwa eine knappe Stunde und absolvierte anschließend sein Krafttraining. Beim Frühstück traf er Barbara.

»Denk daran, Frank kommt heute Nachmittag an«, sagte er.

»Ja, richtig. Ich habe heute eine Besprechung in Kaltern. Werde aber gegen fünf Uhr zurück sein.«

Als Barbara weg war, stieg Gabathuler hinter dem Haus durch die Reben den Hang hinauf. Dort befand sich irgendwo eine kleine Plattform mit einer Sitzbank, das wusste er noch von damals. Von dieser Bank aus eröffnete sich Gabathuler ein wunderbarer Ausblick auf die Berge, deren Farben nun unaufhaltsam vom Licht des anbrechenden Tages zum Leben erweckt wurden. So ein werdender Morgen trug doch immer auch das Versprechen eines Neubeginns in sich. Verheißungsvolle Unschuld. Und Gabathuler fragte sich, ob er diese auch für sich in Anspruch nehmen konnte. Gerne hüllte er sich in die Vorstellung, dass nun auch in seinem Leben ein neuer Tag anbreche. Bald würde er in Ganterwald in ein neues Berufsleben eintauchen. Und mit dem Tod von Jakovlev konnte er auch endlich dieses Kapitel abschließen, das ihn immer noch belastet hatte. Überdies lebten seine Gefühle für Barbara wieder auf. Und zumindest hier auf der Bank mitten im Weinberg fühlte sich das sehr gut an. Dass die räumliche Distanz zwischen ihnen eine Belastung sein würde, war ihm bewusst. Dennoch wollte er dem, was sich da entwickeln mochte, Raum geben. Ihm gefiel die Vorstellung, zusammen mit Barbara in einen neuen Tag aufzubrechen.

Das Klingeln seines Handys riss Gabathuler aus den Gedanken. »Hallo Roger, ich bin's!« Frank sprach laut und war dennoch nur schwer zu verstehen. »Ich bin früher in Bozen als angekündigt. Die Sitzung heute Morgen hat für mich nur kurz gedauert.«

»Auch gut«, rief auch Gabathuler unwillkürlich in den Hörer. »Wann wirst du denn hier eintreffen?«

»Mein Navi meint, dass ich zum Mittagessen in Bozen sein werde.«

»Wow!« Gabathuler war überrascht. »Barbara wird dann aber noch nicht zurück sein.«

»Das habe ich vermutet, darum dachte ich mir, wir zwei könnten uns erst einmal in der Stadt treffen und eine Kleinigkeit essen!«

Gabathuler erklärte ihm, wo er parken könne, und nannte einen Treffpunkt.

Gabathuler war eben auf dem Rathausplatz angekommen, als er Frank die Via dei Grappoli hinauf kommen sah. Es war noch nicht lange her, dass sie sich das letzte Mal gesehen hatten. Aber es war das erste Mal, dass sie sich in Bozen trafen. Das machte ihr Treffen irgendwie besonders. Entsprechend groß war die gegenseitige Freude. Gabathuler schlug vor, ganz in der Nähe bei einem Italiener einzukehren. »Hier gibt es exzellente Pasta«, erklärte er seinem

Freund und bog mit ihm in die Via Dr. Josef Streiter ein. Und schon standen sie vor der Casa Gabriella und setzten sich an einen Tisch im Freien. »Wir beginnen mit unserem obligaten Bier, bestellen dann einen Teller Spaghetti Pomodoro und trinken einen leichten Rotwein aus der Gegend dazu. Du wirst sehen, das wird eine neue Pasta-Erfahrung werden!« Kurz darauf prosteten sie sich zu.

»Scheint eine kurze Sitzung gewesen zu sein!«, begann Gabathuler.

»Es ging um den Mord an Jakovlev.« Frank machte eine Pause.

Gabathuler blieb ruhig. »Ja, davon haben wir sogar hier im Südtirol gehört.«

»Und, wie hast du darauf reagiert? Hast du die Korken knallen lassen?«

Einen Moment lang sahen sich die beiden Freunde direkt in die Augen.

»Ach weißt du«, begann Gabathuler betont lässig, »ich muss zugeben, es hat mich mit einer gewissen Genugtuung erfüllt, dass ich recht bekommen habe.«

»Wieso recht bekommen?«, wollte Frank wissen.

»Nachdem ich meinen Dienst quittiert hatte, half mir der Gedanke, dass Verbrecher wie Jakovlev kaum je in Freiheit eines natürlichen Todes sterben. Ich tröstete mich also damit, dass früher oder später ein anderer meinen Job erledigen würde.«

»Dein Name ist heute Morgen an der Sitzung gefallen.«

Gabathuler schaute auf. »Wieso das denn?«

»Roger! Du bist Pfarrer geworden. Aber wir sind Polizisten geblieben. Und die meisten wissen noch, dass du damals den Großfürst gejagt hast.«

»Hast *du* meinen Namen ins Spiel gebracht?«

»Das war gar nicht nötig. Ich habe dir doch von diesem jungen Kollegen erzählt, Werner Stucki. Der musste das Thema ja ohnehin aufarbeiten wegen der Asylsache. Er fand es bemerkenswert, dass Jakovlev ausgerechnet in dem Moment erschossen wird, als du in Winterthur-Ganterwald zum Pfarrer gewählt wirst.«

»Das ist in der Tat ein seltsamer Zufall!«

»Rechsteiner sah mich an, als Stucki das sagte. Ihm war es natürlich auch aufgefallen. Und ich hatte das Gefühl, dass es ihm gar nicht behagte.«

»Bin ich jetzt auf eurem Radar oder was?« Gabathuler hatte damit gerechnet, dass zu Beginn der Ermittlungen auch sein Name ins Spiel käme. Er ging sogar davon aus, dass er für einen Moment im Fokus stehen würde. Aber er blieb gelassen. Denn er war zuversichtlich, dass die Indizien nicht reichen würden.

»Nicht wirklich«, gab Frank zur Antwort. »Denn kurz danach kam einer von der Ballistik mit einer Information, die allen ein Fragezeichen ins Gesicht zeichnete.«

»Nämlich?« Gabathuler gab sich der Pasta hin, die mittlerweile vor ihm stand. Und der Vernatsch, eine Rotweinspezialität des Südtirols, passte bestens dazu. Er nahm einen Schluck und spürte der aromatischen Vielfarbigkeit in seinem Gaumen nach. »Das musst du unbedingt auch probieren«, sagte er zu Frank, der seinen Teller noch gar nicht angerührt hatte. Gabathuler hielt sein Weinglas in die Höhe. Sie stießen an. Dann drehte Frank ein paar Spaghetti auf die Gabel und führte sie zum Mund. Für einen Moment war es still zwischen den beiden. Gabathuler nahm das Gespräch wieder auf. »Was wusste der Kollege von der Ballistik denn zu erzählen?«

»Die haben das Projektil routinemäßig mit anderen Projektilen in der Datenbank verglichen, und weißt du, was sie herausgefunden haben?«

»Nun sag schon!«

»Mit derselben Waffe, mit der Jakovlev erschossen worden ist, ist vor dreißig Jahren schon einmal jemand erschossen worden.«

Nur kurz unterbrach Gabathuler seinen Kauvorgang. Dann fragte er: »Tatsächlich?«

»Und das Verrückte ist, es wurde damals nicht etwa ein anderer Mafiaboss umgebracht oder so. Nein! Einen Jäger im Toggenburg hatte es erwischt.«

»Ein Jagdunfall?«

»Danach sah es zunächst aus. Aber der Schuss hatte das Opfer frontal und mitten ins Herz getroffen. Der Schütze muss sein Opfer gut gesehen und präzise gezielt haben. Daher ermittelte man damals auch in Richtung Mord.«

»Wahnsinn!« Und um seiner Verwunderung einen professionellen Anstrich zu geben, fügte er an: »So etwas habe ich ja noch nie gehört. Dreißig Jahre, sagst du?«

»Der Fall wurde irgendwann als ungelöst zu den Akten gelegt, ist nun aber natürlich wieder zurück auf dem Tisch. Nur, eine Verbindung zwischen den beiden Verbrechen herzustellen, das wird eine Herausforderung der besonderen Art werden!«

»Ja, da passt einiges nicht zusammen …«

»Nun, mich kümmert das nicht. Ich gehöre nicht zum Team, das den Mord untersuchen muss.«

»Das alles dürftest du mir doch gar nicht erzählen. Oder?«, meinte Gabathuler.

»Ich hab's ja nicht der Presse diktiert, sondern einem Freund anvertraut.« Frank schaute Gabathuler in die Augen.

»Und da wird's auch bleiben. Darauf kannst du dich verlassen!«

3

Peter Gabathuler
Sohn eines Bauern
Aufgewachsen in Andelfingen
Nach der Sekundarschule Kaufmännische Lehre bei der Gemeinde Andelfingen
Rekrutenschule in Genf
Mitarbeiter bei der Gemeindeverwaltung Andelfingen, Abteilung Sozialamt
Heirat mit Monika Brandenberger
1 Kind
Beförderung bis zum Leiter Sozialamt
Hobbys: Jagen
Zwanzig Jahre Mitglied der Kirchenpflege, davon zwölf Jahre als Präsident

Roger Gabathuler saß am Esstisch in seinem Haus in Andelfingen und notierte, was er über seinen Vater wusste. Er sah auf seinen Schreibblock und staunte, wie wenig das doch alles war. Kaum ein Dutzend Stationen hatte er bis jetzt zum Leben seines Vaters zusammengetragen. Er wusste noch mehr über seinen Vater. Klar. Trotzdem beeindruckte es ihn, wie wenig Platz ein ganzes gelebtes Leben beanspruchte, wenn man es in Stichworten auf einem Blatt Papier notierte.

Franks Bericht über die Tatwaffe war nichts weniger als eine Überraschung gewesen. Damit hatte Gabathuler nun wirklich nicht gerechnet. Für ihn war sofort klar, dass sein

Vater diesen Jäger erschossen haben musste. Schon als er damals beim Aufräumen des Hauses die Büchse in der Täfelung entdeckt hatte, staunte er über das hervorragende Versteck, während ein anderes Jagdgewehr im Schlafzimmer gut sichtbar an der Wand hing. Nun kannte Gabathuler den Grund dafür. Aber es wollte so gar nicht zum Bild passen, das er von seinem Vater hatte. Denn sein Vater war der Inbegriff des rechtschaffenen Bürgers. Ein fürsorglicher Ehemann, ein engagierter Leiter des Sozialamts und ein langjähriger verdienter Präsident der Kirchenpflege. Und nun das! Die eben erst wieder hergestellte Ordnung in Gabathulers Innerem war erneut bedroht.

Barbara, Frank und er waren an jenem Abend noch zusammen um die Häuser gezogen. Sie zeigten Frank die Stadt, spazierten unter den großen Platanen der Talfer entlang, genossen in der Löwengrube, einem Restaurant mit vorzüglicher Küche und einer großen Weinauswahl ein Viergangmenü und kehrten natürlich am Schluss noch zu einem Absacker in der Laurin Bar ein. Eine blonde Pianistin spielte *The Look of Love*, als die drei es sich in einer Polstergruppe bequem machten. Einen Augenblick lang hörten sie ihr aufmerksam zu. Aber während Frank und Barbara allmählich wieder ins Gespräch zurückfanden, ließ Gabathuler sich von der Musik davon tragen. Zunächst kreisten seine Gedanken um die Waffe, die nun wieder in der Wandtäfelung hinter dem Wandschrank versteckt war. Er dachte daran, was er seit dem Mittagessen Neues über sie wusste und was diese Information über seinen Vater sagte. Von dort aus weiteten sich die Gedankenkreise, und der Schrei von Jakovlevs Frau drang wieder an sein Ohr. Gabathuler staunte noch immer, dass die Frau diesen Verbrecher offensichtlich aufrichtig geliebt hatte. Das Thema Liebe lenkte Gabathulers Gedanken schließlich zu Barbara und dem, was zwischen ihnen auflebte. Die Liebe ist ein wunderlich Ding, ging es ihm durch den Kopf.

Mit Cornelia war er zehn Jahre zusammen gewesen. In seinen Augen hatte sie vor allem der gemeinsame Kampf gegen das Böse verbunden, der Wille, eine Elite im Kampf gegen die Verbrecher zu bilden. Natürlich waren sie auch ein Liebespaar. Sie teilten eine große Vertrauensbasis. Aber dass er tiefgehende Gefühle bei Cornelia ausgelöst hätte, wäre ihm nie aufgefallen. Oder hatte er einfach kein Gespür dafür? In den letzten zwei oder drei Jahren ihrer Beziehung war es vermehrt zu Streitereien gekommen. Oft waren es Kleinigkeiten, die Cornelia zu Grundsatzdiskussionen aufblähte. Irgendwann änderte sie ihr Aussehen, schnitt sich die Haare kurz und begann von Kindern zu reden. Er hatte dies alles mit Hormonschwankungen und typisch weiblicher Torschlusspanik abgetan. Zudem war er so sehr auf die Jagd nach dem Großfürst fokussiert, dass er den Veränderungen in Cornelias Verhalten nicht die gebotene Aufmerksamkeit schenken konnte. Und auch nicht wollte. War das vielleicht Cornelias Art gewesen, um ihre gemeinsame Liebe zu kämpfen?

How Deep is the Ocean, sang die Pianistin nun. Die Frau ist gut, ging es Gabathuler durch den Kopf. Sehr gut sogar. Das war nicht das übliche Hintergrundgeklimpere, wie er es in Zürich so oft erlebte. Nein, sie hatte Ausdruck in den Fingern, und in ihrer Stimme war das gewisse Etwas, das einen aufmerken ließ.

»Alles okay, Roger?« Barbara sah ihn leicht genervt an.

»Ja, klar. Wieso fragst du?«

»Weil der freundliche Herr neben dir schon dreimal gefragt hat, was er dir bringen könne!«

Jetzt erst realisierte Gabathuler den Mann, der neben ihm stand, bereit, seine Bestellung aufzunehmen. »Äh, nein danke. Ich glaube, ich habe genug für heute.« Darauf wiederholte der Ober die Bestellungen der anderen beiden und zog sich zurück.

»Macht es euch etwas aus, wenn ich den Rückweg antrete? Es war ein anstrengender Tag für mich.«

»Was war denn heute so kräfteraubend?« Babara musste lachen.

Gabathuler konnte den wahren Grund nicht nennen. Daher sagte er einfach: »Keine Ahnung. Aber offensichtlich bin ich zu müde, um euch ein anregendes Gegenüber zu sein.« Dann verließ Gabathuler die Bar.

Im Premstaller Hof angekommen, fiel Gabathuler sogleich ins Bett. So schnell ihn ein traumloser Schlaf eingefangen hatte, so abrupt war seine Nacht morgens um vier zu Ende. Und im selben Augenblick war ihm auch klar, dass er nicht länger bleiben konnte. Zwar hätte er liebend gerne weiter Zeit mit Barbara verbracht. Aber die Geschichte mit dem Gewehr trieb ihn zu sehr um. Er musste wissen, was sein Vater vor dreißig Jahren getan hatte. Und vor allem: Warum?

Gabathuler stand auf, joggte hinunter in die Stadt und wieder zurück, duschte, packte seine Tasche und stieg zur Bank in den Reben hinauf. Dort wartete er darauf, dass er sich von Barbara verabschieden konnte. Als er hinter den Bergkuppen das erste Dämmerlicht zu sehen meinte, ging in Barbaras Wohnung das Licht an. Gabathuler stieg wieder hinunter und kochte Kaffee. Kurz darauf schleppte sich Barbara herein, gab ihm einen Kuss und setzte sich an den Küchentisch. Gabathuler schenkte ihr eine Tasse ein. »Danke«, murmelte Barbara und gab einen großen Löffel Zucker dazu. Dann sah sie seine Tasche.

»Ich muss nach Hause«, antwortete Gabathuler auf ihre nicht gestellte Frage. »Ich muss nun doch schon ein paar

Dinge für die Übernahme des Pfarramtes in die Wege leiten.«

Barbara sah in an. »Klar doch.«

Gerne hätte Gabathuler noch etwas gesagt. Aber alles, was ihm in den Sinn kam, hätte seine Begründung nur noch fadenscheiniger gemacht. Also schwieg er.

Dann sagte Barbara in die Stille hinein: »Du hast Jakovlev erschossen, nicht wahr?« Das war mehr eine Feststellung als eine Frage.

Gabathuler setzte sich zu ihr an den Tisch. »Wie kommst du darauf?«

Sie sah Gabathuler in die Augen.

»Nach sechs Jahren Funkstille tauchst du frühmorgens unangemeldet hier auf, nachdem du die Nacht durchgefahren bist. Am selben Abend höre ich in den Nachrichten, dass in Winterthur ein Russe erschossen worden sei. Und dann erzählt mir gestern Abend Frank, dass der Tote jener Mafiaboss war, den ihr jahrelang gejagt habt. Die Punkte miteinander zu verbinden, war dann wirklich nicht mehr schwierig.«

»Hat er dir auch erzählt, dass mit derselben Waffe bereits vor dreißig Jahren jemand erschossen wurde? Und zwar kein Mitglied der Mafia, sondern ein einfacher Jäger?«

Barbara stutzte kurz, sagte dann aber unbeeindruckt: »Nein, hat er nicht. Aber es würde erklären, weshalb du plötzlich abreisen musst. Offensichtlich stimmt da etwas mit der Waffe nicht.« Barbara ließ sich nicht verunsichern. Und sie hatte einen guten Instinkt. Sie wäre eine gute Polizistin geworden.

»Wenn du das glauben willst, bitte. Das kann ich nicht ändern. Aber ich muss jetzt gehen.«

»Und was wird aus uns?« Ihre Stimme hatte nun etwas Zerbrechliches.

»Ich melde mich. Versprochen.« Gabathuler zögerte einen Moment. Dann stand er auf und nahm seine Tasche. »Versprochen!«, wiederholte er, küsste Barbara auf die Wange und ging.

Auf der Fahrt zurück war Gabathuler sehr unkonzentriert. Er fuhr aggressiv, ärgerte sich über den Berufs- und Urlaubsverkehr, der sich nur langsam über die Passstraßen schleppte. Er machte gewagte Überholmanöver, aber es konnte passieren, dass er kurz darauf gedankenverloren beinahe eine gefährliche Kreuzung übersah. In Glurns, dem letzten Dorf vor der Schweizer Grenze, legte er eine Pause ein.

Und nun saß er am Esstisch in Andelfingen und listete auf, was er über seinen Vater wusste. Dieser eine Schuss, dieser chirurgische Schnitt, der das Böse aus seiner Welt endgültig hätte ausmerzen sollen, hatte stattdessen eine Lücke gerissen, in die sich nun ganz unerwartete Themen drängten. Der Schrei von Jakovlevs Frau. Die Information von Frank. Und vor allem: Wer war sein Vater? Als Jäger war ihm der Umgang mit Waffen vertraut. Präzises Schießen und Töten waren elementarer Bestandteil dieses Hobbys. Dabei ging es eigentlich um Tiere. Aber vor dreißig Jahren hatte ein Schuss einem Menschen gegolten.

»Also, gehen wir davon aus, dass Vater vor dreißig Jahren einen Mann erschossen hat«, sprach Gabathuler zu sich selbst. Noch fühlte es sich fremd an, das über *seinen* Vater zu sagen. Aber er war entschlossen, diesen Weg weiter zu beschreiten. »Mal sehen, ob ich weitere Indizien zusammentragen kann.«

Er stand auf und studierte die Rücken der Fotoalben, die sich im Regal hinter ihm befanden. Sein Vater hatte gerne fotografiert und die Bilder stets sorgfältig in Alben eingeklebt. Gabathuler entnahm der Sammlung zwei Bände, die dreißig Jahre und älter waren, und begann darin zu blättern. Natürlich kannte er die Bilder. Der heranwachsende Sohn. Allein und mit seinen Spielkameraden. Fotos von Weihnachtsfeiern oder Geburtstagen. Dazwischen gelegentliche Landschaftsbilder, die auf gemeinsamen Ausflügen in die Berge geschossen wurden. Ab und zu war ein Bild herausgefallen.

Gabathuler suchte nach Fotos, auf denen sein Vater als Jäger zu sehen war. Der Jagd hatte er viel Zeit geopfert. Aber es gab erstaunlich wenig Bilder, auf denen er in Jagdmontur zu sehen war. Und die paar, die er fand, waren nicht selten eher unscharf. Das hing wohl damit zusammen, dass sie von seiner Mutter gemacht worden waren, die beim Fotografieren stets ungeschickt hantierte. Dennoch fand er über die Jahre verteilt ein paar Bilder des Jägers Peter Gabathuler. Unter einem stand *Jagderöffnung*. Ein anderes zeigte ihn mit einem erlegten Rehbock, darunter ein einziges Wort: »Blattschuss«. Solche Bilder gab es in der Folge mehrere. Immer wieder war nur »Blattschuss« zu lesen. Sein Vater war ganz offensichtlich stolz auf seine präzisen Schüsse.

Ein Mann, der gelernt hatte, Wild mit hoher Präzision zur Strecke zu bringen, war auch in der Lage, einen Menschen mitten ins Herz zu treffen. »Nur, warum würde er so etwas tun?« Noch einmal sah er sich die Bilder näher an, auf denen sein Vater als Jäger zu sehen war. Immer war da auch seine Büchse mit abgebildet. Er nahm eine Lupe zu Hilfe. Soweit er es beurteilen konnte, war es stets dieselbe, nämlich diejenige, die seit Jahr und Tag über dem Bett seiner Eltern gehangen hatte. Gabathuler ging ins Schlafzimmer seiner Eltern. Nach dem Tod seines Vaters hatte er zwar aufgeräumt, aber bei der Einrichtung alles belassen, wie es war. Auch sein Zimmer, das er sich als Teenager im Dachstock eingerichtet hatte, hatte er kaum verändert. Im Polizeidienst nutzte er dann gerne gelegentlich diese Rückzugsmöglichkeit, für die Zeit des Theologiestudiums war er wieder ganz ins Haus eingezogen. Er lebte vor allem im Dachstock, kochte und aß aber unten. Gabathuler verglich die Büchse an der Wand mit derjenigen auf den Fotografien. Auf beiden Seiten des Schafts waren die Initialen »P. G.« für Peter Gabathuler eingebrannt. Es war dieselbe Waffe, wie auf den Fotografien. Kein Zweifel.

Gabathuler konnte sich daran erinnern, dass sein Vater stets im Herbst auflebte. Dann gewann der fleißige, zuverlässige Vater an Leichtigkeit. Er war zwar auch sonst durchaus für Spiele und Scherze zu haben. Dennoch brachte der Herbst eine besondere Unbeschwertheit mit sich, die ihm während der anderen Jahreszeiten fehlte.

Gabathuler schlug ein weiteres Fotoalbum auf, ohne genau zu wissen, wonach er suchte. Er fand ein Bild, das seinen Vater vor einer Jagdhütte im Kreis einiger Kameraden zeigte. Eine fröhliche Männerrunde. Jeder hatte ein Bier in der Hand und vor sich einen gefüllten Teller. Das Bild war über vierzig Jahre alt. Auf der übernächsten Seite war ein Foto, auf dem sein Vater und ein anderer Jäger zu sehen waren. Stolz präsentierten sie ihre Strecke. Die beiden Jäger hielten sich mit ihren Armen um die Schultern. Ein Bild, das von einer guten Freundschaft erzählte. Darunter stand: *Blattschuss – Blattschuss*. Da hatten sich offensichtlich zwei gefunden!

Gabathuler sah aus dem Fenster. Sein Blick ging bis zum Haus auf der anderen Straßenseite. Seine Gedanken aber zogen weiter bis zu jenem Schuss auf den Jäger. Es hatte sich um eine wohlüberlegte Aktion gehandelt, bei der nur wenige verwertbare Spuren zurückgeblieben waren.

Gabathuler musste schmunzeln. Offensichtlich hatten sein Vater und er mehr gemeinsam, als vermutet. Sie beide hatten einen Menschen getötet, auch wenn Gabathuler zumindest seine eigene Tat nicht als Mord bezeichnet hätte. Obwohl er zugeben musste, dass sie aus juristischer Sicht kaum anders beurteilt werden konnte. Für ihn aber war sein Schuss eher eine Art Notwehr. Auf dem vom Gesetzgeber vorgesehenen Weg war Jakovlev nicht beizukommen. Also handelte Gabathuler in Eigenregie und tötete den Übeltäter, denn das musste nun eben einmal in Gottes Namen getan werden. Aber was hatte seinen Vater zu seiner Tat bewegt? Was war sein Motiv?

Gabathuler konnte schlecht zu Frank oder einem andern Polizeikollegen gehen und nach dem Jäger fragen, der vor dreißig Jahren erschossen worden war. Er musste einen anderen Weg finden. Und im Moment hatte er nur seine Erinnerungen und die Fotoalben. Die Erinnerungen gaben wenig her. Also sah er noch einmal die Fotoalben durch und bedauerte jeden weißen Fleck, der ein herausgefallenes Foto anzeigte. Doch dann hielt er inne. Er musste an einen Erfahrungsbericht denken, den er in der Seelsorgeausbildung gehört hatte. Ein Pfarrer hatte von seinen Hausbesuchen erzählt. Insbesondere ältere Menschen, so erklärte der Pfarrer, holten gerne Fotoalben hervor, um anhand der Bilder aus ihrem Leben zu berichten. Dabei könne es vorkommen, dass da und dort eines fehle. Das Gespräch nun, so erzählte jener Pfarrer, gewinne nicht selten an Tiefe, wenn man Fragen zu den fehlenden Bildern stelle. Denn darauf waren manchmal die schwarzen Schafe der Familie abgebildet. Menschen, an die man sich nicht gern erinnerte. Und so gingen diese Bilder zuweilen einfach ›verloren‹.

Gabathuler sah sich die Leerstellen in den Alben genauer an. Tatsächlich konnte er nun unschwer feststellen, dass Bildunterschriften entweder ausradiert oder auf andere Art und Weise unkenntlich gemacht worden waren. Dennoch konnte er einzelne Bildunterschriften zumindest teilweise entziffern. Eine der frühesten war mit einem anderen Foto überklebt worden. Gabathuler war es aufgefallen, weil das Foto seltsam asymmetrisch eingeklebt war. Vorsichtig löste er es ab. *Urs auf dem Hochsitz* stand da geschrieben. Gabathuler sah sich die anderen unkenntlich gemachten Eintragungen an. Auch hier konnte er meist diesen Namen ausmachen: Urs.

Gabathulers Handy klingelte. Es war Rohner.

»Sie machen sich keine Vorstellung. Seit dem Mord an Jakovlev ist hier die Hölle los. Polizei, Fernsehen, Presse, die Kirchenleitung, besorgte Gemeindeglieder – wie eine Lawine stürzt alles auf uns ein. Normales Arbeiten ist gar nicht mehr möglich.«

Gabathuler konnte sich das sehr wohl vorstellen. Schließlich war er einst als Polizist selber Teil dieser Lawine. Aber er sagte nur: »Schrecklich, was passiert ist!«

»Morgen früh um zehn Uhr geben wir eine Pressekonferenz, natürlich mit der Polizei zusammen. Ich dachte mir, vielleicht wollen Sie dabei sein. Ich könnte Sie vorher noch über den Stand der Dinge informieren.«

Gabathuler wollte nicht. »Ich bin immer noch auf meiner kleinen Urlaubsreise.«

»Ach ja. Das habe ich vergessen. Sie haben recht,« antwortete Rohner. »Erholen Sie sich gut! Wenn Sie erst einmal in Amt und Würden sind, wird noch genug Arbeit auf Sie zukommen.« Gabathuler wollte schon auflegen, da setzte Rohner noch einmal an: »Übrigens, die Pfarrhausfrage sieht jetzt natürlich ganz anders aus. Frau Jakovlev und ihr Neffe werden wohl nicht bleiben. Das ist jedenfalls der Eindruck, den Tillmann Kunz bekommen hat. Sie glauben gar nicht, wie froh ich bin, dass wir einen Kirchenpfleger haben, der Russisch spricht. Den hat uns Gott gerade zur rechten Zeit geschickt!«

Dieses Verhalten kannte er. Wenn eine wichtige Figur wie Jakovlev umgebracht wurde, zog sich bei der Russenmafia das engere Umfeld des Getöteten in sichere Gefilde zurück. Gleichzeitig, und das beschäftigte Gabathuler weitaus mehr, wurde ein Team aus zumeist drei Personen aktiviert, das den Getöteten rächen sollte. ›Drei in einem Wagen‹ hatten sie diese Troika polizeiintern genannt. Gabathuler fragte sich, wie weit diese Automatik im Fall des Großfürst schon gediehen war. Aber auch das konnte er Frank nicht fragen. Dennoch musste er Schritte unternehmen, um vorbereitet zu sein, wenn sie eintreffen sollten.

Er wählte die Nummer seines Schulfreundes Christoph Ramsauer, dem eine Autovermietung gehörte. Christoph war nicht wirklich ein Freund aus der Schule, denn da er ein Jahr älter war, hatten sie sich an der Schule bestenfalls in den Pausen gesehen. ›Schulfreund‹ war mehr eine Bezeichnung für einen Freund aus frühen Kindertagen. Aber in der Freizeit hatten sie beinahe jede Minute zusammen verbracht.

»Ich brauche ein Auto für ein paar Tage. Vielleicht auch ein paar Wochen.«

»Ab wann?«

»Sofort.«

»Aber nur weil du es bist.«

Gabathuler liebte seinen roten 93er Saab 900 Cabrio. In diesem Auto wurde er auch immer gleich erkannt, es war sein Markenzeichen. Und daher auch sein Handicap.

Denn im Saab konnte er unmöglich unerkannt nach Ganterwald fahren, geschweige denn das Pfarrhaus observieren. Genau das aber musste er nun von Zeit zu Zeit tun. Der Mietwagen verschaffte ihm dazu die nötige Tarnung.

Als Gabathuler eine Viertelstunde später das Gelände der Autovermietung betrat, kam ihm Christoph entgegen. Den Autoschlüssel hielt er bereits in der Hand. Er zeigte auf einen schwarzen Audi A3.

»Ist der in Ordnung?«

»Habe ich mich je beklagt?«

Gabathuler und Ramsauer sahen sich nicht oft. Dennoch hätte Gabathuler Christoph zu seinen drei wichtigsten Freunden gezählt. Bei den unzähligen gemeinsamen Stunden im Sandkasten, auf dem Fußballplatz und im Wald war eine Verbundenheit gewachsen, die über die Jahre und die unterschiedlichen biographischen Entwicklungen hinaus gehalten hatte. Seit Christoph etwa siebzehn Jahre alt war, färbte er seine Haare schwarz. Gabathuler bedauerte dies, weil er stets den Eindruck hatte, dass Christoph damit lediglich seine von Natur aus roten Haare verstecken wollte. Zudem behielt er lange die Augenbrauen im ursprünglichen Zustand, was die Künstlichkeit der neuen Haarfarbe nur unterstrich. Auch die vielen Sommersprossen wollten nicht recht zu dem satten Schwarz passen. Aber Christoph machte damals eine Elvis-Presley-Phase durch. Daher mussten die neue Haarfarbe und die dazugehörige Frisur einfach sein. Das Schwarz blieb auch, nachdem er die Presley-Kleider und die Sonnenbrillen in einen Secondhandladen gebracht hatte. Daran gewöhnt hatte sich Gabathuler nie.

»Wieso die Eile? Du bist doch nicht mehr bei der Polizei, oder?«

Gabathuler hatte früher gelegentlich bei Christoph Autos gemietet, wenn er jemanden observieren musste, es aber nicht in seinem eigenen Auto machen wollte. Christoph hatte stets auch kurzfristig eine Lösung parat. Und er musste ihm gegenüber, anders als bei seinen Vorgesetzten, keine langen Erklärungen abgeben. Und so antwortete er ehrlich und ausweichend zugleich: »Auch bei einem Pfarrer kann es vorkommen, dass er ein Mietauto benötigt.«

Christoph bot Gabathuler einen Kaffee an. Mit den warmen Pappbechern in der Hand verfielen sie sogleich in ihr gewohnt freundschaftliches Plaudern. Dabei konnte es nicht ausbleiben, dass sie auch auf den Mord an Jakovlev zu sprechen kamen. Natürlich fragte ihn Christoph, ob Gabathuler denn nicht etwas mehr wisse, als man in den Nachrichten zu lesen und zu hören bekam. Und Gabathuler antwortete mit seiner Standardformel: Er sei schon seit über sechs Jahren weg vom Fenster und daher von allen relevanten Informationen abgeschnitten. Er wollte schon das Thema wechseln, als ihm ein Gedanke durch den Kopf schoss. Darum fuhr er im Plauderton fort: »Da hast du fast noch den besseren Zugang zu relevanten Informationen als ich.«

»Ich? Weshalb denn gerade ich?«

»Ist ja nur theoretisch. Aber Jakovlev war wie gesagt bei der Russenmafia. Und nach allem, was ich weiß, werden die einen solchen Mord nicht einfach der Polizei überlassen. Ich vermute mal, die haben eine Ahnung, wer Jakovlev erschossen hat. Daher werden sie bald ein kleines Team losschicken, das dem Täter seinerseits eine Kugel in den Kopf jagen wird.«

»Und wie soll ich davon erfahren? Die werden sich ja nicht bei mir anmelden!«

»Das nicht. Aber sie werden mit dem Flugzeug kommen, in Kloten landen und dann einen Mietwagen benötigen.

Und da könnte es ja sein, dass sie bei euch ein Auto buchen werden. Ihr seid ja die größten und die besten, nicht wahr? Für dich wäre es kein Problem, im System nachzuschauen, wann ein Auto von Russen gebucht wird.«

»Du bist und bleibst ein Polizist! Auf diese Idee wäre ich nie gekommen!«

»Aber eben, das alles ist sehr theoretisch. Und noch wichtiger: Du bist kein Polizist. Also lass die Finger davon!«

Gabathuler wusste genau, dass er Christoph mit diesem letzten Satz nur noch neugieriger machte und sein Sandkastenfreund nun nach den Russen Ausschau halten würde. Es war ihm nicht wohl dabei. Noch nie hatte er Christoph in einen seiner Fälle hineingezogen. Aber nun lagen die Dinge anders. Er war gezwungen, andere Wege zu beschreiten. Und Christophs Einblick in die Kunden der Mietwagenflotte seiner Firma bot immerhin eine kleine Chance, etwas über die Unternehmungen von Jakovlevs Familie herzauszufinden.

Gabathuler stieg in den schwarzen A3 und fuhr nach Ganterwald. Auf der Flurstrasse fand er zum Glück gleich einen Parkplatz, von dem aus er einen guten Blick auf das Pfarrhaus hatte. Der Garten vor dem Haus machte einen unaufgeräumten Eindruck. Der Herbst war schon fortgeschritten. Die gelbe Pracht lag bereits weitgehend am Boden und versprach viel Arbeit für den, der sie zusammenzukehren hatte.

Im Erdgeschoss brannte Licht. Zum Garten hin gab es eine große Balkontür. Die Vorhänge verbargen den Blick in den Raum. Links neben dem Wohnzimmer befand sich offensichtlich eine Art Büro, in dem die Vorhänge nicht blickdicht waren. Gabathuler konnte die Nase ausmachen, der telefonierte.

Ansonsten konnte er nicht viel erspähen. Kurz nach acht Uhr fuhr ein Wagen vor und bog in die Einfahrt zum Haus ein, die er aber nicht einsehen konnte. Wenig später war jedoch hinter dem Wohnzimmervorhang etwas mehr Bewegung auszumachen. Nach etwa einer Stunde ging die Terrassentür auf, und die Nase trat mit seinem Gast nach draußen und bot ihm eine Zigarre an. Nun erkannte ihn Gabathuler. Es war Tillmann Kunz, der Russisch sprechende Kirchenpfleger. »Was macht denn der hier?«, fragte sich Gabathuler laut. Etwa eine halbe Stunde standen die beiden im Garten, zogen an ihren Zigarren und nippten an Whiskygläsern. Dann gingen sie wieder hinein. Gegen zehn Uhr fuhr der Wagen wieder weg. Danach blieb es ruhig. Und als um Mitternacht im Haus alle Lichter ausgingen, startete auch Gabathuler seinen Audi und fuhr nach Andelfingen. Am nächsten Morgen aber war er bereits um sieben Uhr wieder vor Ort. Diesmal musste er in der Straße parken, die zum Haus führte. Von dort aus sah er zwar kaum noch, was in Haus oder Garten vor sich ging. Dafür hatte er im Blick, wer ein- und ausging. Gabathuler blieb den ganzen Tag über im Auto sitzen. Der Tag verlief ziemlich ereignislos. Um elf Uhr fuhr der Lieferwagen einer großen Lebensmittelkette vor und lieferte zwei Taschen ab. Das wird ihr Mittagessen sein, dachte sich Gabathuler. Ob die Nase gut kochen konnte? Gegen halb vier verließ die Nase das Haus, war aber bereits eine halbe Stunde später wieder da. Das war alles. Gabathuler beschloss, es bei diesen Beobachtungen bewenden zu lassen. Offensichtlich stand die Abreise noch nicht unmittelbar bevor, und die ›drei in einem Wagen‹ schienen auch noch nicht eingetroffen zu sein. Gabathuler konnte also getrost losfahren. Er wollte die Distanz zu Winterthur, Jakovlev und allem, was damit verbunden war, wieder herstellen. Die hatte ihm im Südtirol gutgetan. Aber dorthin konnte er im Moment nicht zurück. Also hatte er in der anderen Richtung nach einer lohnenswerten Destination gesucht. Seine Wahl war auf Colmar gefallen, weil es hier den Isenheimer Altar zu bestaunen gab.

Gabathuler hatte Hunger. »Wenn ich jetzt losfahre, dann bin ich kurz nach acht im Elsass«, dachte er, und der Gedanke an ein elsässisches Abendessen ließ seine Magensäfte gleich noch aktiver werden. Die Aussicht auf Choucroute mit Speck und ein frisch gezapftes Bier belebten sein Gemüt so sehr, dass er locker die Kraft aufbrachte, noch zwei Stunden darauf zu warten. Beschwingt von dem Gedanken an ein gutes Essen fuhr er los. Vielleicht würde er auch eine Truite au Riesling statt des Choucroute nehmen.

An der Rue des Augustins fand er gleich beim ersten Versuch ein Hotel, das noch ein Zimmer frei hatte. Ein Ehepaar hatte das alte Elsässer Riegelhaus zu einem Designhotel umgestaltet und so vor allem dem Interieur einen neuen Charakter verliehen. Gabathuler gefielen die ganz in Schwarz und Weiß gehaltenen Räume, die gezielt alles neu interpretierten und in den Zimmern nicht mehr klar zwischen Schlafraum und Nasszelle unterschieden. So stand beispielsweise die Badewanne mitten im Raum. Einzig der schieferfarbene Boden sorgte dafür, dass sich der Nassbereich subtil vom mit Holzparkett ausgelegten Wohnbereich unterschied. Gabathuler war gespannt, ob diese moderne und hippe Raumgestaltung auch funktional war.

Zunächst aber stellte er lediglich seine Tasche ins Zimmer und ging sogleich wieder los, um das langersehnte Abendessen einzunehmen. Ganz in der Nähe entdeckte er ein Restaurant, in dem er unverschämt gut aß. Der Aperitif bestand aus einem würzigen lokalen Bier, mit dem er seinen Durst löschte. Als Vorspeise hatte er einen knackigen Bauernsalat gewählt, der mit einer ausgezeichneten Vinaigrette versehen war. Die Hauptspeise bestand aus einer Truite à l'Alsacienne mit zarten Salzkartoffeln an einer wunderbaren Rieslingsoße. Dazu trank er natürlich einen Elsässer Riesling, der hervorragend zum Fisch passte. Zum Dessert bestellte er eine Kugel Zitronensorbet mit Wodka und einen Espresso. Aber das zweifellos exquisite Essen machte nur den einen Teil des Genusses aus. Ebenso gerne gab Gabathuler sich der gediegenen Atmosphäre hin, die zum Verweilen einlud. Die weißen Tischtücher, Besteck und Gläser sorgfältig gedeckt, das gedimmte Licht, das den Eindruck vermittelte, als wäre das ganze Restaurant von warmem Kerzenschein erhellt, sowie das zuvorkommende Personal, das ihm das Gefühl gab, nur für ihn da zu sein, ließen ihn die Ereignisse der vergangenen Tage vergessen. Er liebte es, in solchen Lokalen in aller Ruhe zu essen und sich den Gedanken hinzugeben.

Und so wie sich seine Gedanken ohne erkennbare Ordnung frei und spontan aneinanderreihten, schlenderte er nach dem Essen durch die Gassen und ließ sich von seinen Füßen mal hierhin, mal dorthin tragen. Dabei genoss Gabathuler die nächtliche Stimmung des wunderschönen Städtchens. Zurück im Hotel legte er sich hin und schlief sofort ein.

»Scheiße! Was soll das?!« Gabathuler riss am Heckruder, aber es bewegte sich keinen Millimeter. Mit aller Kraft legte er sich ins Zeug, aber ohne Erfolg. Nun sah er, dass die Pinne des Heckruders an der Reling festgeschweißt war. Das Ruder konnte sich gar nicht bewegen. Reiner Fake! Das Floß trieb immer noch unkontrolliert den Fluss hinunter. Auf den massiven, zusammengebundenen Baumstämmen befand sich ein metallener Aufbau, wie er ihn eigentlich nur von Hochseeschiffen, genauer von Kriegsschiffen her kannte. Nun sah Gabathuler vor sich das Steuerrad. »Wieso schweißen die ein nutzloses Heckruder an, wenn es ein Steuerrad gibt?«, schoss es ihm durch den Kopf. Im selben Moment hatte er auch schon das Steuerrad ergriffen. Das Floß trieb nun gefährlich auf eine Felswand zu. Er warf das Steuer nach links. Er musste unbedingt nach backbord abdrehen, wenn er nicht an der Felswand da vorne zerschellen wollte. Er drehte und drehte am Ruder, aber das alles schien keine Wirkung zu haben. Auch das Steuerrad war Attrappe. »Habt ihr sie noch alle!«, fluchte Gabathuler vor sich hin. »Was habt ihr mir da für ein Gefährt gegeben?« Die Felswand kam bedrohlich näher. Nun lehnte er sich, soweit es ging, backbord über die Reling in der Hoffnung, durch die Gewichtsverlagerung eine Kursänderung seines Floßes zu erreichen. Aber auch das half nichts. »Denk nach! Denk nach!«, schrie er sich selber durch den Lärm des tosenden Wassers an. »Welche Optionen hast du?!« Er trat in die Mitte des Floßes, wo sich nun auch ein Segelmast befand, an dem er sich festhielt, und blickte auf die schäumenden Wassermassen. Er sah, wie die zusammengebundenen Baumstämme unter seinen Füßen bald in die Wellen abtauchten, bald aus ihnen hervorstachen. Gabathuler hatte keine Optionen. Er konnte nichts unternehmen, außer sich dem Treiben des Flusses hinzugeben. »Na, dann wollen wir mal sehen, wo uns dieser Fluss hinbringt«, sagte er vor sich hin und wurde augenblicklich ruhiger. Und beinahe gleichzeitig realisierte er dankbar, dass das Floß langsam eine Linksbewegung einleitete und die Strömung zwar spät, doch ganz deutlich sein Floß an der Felswand vorbei und weiter flussabwärts lenkte. Dort zeichnete sich nach einer kurzen Geraden auch schon die nächste Flussbiegung nach rechts ab. Aber bei Gabathuler hatte sich nun an die Stelle der Angst die Neugierde gesetzt. Gespannt und abenteuerlustig vertraute er sich dem Geschehen an. Sein Floß trieb durch Stromschnellen und stürzte sogar kleine Wasserfälle hinunter. Und nichts geschah. So bedrohlich auch jede neue Situation sich vor ihm aufbaute, so unbeschadet trieben er und sein Floß dort hindurch.

Dann wachte er auf.

Das Gefühl, auf einer eigenartigen, schwimmenden Unterlage soeben eine Wildwasserfahrt erlebt zu haben, begleitete ihn an jenem Tag noch lange. Als ihn die nette Dame im Frühstücksraum fragte, ob er denn gut geschlafen habe, war er versucht, ihr das Erlebnis seiner Nacht zu schildern, sagte dann aber nur: »Danke, sehr gut.«

Nach dem Frühstück erkundigte sich Gabathuler nach dem Weg zum Musée Unterlinden. Eine halbe Stunde später stand er vor der großen Kreuzigungstafel.

Gabathuler sah all das, was er eigentlich schon kannte. Aber er sah es mit anderen Augen. Der erste Eindruck, der sich ihm einprägte, war die Größe der Altartafeln. So oft er diese Kreuzigung auch auf Abbildungen gesehen haben mochte, den Eindruck des mannshohen Altars konnten sie nicht vermitteln. Der überlebensgroß gekreuzigte Christus. Schmerzhaft verkrümmt und hässlich hing er da am Kreuz. Blutleer der ganze Körper, dem Tod nahe. In jeder Hinsicht ohnmächtig. Links davon, ebenfalls leichenblass, die dahinsinkende Mutter, aufgefangen im Arm des Lieblingsjüngers. Und unter dem Kreuz die verzweifelt flehende Maria Magdalena. Auf der anderen Seite Johannes der Täufer, der in der linken Hand einem Gelehrten gleich ein Buch hielt und mit dem rechten überlangen Zeigefinger auf den Gekreuzigten zeigte. Dazu die Worte: illum oportet crescere – me autem minui. Jener muss wachsen, ich aber muss abnehmen. Vor allem aber sah er das tiefe Schwarz, welches das ganze Bild beherrschte. Eine einzige sternenlose Nacht. Und mittendrin der Gekreuzigte. Einen geschundeneren, gequälteren, gottverlasseneren Mann konnte es nicht geben. Und den hatten die Christen zu ihrem Gott erhoben!

Das war es letztlich, was Gabathuler am christlichen Glauben so faszinierte. Dieser gekreuzigte Gott brach komplett mit allen Konventionen. Das hatte es einfach noch nie gegeben! Das war ein Skandal! Eine Idiotie! Das ergab einfach keinen Sinn. Es brach mit allen bisher bekannten Gottesbildern und stand genau genommen noch immer schief in der religiösen Landschaft. Damit aber war der Bildersturm im Zentrum des Christentums eingepflanzt. Die stete Erneuerung, die wiederkehrende Reform gehörte seither zum Wesenskern der christlichen Religion und Kultur. Entsprechend hat die christliche Kultur seither immer wieder Menschen dazu inspiriert, vorgegebene Denkmuster zu verlassen und mit gesellschaftlichen Selbstverständlichkeiten zu brechen. Im religiösen Survival of the Fittest, im Überlebenskampf der Religionen, war diese irritierende Andersartigkeit ein entscheidender Vorteil. Der gekreuzigte Gott steht für die besondere Fitness des Christentums.

Er verließ das Museum, ging durch den kleinen Park und begab sich in die engen Gassen mit ihren Riegelhäusern. Es war Mittag geworden, und so schaute er sich gleichzeitig nach einem Lokal um, das ihn mit seinen Angeboten zum Einkehren überreden konnte.

Nach einer herzhaften Mahlzeit zog er wieder los, das

herbstliche Wetter lud zu einem Spaziergang ein. Er querte einen kleinen Park. Ein Liebespaar, das sich auf einer Bank den wärmenden Strahlen der herbstlichen Sonne hingab, erinnerte ihn an Barbara. Es war höchste Zeit, sich bei ihr zu melden.

»Ja?« Barbaras Stimme klang leicht unterkühlt.

Roger wusste nicht recht, wie er in das Gespräch einsteigen sollte. »Ist Frank noch bei dir?«

»Er ist gestern Abend nach Hause gefahren.«

»Hast du kurz Zeit?«

»Was willst du?«, fragte Barbara nun ungeduldig.

»Kannst du nach Andelfingen kommen?«

Nun war es einen Moment lang still am anderen Ende. Dann fragte sie: »Was soll ich?!«

»Komm über den Winter zu mir. Dann läuft in den Reben ja ohnehin nichts.«

»Wieso? Was soll ich dort?«

»Ich möchte an dem, was wir erlebt haben, dranbleiben.«

»Ich dachte, du hast keine Zeit für uns. Die Arbeit, der Neubeginn in Ganterwald und so.«

»Sei bitte nicht sarkastisch.«

»Kannst du dir überhaupt vorstellen, wie eigenartig das für mich klingt?«

»Ich glaube schon. Aber wenn du in ein paar Wochen kommst, werde ich genug Zeit für uns haben.«

»Ich habe keine Ahnung, woran ich bei dir bin. Und das macht mir Angst.«

»Hab keine Angst.«

»Du verlangst sehr viel von mir, Roger.«

»Lass es uns gemeinsam herausfinden.«

»Das ist nicht so einfach.«

»Wieso nicht?«

»Versteh doch. Ich bin nicht gemacht für diese Berg- und

Talfahrten. Ich kann nicht damit leben, dass du nach Belieben in meinem Leben auftauchst, mein Herz aufwühlst und dann plötzlich wieder verschwindest und mich mit dem Gefühlschaos zurücklässt. Da komm ich einfach nicht mit.«

»Du hast bei mir auch nicht gerade alles ordentlich hinterlassen.«

»Roger! Bei dir tun sich Abgründe auf! Du bist ein zärtlicher Liebhaber und kannst gleichzeitig kaltblütig Menschen töten. Ich weiß nicht, ob ich damit umgehen kann.«

»Ich bin nicht kaltblütig.«

»Ach nein?!«

»Ich meine nur, da ist etwas bei dir, zwischen uns, das ich bewahren will. Das geht aber nicht am Telefon, und ... und ich kann im Moment hier nicht weg.« Barbara schwieg. Daher fuhr er fort: »Es muss ja nicht gleich morgen sein. Aber du hast doch nun ohnehin nicht mehr so viel zu tun, oder?«

»Ich weiß nicht.«

»Überleg es dir!«

Sie legten auf.

Gabathuler ging zurück ins Museum. Nun schaute er sich das Sockelbild des Isenheimer Altars länger an. Es war sehr schmal, erstreckte sich aber über die ganze Breite des Kreuzigungsbildes. Dort lag der geschundene, vom Tod gezeichnete Körper Jesu. Beweint von einer weiteren Frau, fürsorglich gehalten und gestützt von einem Jünger. Der gehetzte und erschöpfte Gesichtsausdruck des am Kreuz Hängenden ist den gleichmäßigeren Zügen eines Schlafenden gewichen. Wenig Licht, wenig Platz, dafür viel dunkle Nacht. Das war kein Heldenbegräbnis. Da war nichts, das gestrahlt hätte. Da wurde ein Mensch in seiner äußersten Hinfälligkeit zur Ruhe gebettet.

Gabathuler war Hinfälligkeit zuwider. Hinfälligkeit

war das, was er loswerden wollte. Wo immer sie ihm begegnete, meinte er, etwas von sich abschütteln zu müssen. Hinfälligkeit stieß ihn ab. Es erinnerte ihn zu sehr an seine Mutter. Kaum je hatte er sie fröhlich gesehen. Da war immer ein etwas müder, leidender Gesichtsausdruck. Sie hatte ein schwaches Herz gehabt und sich deshalb stets schonen müssen. Wobei sich Gabathuler rückblickend auch schon gefragt hatte, was denn zuerst gewesen war: ihre Schwermut oder ihr schwaches Herz. Jedenfalls hatte sie nie einen Beruf ausgeübt. Sie war Hausfrau und Mutter. Und in den guten Zeiten füllte sie diese Aufgabe auch aus. Ja, eine Zeit lang war sie sogar ein aktives Mitglied des örtlichen Frauenvereins. Aber in schlechten Zeiten schaffte sie kaum den Haushalt. Es war vorgekommen, dass Roger am Mittag von der Schule nach Hause kam und kein Essen bereitstand. Sie hatte mit dem Kochen noch nicht einmal begonnen. Zum Glück arbeitete sein Vater in der Nähe und kam ebenfalls über Mittag nach Hause. Dann zauberte er eben schnell etwas auf dem Herd, und zwanzig Minuten später saßen sie alle am Tisch und aßen einen Teller Spaghetti oder Bratkartoffeln mit Spiegelei oder was der Kühlschrank sonst so auf die Schnelle hergab. Mutter pflegte sich dann jeweils zu entschuldigen. Es begann mit Rechtfertigungen, sie habe so viel zu tun, und ging schließlich über in ausweichende Erklärungen, sie habe halt ein schwaches Herz et cetera. Und wenn die Zeiten ganz düster waren, saß sie einfach nur da und weinte und klagte, was für eine schlechte Hausfrau und Mutter sie doch sei.

Nur wenn sie zusammen spielten, heiterte sich ihr Gemüt auf. Dann konnte sie lustig und fröhlich sein wie sonst nie. Roger spielte daher gerne und häufig mit seiner Mutter Brett- oder auch Kartenspiele. Als er aber auf das Gymnasium nach Winterthur ging, wurden diese Momente immer seltener. Nicht nur kam er über Mittag nicht mehr nach Hause, auch die gemeinsamen Spielabende wurden rarer. Anfangs hatte er noch ein schlechtes Gewissen und nahm sich gelegentlich bewusst Zeit für sie, anstatt sich den Hausaufgaben zu widmen. Aber bald schon begann er, sich mehr und mehr abzugrenzen. Er wollte sich nicht von der Krankheit seiner Mutter einschränken lassen. »Ich bin wichtiger als meine Mutter«, war der Satz, mit dem er später dieses Gefühl, diese innere Stimme auf den Punkt brachte.

Sein Vater war einen anderen Weg gegangen, er kümmerte sich hingebungsvoll um seine Frau. Gabathuler hatte ihn dafür immer bewundert. Geduldig trug und ertrug er ihre Unzulänglichkeiten. Nach Feierabend nahm er sich Zeit für sie und trank einen Tee mit ihr. Er nahm sie mit auf einen Spaziergang, damit sie wenigstens einmal am Tag etwas frische Luft atmete. Einzig die Jagd und später die Kirchenpflege waren Orte und Zeiten, die ganz ihm gehörten. In Rogers Bewunderung für seinen Vater hatten sich aber auch andere Gefühle gemischt. Er glaubte seinem Vater, wenn der sagte, dass Leiden zum Leben gehöre und Zufriedenheit sich im Dienst am Nächsten einstelle. Andererseits hatte er zu oft die müden und erschöpften Augen seines Vaters gesehen, die von einer müden und erschöpften Seele erzählten. Er bezweifelte, dass sein Vater wirklich glücklich war. Aber vielleicht war ja auch Glücklichsein nicht das oberste Ziel im Leben.

Während der Jagdsaison war Vaters Gesicht frei von Anspannung und Müdigkeit. Das Strahlen, das aus ihm hervorbrach, wenn er die Uniform angezogen und die Büchse umgelegt hatte, war einzigartig. Erst viel später, nach dem Tod der Mutter und seinem Rücktritt aus der Kirchenpflege, stellte sich bei seinem Vater wieder eine Heiterkeit ein, die ihn an früher erinnerte. Gabathuler hatte sich darüber gefreut, wenn er auch den Grund dafür nicht kannte.

Zurück im Hotel nahm Gabathuler das Blatt Papier hervor, auf dem er zusammengetragen hatte, was er über seinen Vater wusste. Er begann zu rechnen. Vor sechs Jahren war er gestorben, im Alter von fünfundsechzig Jahren. Fünf Jahre zuvor war Gabathulers Mutter gestorben. Er konnte sich gut daran erinnern, weil aus dem geplanten Fest für den Sechzigsten seines Vaters nichts wurde. Stattdessen hatte Roger seinen Vater zu einem guten Essen ausgeführt. Er wollte ihn einen Abend aus dem Umfeld von Andelfingen und Winterthur herausholen, darum hatte er einen Tisch in der Burg in Meilen reserviert. Kaum hatten sie bestellt, sagte sein Vater, dass ihn die Einladung hierher sehr freue. »Von zu Hause hat Mutter ja nie viel erzählt. Aber an die Burg hatte sie stets gerne zurückgedacht.« Nun erst kam Gabathuler wieder in den Sinn, dass seine Mutter ja in Meilen aufgewachsen war und wohl eine schwierige Kindheit und Jugend hier verlebt hatte. Meilen war jedenfalls kaum je ein Thema bei ihnen zu Hause gewesen, obwohl hier noch ein Bruder von ihr lebte. Bei der Wahl des Restaurants aber hatte Gabathuler diese Tatsache überhaupt nicht auf dem Radar gehabt. Er war durch eine Vorabendsendung auf dieses ausgezeichnete Restaurant aufmerksam geworden, in der Gaststätten untereinander einen Wettbewerb ausfochten. Die Burg stach heraus. Darum und weil sie weit weg von Andelfingen lag, schien sie ihm der richtige Ort zu sein, um seinen Vater auszuführen. Und so saßen sich Vater und Sohn, wohl zum ersten Mal in ihrem erwachsenen Leben, zu zweit in einem Restaurant gegenüber. Mutter war tot, und Cornelia nicht dabei. Die beiden Männer standen also vor der Herausforderung, ihr Verhältnis neu zu gestalten. Der Tod und das Leben hatte sie auseinandergebracht und wieder neu zusammengeführt.

»Das Verhältnis zum Vater und zum Bruder war belastet«, erzählte sein Vater, als hätte er Gabathulers Gedanken mit angehört. »Aber hier in der Burg lebte eine Freundin, bei der sie viel Zeit verbracht hat. Ganz in der Nähe führte die Familie des Vaters schon seit einigen Generationen einen Hof. Und es war Gesetz, dass der Sohn den Hof übernehmen und die Tochter einen Bauern heiraten würde. Auf einem Fest, das der Zürcher Bauernverband damals jährlich in Uster organisierte, haben wir uns kennengelernt. Diese Feste waren ideale Gelegenheiten, um Gleichgesinnten zu begegnen.«

Das klang doch sehr nüchtern. Daher fragte Roger nach: »Gleichgesinnte?«

»Wer heiratet schon einen Bauern!«

»Du bist kein Bauer. Bist es nie gewesen.«

»Ich bin auf einem Bauernhof groß geworden. Ich bin aus dem Holz geschnitzt, das nach Mist und Gülle riecht. Diesen Stallgeruch wirst du nie los.«

So hatte Gabathuler seinen Vater noch nie reden hören. »Du klingst bitter.«

»Ich will mich nicht beklagen. Ich hatte eine schöne Kindheit. Liebe Eltern. Auch im Dorf wurden wir respektiert. Aber wenn man als Bauer mehr wollte, als einem zustand, gab es Probleme.« Sein Vater machte eine Pause und schien an eine besondere Situation zu denken. Gabathuler wollte gerade danach fragen, als sein Vater wieder ansetzte und sagte: »Andererseits, so habe ich deine Mutter kennengelernt.«

»Und ihr hattet denselben Stallgeruch?« Gabathuler war gespannt, wohin Vaters Erzählungen noch führen würden.

»Das Erste, was mir an ihr auffiel, war ihr herzliches Lachen. Ich saß mit meinen Kollegen aus Andelfingen an einem Tisch, und neben uns war eine Gruppe junger Frauen. Immer wieder rollte ihr fröhliches Lachen zu mir herüber. Also sprach ich immer weniger mit meinen Kollegen und immer mehr mit den Mädels nebenan. Aber als die Musik zum Tanz aufspielte, war es unmöglich, sie auf die Bühne zu locken. Ich habe es sehr bedauert, dass diese Frau, die doch so lebensfroh lachen konnte, um keinen Preis tanzen wollte. Ihre Hemmungen waren ungemein groß. Also gingen wir nach draußen vor das Festzelt und setzten uns etwas abseits auf eine Bank.«

»Warum hat Mutter nicht tanzen wollen?«

»Ach, wir waren ja noch so jung! Wir hatten keine Ahnung vom Leben! Mein Gott! Manchmal verstehe ich wirklich nicht, weshalb die Jugend so idealisiert wird. Natürlich, wenn du jung bist, bist du schön und kräftig. Du stehst am Anfang eines großen Abenteuers, und die Welt erscheint dir offen. Aber im Grunde hast du von nichts eine Ahnung, und so stolperst du Tag für Tag durchs Leben, machst Fehler um Fehler. Du kennst dich selber nicht! Wie willst du da die Menschen um dich herum kennen? Wie willst du dann deiner Frau ein guter Ehemann sein?«

»Du hast dich sehr um Mutter gekümmert, das hat mich immer beeindruckt.«

»Das heißt gar nichts. Selbstaufopferung ist noch kein Beweis dafür, dass man ein guter Ehemann ist. Es heißt noch nicht einmal, dass man seine Frau auch wirklich liebt.«

»Was willst du damit sagen?«

Sein Vater machte eine kurze Pause. Dann setzte er neu an: »Weshalb habe ich ein Bauernmädchen geheiratet? Wieso bin ich überhaupt an dieses Fest des Bauernverbandes nach Uster gegangen?« Gabathulers Vater blickte zum

Fenster hinaus. »Ich habe erst sehr spät begriffen, weshalb Mutter mich geheiratet hat.« Sein Vater machte eine kurze Pause. »Damals warst du schon eine ganze Weile am Gymnasium. Ich kam wie immer zum Mittagessen nach Hause. Auf dem Esstisch lagen noch ein paar Schulbücher von dir. Während des Essens blickte sie immer mal wieder auf diese Bücher, sagte aber nichts. Nach dem Essen räumte ich das Geschirr weg und machte Kaffee. Als ich wieder hereinkam, sagte sie wieder mit Blick auf deine Schulbücher: ›Ich wäre auch gerne ans Gymnasium gegangen. Ich war nämlich eine gute Schülerin! Aber das ist ja nichts für eine Bauerntochter.‹ Ich protestierte sogleich und meinte, dass man es auch ohne Gymnasium zu etwas bringen könne. Darauf sagte sie nur: ›Ja, du hast es geschafft. Du warst anders als die anderen.‹ Da erst habe ich begriffen, was sie sich von unserer Ehe erhofft hatte. Sie hätte gerne eine höhere Schulbildung gehabt, was bei ihr zu Hause aber nie ein Thema war. Ich dagegen hatte es geschafft. Ich war nicht im Bauernmilieu geblieben, sondern Beamter geworden und verkörperte so etwas wie den anderen Lebensentwurf, den sie gesucht hatte. Diesen einen Satz: ›Ja, du hast es geschafft.‹, den werde ich nie vergessen. Er hat mir fast das Herz gebrochen. Denn sie sagte damit auch: ›Ich habe es nicht geschafft.‹«

»Aber das hätte sie doch alles nachholen können!«

»Das habe ich ihr in diesem Moment auch gesagt. Ich witterte Morgenluft für ihr Leben und wurde enthusiastisch. Ich wollte möglichst bald mit ihr zu einer Beratung gehen und überlegen, welche Ausbildung denn für sie passend wäre. Sie aber meinte nur mit einem nach innen gewandten Blick: ›Dafür ist es zu spät.‹« Gabathulers Vater machte eine Pause. Dann fuhr er fort: »Und weißt du was? Sie hatte recht. Für sie war es zu spät.«

»Wieso denn das?«

»Bei jedem Motor gibt es einen Punkt, an dem der Schaden irreparabel wird. Ich hatte einmal einen Bohrer, der war für Holz gemacht. Aber ich habe mit ihm auch Löcher in Mauern gebohrt. Dabei habe ich ihn natürlich überfordert. Und irgendwann war die ganze Mechanik des Bohrers so kaputt, dass auch der beste Werkzeugmacher nichts mehr hätte ausrichten können.«

»Und Mutter war bereits zu kaputt für eine weiterführende Ausbildung?«

»Mutter hatte nie gelernt, einen eigenen Willen zu haben, ihre eigenen Wünsche auszuformulieren und sie dann auch zu verfolgen. Zu Hause wurde ihr beigebracht, dass es den Gesetzen der Natur und vor allem den Gesetzen des Vaters zu gehorchen gilt. Für sie als Mädchen und Frau galt das ganz besonders. Durch die Heirat mit mir hatte sie wohl so etwas wie Schlupfloch gesehen, durch das sie aus diesem Gefängnis von Regeln und Gesetzen entfliehen konnte. Und als guter, liebender Ehemann hätte ich das gemerkt, wäre ich ihr Türöffner geworden. Aber ich war eben jung und hatte für diese Nöte kein Gespür.«

Der Vater trank einen Schluck Wasser. Der Sohn tat es ihm gleich.

Dann nahm der Sohn das Gespräch wieder auf. »Warum bist du eigentlich auf dieses Fest des Bauernverbandes gegangen?«

»Ach, das erzähl ich dir ein andermal«, antwortete sein Vater mit Blick auf den Kellner, der soeben an ihren Tisch getreten war und jetzt die Vorspeise auftischte. Der Gesprächsfaden, den der Sohn gerne weiterverfolgt hätte, war abgeschnitten. Das angekündigte »ein andermal« fand nicht mehr statt.

Gabathuler sah sich seinen Zettel an. Viel mehr stand nicht darauf. Dennoch hatte die Erinnerung an jenes Gespräch mit dem Vater etwas gezeigt, das ihm bis zu jenem Zeitpunkt so nicht bewusst gewesen war. Sein Vater war an eine gläserne Decke gestoßen. Er war ein Bauernsohn, der seine Frau in Bauernkreisen zu suchen hatte. Er war an seinen Platz verwiesen worden. Es wäre für Gabathuler zu weit gegangen zu sagen, dass sein Vater seine Frau nicht geliebt hätte. Aber dass sein Vater in dieser Ehe glücklich gewesen war, bezweifelte er. Das Bild, das Gabathuler von seinem Vater hatte, wandelte sich, entzog sich ihm, gestaltete sich neu.

Und dann war da Barbara. Nachdem ihre Affäre wieder aufgelebt war, hatte sie eine Eigendynamik angenommen. Es war eine Energie hinzugekommen, die sich der Kontrolle entzog. Und der Schrei von Jakovlevs Frau zerbrach einen Gutteil der Vorstellungen, die er von diesen Kreisen hatte. Dinge, die er für selbstverständlich genommen hatte, kamen in Bewegung und trugen ihn davon. Sein Floßtraum kam ihm in den Sinn. Noch einmal hörte er in diese nächtliche Bilderwelt hinein. Was war dort die Lösung gewesen? In dem Moment, in dem er aufgehört hatte, verzweifelt das Steuer herumreißen zu wollen und stattdessen gespannt darauf wartete, was als Nächstes geschieht, hatte sich Ruhe eingestellt. Im Fluss und bei ihm.

Gabathuler ließ seinen Notizzettel im Schubfach verschwinden, zog seine Trainingsklamotten an und verließ das Zimmer.

4

Am nächsten Morgen beendete Gabathuler seinen Aufenthalt in Colmar. Die Tatsache, dass sein Vater jemanden erschossen hatte, besaß auch etwas Faszinierendes. Sie ließ Abgründe erahnen, die Gabathuler selber nicht ganz fremd waren. Er wollte mehr über seinen Vater herausfinden. Und dazu musste er zurück nach Andelfingen. Er musste Menschen finden, die ihm von seinem Vater erzählen konnten.

Gabathuler glitt ungehindert über die Autobahn, es herrschte wenig Verkehr. Und so ließ er seinem Audi A3 freien Lauf und bretterte durch die Landschaft. Er stellte das Radio ein. Der unbeschwerte Wechsel von Moderatorengeplapper und Musikgedudel half ihm beim Nachdenken.

Bei wem konnte er mehr über seinen Vater in Erfahrung bringen? Freunde hatte sein Vater kaum gehabt. Und durch die zunehmende Aufmerksamkeit, die Rogers Mutter benötigt hatte, waren es nicht mehr geworden. Gabathuler ging die wenigen Namen durch, die ihm einfielen. Er überlegte, ob ehemalige Mitarbeiter oder Vorgesetzte ihm etwas Erhellendes über ihn erzählen konnten. Wie sah es bei den Jagdkollegen aus, oder den Mitgliedern der Kirchenpflege? Viele Namen kamen ihm auch da nicht in den Sinn. Die Recherchen im Archiv seiner Erinnerungen führten eigentlich immer wieder zu einer einzigen Person, bei der er ziemlich sicher war, dass sie ihm Neues über seinen Vater erzählen konnte.

Andreas Bachmann war bis zu seiner Pensionierung mehr als dreißig Jahre Pfarrer in Andelfingen gewesen. Über die Jahre hinweg hatte sich zwischen ihm und der Familie Gabathuler ein freundschaftliches Verhältnis entwickelt. Besonders intensiv wurde die Beziehung in der Zeit, als Gabathulers Vater Präsident der Kirchenpflege war. Bachmann hatte damals auch Gabathulers Mutter regelmäßig besucht. Gabathuler wusste, dass sein Vater große Stücke auf Andreas Bachmann hielt und dass er ihn auch als Seelsorger zu Rate gezogen hatte. Als Gabathuler anrief, lud dieser ihn spontan zum Kaffee ein.

So stand er nun in der Stube seines Konfirmators. Die niedrige Decke des Flarzhauses, die sichtbaren Holzbalken, die Sofaecke – obwohl Gabathuler noch nie in Pfarrer Bachmanns Ruhestanddomizil gewesen war, hatte er das Gefühl, den Raum zu kennen. Denn hier standen dieselben Möbel, die er vom Pfarrhaus in Andelfingen kannte und die zusammen mit der eindrücklichen Bücherwand dieselbe bildungsbürgerliche Gemütlichkeit ausstrahlten.

»Nimm doch Platz!«, sagte Bachmann, während er ganz auf das Tablett mit Kaffeekanne, Tassen und Keksen konzentriert war. Vorsichtig steuerte er auf den Salontisch zu, wo er schließlich die kostbare Fracht hinstellte. Erleichtert, dass alles heil angekommen war, ließ er sich in seinen Sessel fallen. Der beleibte Pfarrer hatte schwarze Haare mit einzelnen grau-weißen Strähnen. Er trug ein weißes Hemd und schwarze Hosen, als hätte er den Pfarrberuf noch nicht ganz hinter sich gelassen. Einzig die beiden offenen Hemdknöpfe zeugten davon, dass er die Gemütlichkeit des Pensionärdaseins zu schätzen wusste. Als er von seinem Platz aus die Tassen und die Keksschale auf dem Salontisch verteilte, war ihm sein runder Bauch sichtlich im Weg. Die flinken Hände dagegen schienen sich auf den bevorstehenden Genuss von Kaffee und Keksen zu freuen. Bachmann lebte, seit er seine Frau verloren hatte, allein und freute sich daher augenscheinlich über Gabathulers Gesellschaft. Gabathuler hatte sich ihm gegenüber auf die Couch gesetzt und sah nun zu, wie der Pfarrer im Ruhestand Kaffee einschenkte.

»Du bist die Überraschung des Tages! Wie geht's dir? Was machst du? Du bist bei der Polizei, nicht wahr?« Bachmann war zum Plaudern aufgelegt.

»Nicht mehr. Ich bin nun auch Pfarrer. Ich werde am ersten Advent in Winterthur-Ganterwald eingesetzt.«

»Ist nicht wahr!« Bachmann sah Gabathuler mit großen Augen an. »Und wieso weiß ich nichts davon? Das wäre doch mal eine interessante Meldung im kirchlichen Blätterwald gewesen.«

»Ich wurde für Interviews angefragt, habe mich aber bedeckt gehalten. Ich wollte diese Sache nicht an die große Glocke hängen.«

Bachmann war nicht nur ein beliebter Pfarrer gewesen, sondern auch ein leidenschaftlicher Theologe. Daher erkundigte er sich sogleich nach den Professoren, die Gabathuler gehört, den Seminaren, die er besucht, und den Büchern, die er gelesen hatte. Danach ging das Gespräch über zu Bachmanns Erlebnissen aus seiner Studienzeit und mündete schließlich in ausführlichen Erzählungen über seine Zeit als Pfarrer. Die erste Stunde ihres Zusammenseins verging im Nu. Andreas Bachmann erzählte natürlich auch von Rogers Vater und davon, wie wertvoll die Zusammenarbeit mit ihm gewesen sei. Peter Gabathuler sei mit Abstand der beste Kirchenpflegepräsident seiner ganzen Karriere gewesen. Als Bachmann zum dritten Mal seinen Vater erwähnte, setzte Gabathuler ein.

»Wegen ihm wollte ich mit dir reden.«

»Deinem Vater?«

»Was weißt du über die Ehe meiner Eltern?«

Bachmann dachte kurz nach.

»Es hat mich beeindruckt, wie Peter sich um deine Mutter gekümmert hat. Das habe ich nicht oft gesehen. Und er hat nie geklagt.«

»Aber ist nicht gerade das etwas seltsam? Die Krankheit meiner Mutter hat ihn doch viel Kraft gekostet. Hat er sich bei dir, seinem Freund und Seelsorger, nie ... ausgeheult?«

Wieder schwieg Bachmann einen Moment. »Nein, nie«, sagte er mit einem in die Vergangenheit gerichteten Blick. Und als beschreibe er das Bild, das er dort zu sehen bekommt, sagte er weiter: »Dein Vater war sehr pflichtbewusst. Und er sah es als seine Aufgabe an, für deine Mutter da zu sein.« Und nach einem weiteren Moment des Nachdenkens fuhr er fort: »Er hat es selbst nie so formuliert, aber mir kam es gelegentlich so vor, als sähe er in dieser Aufgabe das Kreuz, das er nun mal zu tragen habe.«

»Ja, Vater war ein frommer Mensch. Aber rückblickend habe ich das Gefühl, dass dabei seine Lebensfreude nach und nach verlorenging.«

»Dein Vater ist nicht bitter geworden.«

Da musste Gabathuler dem Pfarrer recht geben. Sein Vater strahlte stets Ernsthaftigkeit aus, aber keine Verbitterung.

»Die Liebe geht zuweilen Verpflichtungen ein, die die Bereitschaft zum Leiden einschließt. Man hält sich die Treue in guten wie in schlechten Tagen. Vielleicht«, setzte Andreas Bachmann noch einmal das Bild aus der Vergangenheit beschreibend ein, »vielleicht meinte er auch, eine Schuld abtragen zu müssen. Aber was weiß ich.« Bachmann warf seine Hände in die Luft, um sein Nichtwissen zu unterstreichen. Er konnte dem Bild aus der Vergangenheit offensichtlich nicht mehr Details entlocken. Er griff nach einem der Kekse. Gabathuler aber war noch nicht bereit, seine Nachforschungen aufzugeben. Der Seelsorger seines Vaters und Freund der Familie wusste bestimmt noch mehr.

»Warum hat er meine Mutter geheiratet? Ich kann mich nicht erinnern, die beiden richtig glücklich erlebt zu haben.«

»Nicht jeder kann die Liebe seines Lebens heiraten«, antwortete Bachmann.

Roger Gabathuler hatte gelernt, dass in jeder noch so knappen Antwort auch eine Information enthalten ist. Daher fragte er weiter:

»Wer war denn die Liebe seines Lebens?« Dass seine Eltern damals nicht heiraten mussten, weil er unterwegs gewesen war, war ihm klar. Er war kein ›Unfall‹. Wer also war die Liebe seines Vaters und weshalb hatte er sie nicht geheiratet?

»Ich habe da so meine Vermutung. Aber ich kann dir nichts Genaues sagen«, gab Bachmann etwas ausweichend zur Antwort.

Kannst du nicht oder willst du nicht?, fragte sich Gabathuler, wobei er vermutete, dass Bachmann nicht wollte. Gabathuler beschloss das Thema zu wechseln.

»Als glücklich habe ich meinen Vater immer dann erlebt, wenn er zur Jagd aufbrach.«

»Ja, von der Jagd hat er viel erzählt. Er liebte die Natur!«

»Im Herbst ist er stets sichtlich aufgeblüht. Er reinigte seine Büchse, bürstete seine Uniform glatt. Abendelang konnte er zudem die Karte studieren, die Orte und Plätze ausmachen, an denen er sich auf die Lauer legen würde.

Überlegen, wann er welches Tier am ehesten sehen und erlegen könnte.«

»Dabei kannte er die Karte längst auswendig«, warf Bachmann ein.

Gabathuler pflichtete ihm bei: »Kein Weg, keine Höhenkurve, die er nicht schon längst abgespeichert hätte. Es war die reine Vorfreude auf das, was kommen würde.«

»Als ob der Frühling Ende September begänne.«

»Und die Feiern in der Jagdhütte nach einer Gesellschaftsjagd hat er genossen! Da muss der Alkohol reichlich geflossen sein. Jedenfalls waren das die einzigen Abende, an denen er spät, sehr spät nach Hause kam«, setzte Gabathuler die Erzählung von seinem Vater fort.

Bachmann pflichtete ihm bei. »Ich kann mich noch gut erinnern, wie er einmal nach einer durchzechten Nacht Kirchendienst hatte. Er musste die Gemeindeglieder beim Eingang begrüßen und danach bei der Austeilung des Abendmahls helfen. Du hättest sein Gesicht sehen sollen! Nur mit Mühe konnte er eine einigermaßen andächtige Miene bewahren.« Bachmann musste lachen, als er sich die Situation von damals vergegenwärtigte. »Danach sorgte er bei der Jahresplanung dafür, dass er keinen Kirchendienst hatte, wenn am Abend vorher ein fröhliches Beisammensein der Jagdgesellschaft zu erwarten war.«

»Ja, das waren gute Zeiten, wenn Vater auf die Jagd konnte!« Gabathuler ritt noch einen Moment auf dieser Welle der guten Erinnerungen, um dann unvermittelt zu fragen: »Weshalb hat er dann die Jagd so plötzlich an den Nagel gehängt?«

»Wie meinst du das?« Die Rückfrage und sein Blick bestätigten Gabathuler, dass er da einen wunden Punkt getroffen hatte.

»Vater stand mitten im Leben, er war voll im Saft, wie

man so sagt. Wieso gibt ein vierzigjähriger Mann, der kerngesund ist, sein Hobby auf, das er so sehr liebt?«

Bachmann blickte zu Gabathuler und dann vor sich auf den Tisch. »Wieso willst du das wissen?«

»Ich habe gemerkt, dass ich kaum etwas über meinen Vater weiß. Und das will ich ändern.«

»Schon, aber warum gerade jetzt? Was ist der Anlass, dass du ausgerechnet jetzt so intensiv zu fragen beginnst?« Bachmann war Seelsorger und daher ebenfalls gewohnt, genau hinzuhören und die wichtigen Fragen zu stellen. Gabathuler war beeindruckt.

»Nun, mein Vater war lange Jahre in der Kirchenpflege aktiv. Und ich trete jetzt ebenfalls in den Kirchendienst. Irgendwie hat da mein Fragen nach ihm eingesetzt.« Gabathuler meinte Bachmann anzusehen, dass er ihm die Lüge nicht abnahm. Aber er blieb dabei. Was anderes hätte er ihm sonst sagen sollen? Und Bachmann gab sich nach kurzem Zögern mit Gabathulers Antwort zufrieden.

»Sein Freund starb bei einem Jagdunfall.«

»Einem Jagdunfall?«

»Ja. Im Toggenburg war das. Das war damals ziemlich spektakulär und beschäftigte die Zeitungen eine ganze Weile. Man weiß bis heute nicht, wer den armen Kerl erschossen hat.«

Nun schwieg Gabathuler einen Moment. Es konnte gar nicht anders sein, als dass der Freund seines Vaters jener Jäger war, von dem ihm Frank erzählt hatte. Erschossen mit derselben Waffe, mit der er auch den Großfürst getötet hatte. Und die stand bei ihm zu Hause in Andelfingen. Warum aber hat sein Vater seinen Freund erschossen?

Als Gabathuler wieder zu Andreas Bachmann blickte, sah er, dass dieser ihn nachdenklich betrachtete.

»Dein Vater hat es mir gegenüber nie direkt ausgesprochen, ich meine, dass der Tod seines Freundes der Grund für das Ende seiner Jägerkarriere war. Aber es lag für mich irgendwie auf der Hand.« Bachmann schwieg einen Moment. Dann fuhr er fort: »Roger, ich glaube ich kann dir da auf deiner Suche nach Informationen über deinen Vater nicht weiterhelfen. Aber die Frau des Freundes lebt meines Wissens noch. Jeannine Zumbühl-Röhl. Sie kann dir bestimmt mehr erzählen.«

»Zumbühl, sagst du? Urs Zumbühl?«, fragte Gabathuler. Bachmann nickte. »Der Name sagt mir etwas.« Langsam fiel Gabathuler ein, dass sein Tod die Eltern umgetrieben hatte. Er selber war damals mitten in der Pubertät gewesen und interessierte sich bestenfalls am Rande für die Dinge, die seine Eltern beschäftigten. Er hatte genug damit zu tun, seinen Platz in der Schule und im Freundeskreis zu finden. Kleidung, Haare und Moped waren entscheidend. Er hatte schon mitbekommen, wie bestürzt seine Eltern über den Tod des Freundes gewesen waren. Aber die Tatsache, dass Varinia ihm damals einen Korb gegeben, dann aber mit einem anderen Jungen aus seiner Klasse geknutscht hatte, bedeutete für ihn die viel größere Katastrophe. Roger beschloss, Jeannine Zumbühl-Röhl, die Witwe des verstorbenen Freundes, gleich am nächsten Morgen zu kontaktieren.

Andreas Bachmann wechselte das Thema und stellte Gabathuler die Frage, die er schon so oft hatte beantworten müssen: »Was aber bringt einen ausgezeichneten Polizisten dazu, in den Pfarrberuf zu wechseln?«

Im Grunde war die Geschichte schnell erzählt. An seinem letzten Arbeitstag bei der Polizei war er mit ein paar Kollegen noch einen heben gegangen. Das letzte gemeinsame Feierabendbier. Es blieb natürlich nicht bei einem. Die Stimmung wurde immer gelöster. Gabathuler war zum Feiern zumute. Irgendwann fragte einer aus der Runde, was Gabathuler denn nun beruflich zu tun gedenke? Aus einer Laune heraus und weil er an jenem Tag bei Internetrecherchen zufällig gesehen hatte, dass die reformierte Kirche ein Angebot für Quereinsteiger ausgeschrieben hatte, sagte er: »Ich werde Pfarrer.« Die Runde lachte laut auf. Aus reiner Lust an der Provokation legte Gabathuler nach und meinte: »Im Ernst, ich werde die Quereinsteigerausbildung zum Pfarrer machen.« Das laute Lachen wich ungläubigem Staunen.

»Nie und nimmer wird Roger Gabathuler, der unermüdliche Jäger des Großfürst, der mir in einer wilden Schießerei das Leben gerettet hat, ein braver Pfarrer werden!« Frank hatte ausgesprochen, was die anderen alle dachten.

»Von brav war nie die Rede«, antwortete er. »Aber Pfarrer ist mein nächstes Berufsziel.«

Eine Woche später ging Gabathuler tatsächlich zu einer Veranstaltung, bei der näher über das Quereinsteigerprogramm für angehende Pfarrpersonen informiert wurde. Es waren vor allem die spöttischen Lacher seiner nun ehemaligen Kollegen und die Tatsache, dass er seiner vollmundigen Ankündigung wenigstens den Anschein von Ernsthaftigkeit verleihen wollte, die ihn zur Teilnahme an dieser Veranstaltung verleiteten. Und weil er keine Ahnung hatte, was er sonst machen sollte. An jenem Tag betrat er zum ersten Mal die Theologische Fakultät Zürich. Und die erste Person, der er dort begegnete, war eine äußerst attraktive junge Frau. Und als ihm wenig später eine weitere attraktive Studentin Unterlagen für die Veranstaltung in die Hände drückte, war seine Entscheidung für die Theologie gefallen. Ein Studium, bei der man mit so schönen Frauen zusammentraf, musste eine gute Wahl sein!

Zwar sollte er bald realisieren, dass diese Frauen kein weitergehendes Interesse an ihm haben würden. Das war eine Generationenfrage. Bis es aber so weit war, hatte ihn schon das Studium selbst in seinen Bann gezogen. So hatte ihn also ein Bier zu viel an die Theologische Fakultät geschwemmt, und die schönen Studentinnen hatten ihn zum Bleiben verführt. Es war jedoch die Schönheit der Wissenschaft, die ihn bei der Theologie festhielt. Aber war das die ganze Antwort auf die Frage, weshalb er von der Polizei in den Pfarrdienst gewechselt war? Und vor allem: Wollte er diese Geschichte Bachmann erzählen? Er entschied sich für eine andere, ebenfalls zutreffende Version der Geschichte.

»Als mein Ausscheiden bei der Polizei bevorstand, starb mein Vater. Damals hatte ich wiederholt sogenannte Flashbacks. So musste ich zum Beispiel immer wieder an die Christnachtfeiern in der Kirche denken, die wir als Familie regelmäßig besucht haben. Und irgendwie hat mir bereits als Kind die Idee von Weihnachten eingeleuchtet.«

»Was genau?«

»Die vielen kleinen Lichter im Dunkeln. Die Freude, die sie verbreiteten – das hat mich geprägt.«

»Das freut mich!«

»Es schien mir eine echte Alternative für die Verbrecherjagd zu sein.«

»Das macht auch die Schönheit des Pfarrberufs aus. Und seine Grenze. In der christlichen Tradition sind uns Worte und Rituale gegeben, die in den unterschiedlichsten Situationen im Leben der Menschen Lichter anzuzünden vermögen. Und wir werden dafür bezahlt, zu diesen Menschen zu gehen und ihr Dunkel zu erhellen.«

»Und worin besteht die Grenze?«

»Nun, wir können nicht mehr tun. Es bleibt bei diesen

kleinen Lichtern in der Nacht. Es braucht Demut zu akzeptieren, dass wir die Dunkelheit nicht beenden können. Anders gesagt: Wir können das Ende der Nacht verkünden, aber nicht den Tag herbeiführen.«

»Wir können nichts zur Besserung dieser Welt beitragen?«

»Ein Licht im Dunkeln zu entzünden, ist schon viel. Du hast es ja selber als Kind erlebt.«

»Das braucht aber viel Geduld.«

»Geduld ist der lange Atem der Liebe.«

Gabathuler musste an die Kreuzigungstafel des Isenheimer Altars denken. Der Himmel dort war rabenschwarz. Kein Licht, das den kommenden Tag angekündigt hätte. Und der Gekreuzigte erduldete diese Nacht. Beharrliche Geduld der Liebe.

»Im Polizeidienst hat mich oft irritiert, dass selbst die schlimmsten Verbrecher Frauen an ihrer Seite hatten, die sie echt liebten.«

»Was hat dich daran irritiert?«, fragte Bachmann.

»Das waren skrupellose Männer, die über Leichen gingen. Ich konnte da nichts Liebenswertes erkennen.« Gabathuler redete sich in Rage.

»Ich muss dir eine Geschichte erzählen.« Bachmann nahm einen Schluck aus seiner Tasse. »Gegen Ende meiner Tätigkeit als Pfarrer hatte ich einen Mann zu beerdigen, der ein Ekel gewesen sein muss. Vor der Beerdigung hatte ich ein Gespräch mit der Tochter und der Witwe, der zweiten Frau des Verstorbenen. Sie erzählten sehr nüchtern und sachlich von ihm. Dabei fiel mir auf, dass sie kaum Gutes über diesen Mann erzählen konnten. Er hatte sie nicht geschlagen. Aber er hatte unentwegt Frauengeschichten, versuchte diese auch kaum zu verheimlichen, sein Umgangston war herrisch, und auch die Tochter wusste kaum von einem Moment zu erzählen, in dem er sie in den Arm genommen hätte oder dergleichen. Im Gegenteil: Es schien sehr viele Situationen gegeben zu haben, in denen er sie wüst beschimpfte. Wegen Nichtigkeiten! Auch die Witwe brachte da kaum eine andere Farbe in die Berichte über dieses Leben.«

»Ein richtiger Dreckskerl.«

»Genau! Dreckskerl war die Bezeichnung, die sich mir bei der Vorbereitung der Abschiedsfeier einstellte. Aber ich kann ja nicht auf die Kanzel steigen und vom Verstorbenen als von einem Dreckskerl reden.«

»Warum nicht? Das wäre doch nur ehrlich gewesen.« Gabathuler war selber überrascht, wie ärgerlich sich seine Frage anhörte.

»Es ist nicht an uns Pfarrern, über das Leben eines Menschen zu richten. Zudem darfst du nie vergessen, dass du auch von den Angehörigen nie die ganze Wahrheit über einen Menschen erfährst. Und dann war da noch diese ruhige Art, wie die beiden Frauen von ihm erzählten. Die machte mich nachdenklich.«

»Und, was hast du gemacht?«, fragte Gabathuler nun wieder deutlich sachlicher.

»Nichts Besonderes. Ich habe mich ganz normal vorbereitet. Und dann kam die Beisetzung draußen auf dem Friedhof. Ich sagte mein Sprüchlein und gab anschließend wie immer den Angehörigen noch Zeit, am Grab vom Verstorbenen Abschied zu nehmen. Ich selber war schon auf dem Weg zur Kirche, als ich mich noch einmal umdrehte und sah, wie die Witwe eine Hand voll Rosenblätter nahm, diese küsste und ins Grab warf. Da habe ich begriffen: Die hatte diesen Mann geliebt. Auf eine für mich vielleicht nicht nachvollziehbare Art und Weise, aber sie hatte ihn geliebt. Hinter all dem unmöglichen Benehmen hatte sie einen liebenswerten Kern zu sehen vermocht. Mir blieb das Liebenswerte an ihm verborgen, aber sie konnte es sehen.«

»Deswegen war er trotzdem ein Dreckskerl!«

»Einverstanden. Entscheidend aber ist doch, dass es offensichtlich Menschen gab, die ihn lieben konnten, die durch das unmögliche Benehmen hindurch den liebenswerten Menschen zu erkennen vermochten. Das war und ist für mich das eigentliche Wunder der Liebe.«

»Und du meinst, dieses Wunder ist auch bei Verbrechern möglich?«

»Ja, das glaube ich.«

Als Gabathuler ins Auto stieg, klingelte sein Handy. Frank war am Apparat. »Hast du gewusst, dass der Jäger, der vor dreißig Jahren mit derselben Waffe erschossen wurde wie jetzt der Großfürst – hast du gewusst, dass dieser Mann Jagdkollege deines Vaters gewesen sein muss?«

»Ich dachte, du seist nicht mit dem Fall betraut.«

»Du hast es also gewusst.«

»Ich hab's soeben erfahren.«

»Und? Was sagst du dazu? Der Mord vor dreißig Jahren …«

»Es war ein Jagdunfall.«

»Für die Presse. Bei uns wird der Fall als ungeklärter Mord geführt. Jedenfalls war der Tote von damals ein Bekannter deines Vaters. Und im Zusammenhang mit dem ermordeten Großfürst taucht erneut der Name Gabathuler auf.«

»Was willst du damit sagen?« Gabathuler blieb ruhig.

»Ich mach mir einfach meine Gedanken. Und nicht nur ich!«

»Noch einmal: Was willst du damit sagen?«, fragte Gabathuler nun so energisch, dass es ihn selber überraschte.

»Ich habe dir doch von Werner Stucki erzählt, dem jungen Kollegen, der die Akte Jakovlev wieder ausgraben musste.«

»Ja?«

»Ein kluger Kopf. Er hat sich eingehend mit dem Fall befasst. Ihm ist dann auch die Verbindung zu deinem Vater aufgefallen.«

»Verbindung? Das muss ein Zufall sein!«

»Ja, wahrscheinlich. Ein Zufall.« Frank klang nicht überzeugt. Doch dann fügte er noch an: »Werner wird sich demnächst bei dir melden und dir ein paar Fragen stellen.«

»Da bin ich mal gespannt. Aber du hast mich doch nicht angerufen, um mir zu sagen, dass sich dein Kollege bald melden wird. Oder?«

Für einen Moment war es still in der Leitung. Dann sagte Frank leise aber deutlich: »Roger, wir haben Informationen, dass die Russenmafia ein Team zusammengestellt hat und demnächst nach Zürich schicken wird.«

»›Drei in einem Wagen‹«, ergänzte Gabathuler. »Aber das darfst du mir doch gar nicht sagen«, wandte er ein.

»Jetzt weißt du's aber. Pass einfach auf.«

Im Grunde war Frank mehr als Gabathulers bester Freund. Er war der zuverlässige Partner, auf den Gabathuler blind vertrauen konnte. Daher war für Gabathuler klar, was Frank mit diesem Anruf sagen wollte: Wenn die Russenmafia ein Team losschickte, dann hatte sie offensichtlich eine klare Vorstellung davon, wer den Großfürst erschossen hatte.

Die Nase hatte Gabathuler erkannt. Darum war für die Russenmafia schnell klar, an wem sie sich zu rächen hatte. Dieses instinktive Wissen genügte. Und unterschied ihre Arbeit von seiner als Polizist. Während es den Russen reichte, eins und eins zusammenzuzählen, musste die Polizei zuerst Beweise oder zumindest ausreichende Verdachtsmomente liefern, bevor sie gegen jemanden vorgehen durfte. Dadurch dauerte es immer viel länger, bis sie endlich zur Tat schreiten konnte. Wie auch immer. Gabathuler war nun gewarnt und musste sich etwas überlegen.

Er fuhr los. Nach Ganterwald. Bei seiner Rückkehr aus Colmar hatte er das Auto gewechselt und war mit dem Saab zu Bachmann gefahren. Das Wetter war erstaunlich mild für diesen frühen Novembertag, daher hatte Gabathuler das Verdeck geöffnet. Als er auf dem Kirchplatz vor seiner Wohnung parkte, bog ein Mann um die Ecke. Es war die Nase! Was macht der denn hier?, schoss es ihm durch den Kopf. Und: Ist doch gut, dass ich mit dem Saab hierhergefahren bin.

»Herr Gabathuler! Was Sie machen hier?«, fragte die Nase etwas zu freundlich.

»Nun, ich bin jetzt Pfarrer und werde die Gemeinde hier übernehmen.«

»Richtig! Roger Gabathuler wird Pfarrer in Gemeinde, wo Igor Jakovlev lebt. Großer Zufall!«

Gabathuler ging nicht darauf ein. Er blieb vielmehr in der Rolle des Pfarrers und sagte: »Herr Donskoi, mein herzliches Beileid zum Tod Ihres Onkels.«

Nun verdüsterte sich der Gesichtsausdruck der Nase, und Gabathuler meinte, echte Trauer in seinen Augen zu sehen. »Ja, ist schrecklich, Tod von Onkel. Vor allem Tante ist sehr traurig.«

»Ich komme gerne einmal zu einem Besuch bei Ihnen und Ihrer Tante vorbei.« Gabathuler glaubte nicht ernsthaft, dass dieser Besuch je stattfinden würde. Aber er wollte signalisieren, dass er keine Angst hatte.

»Ich denke viel nach, seit Tod von Igor«, sagte die Nase und schaute dabei Gabathuler unentwegt in die Augen. »Weißen Sie«, fuhr er fort, wobei seine Miene nun kalt und hart war, »alle Menschen müssen sterben.«

»Wem sagen Sie das! Ich bin Pfarrer, das ist mein täglich Brot.«

»Igor musste sterben zu früh.«

Nun verließ Gabathuler den Pfarrerhabitus, schaute die Nase ungerührt an und sagte: »Das sehe ich anders.«

»Auch Pfarrer müssen sterben!«, zischte die Nase zurück.

»Völlig einverstanden. Nur, Pfarrer leben weniger gefährlich als Frauenhändler!«

Donskoi hielt kurz inne, dann wechselte seine Mimik wieder zu scheißfreundlich. »Besuchen Sie uns, Herr Pfarrer. Besuchen Sie uns!« Damit ging er davon.

Weil es noch nicht fünf Uhr nachmittags war, entschied Gabathuler, noch schnell bei Markus Engelhart im Sekretariat vorbeizuschauen.

»Wunderbar, dass du kommst«, begrüßte ihn Markus, »Pfarrerin Kneubühler hat angerufen. Sie wäre froh, wenn du dich bei ihr melden könntest. Es geht wohl um den Einsetzungsgottesdienst.«

Gertrud Kneubühler war Dekanin von Winterthur und damit die Erste unter Gleichen im Bezirk. Sie hatte die Pfarrversammlungen zu leiten. Und wenn ein neuer Kollege dazu stieß, gestaltete sie die Einsetzungsfeier. Markus reichte ihm Kneubühlers Nummer. »Deine kirchliche E-Mail-Adresse ist noch nicht aktiv. Sonst würde ich dir all diese Dinge durchs Netz schicken.«

»Eigentlich wollte ich auch noch nicht auf diesem Weg erreichbar sein. Meine Einsetzung steht ja erst bevor. Aber ich denke mal, ich muss meine Präsenz hier langsam hochfahren.«

»Das wäre echt toll. Ich müsste nämlich auch die Angaben zu deinen Gottesdiensten bis Ende des Jahres fürs Kirchenblatt haben.«

»Bis wann?«

»Eigentlich bis morgen früh. Dann haben wir hier Redaktionsschluss.« Gabathuler sah ihn erstaunt an. »Tut mir leid«, sagte der Sekretär, »aber die Vorlaufzeiten fürs Kirchenblatt sind sehr lang. Das lässt sich auch nicht ändern.«

»Okay«, sagte Gabathuler und reichte ihm seine Karte. »Schick mir auf diese Adresse alle Angaben, die du haben musst. Ob ich das bis morgen schaffe, kann ich nicht versprechen. Aber ich werde mich beeilen.«

Der Sekretär war sichtlich erleichtert. »Sehr gut! Ich will nämlich unsere Gemeindeglieder möglichst mit den vollständigen Informationen beliefern können.«

Markus Engelhart legte den Post-it-Block, auf dem er die Nummer Kneubühlers für Gabathuler notiert hatte, wieder an seinen Platz. Überhaupt hatte in diesem Büro alles seinen Platz. Alles war fein säuberlich geordnet. Locher, Hefter, ein Döschen mit Büroklammern, ein Set von Post-its in verschiedenen Farben, der Eingangsstempel, Klebestreifen, Leim – alles lag in Griffnähe. Hinter Markus befand sich ein Tisch mit verschiedenen Ablagefächern, in denen nach Themen geordnet Sichthüllen mit entsprechenden Papieren lagen. Zwischen seinem Arbeitsplatz und dem Eingang war eine Empfangstheke. Darauf brannte rechts eine Kerze, ganz links gab es ein weiteres Ablagefach, das mit *Eingang* beschriftet war. »Hier kannst du alles hineinlegen, was für mich bestimmt ist. Das sehe ich spätestens, wenn ich morgens in Büro komme und werde es entsprechend bearbeiten. Und dort«, Engelhart zeigte an Gabathuler vorbei zum Ausgang, wo sich auf einem kleinen Tisch eine weitere Ablagebox befand, »dort kannst du ausgehende Post hineinlegen. Die nehme ich dann abends mit und werfe sie auf dem Nachhauseweg ein.«

»Du bist gut organisiert!«

»Ich will arbeiten, nicht suchen müssen.«

»Apropos suchen: Ich habe gerade Donskoi gesehen. Was hat der hier gesucht?«

»Er hat das Kündigungsschreiben abgegeben, sie werden bereits Ende des Jahres ausziehen. Mit Tillmann Kunz hat er es vor ein paar Tagen besprochen, da sie ja eigentlich eine längere Kündigungsfrist hätten. Aber die Kirchenpflege besteht selbstverständlich nicht auf der Einhaltung dieser Frist.« Und mit Verweis auf Gabathuler fügte er an: »Des einen Leid, des anderen Freud.« Als dieser ihn fragend ansah, ergänzte er: »Na, sein Onkel ist tot, dafür kannst du nun ins Haus einziehen.«

»Ja, so kann man das auch sehen«, gab Gabathuler zu. Das war wohl der Grund von Kunz' Besuch bei der Nase gewesen. Sie hatten die Kündigungsformalitäten besprochen.

Engelhart holte ihn wieder in die Gegenwart. »Schade nur, dass aus dem Jugendfonds nichts wird. Das wäre eine tolle Sache gewesen.«

An den Jugendfonds hatte er gar nicht mehr gedacht, aber Markus hatte recht. Wenn er nun ins Pfarrhaus einzog, würden keine Einnahmen für den Fonds entstehen. Gabathuler nahm sich vor zu überlegen, ob damit diese spontane Idee bereits begraben war. Vorher aber musste er sich um seine Installation kümmern, wie der Einsetzungsgottesdienst auch genannt wurde.

»Gertrud Kneubühler wird sicher auch wissen wollen, was musikalisch geplant ist. Weißt du da mehr?«

»Adrian hat bestimmt etwas in Vorbereitung. Er sollte eigentlich in der Kirche sein. Heute übt er an der Orgel und hat später noch Probe mit dem Kirchenchor. Wenn du jetzt in die Kirche gehst, wirst du ihn bestimmt antreffen.«

Gabathuler bedankte sich und begab sich in die Kirche. Als er die Tür öffnete, kam ihm gleich der volle Klang eines Bach-Stückes entgegen. Vorsichtig stieg er die Treppe zur Empore hinauf, auf der sich die Orgel befand. Aber noch bevor er oben angekommen war, unterbrach Adrian Müller, der Organist, sein Spiel. Die knarrenden Stufen hatten Gabathulers Kommen unüberhörbar angekündigt.

»Tut mir leid, wenn ich störe«, sagte Gabathuler.

»Kein Problem. Muss eh mal eine Pause einlegen.«

»Ich komme wegen des Einsetzungsgottesdienstes. Dekanin Kneubühler hat angerufen. Und bevor ich nun zurückrufe, wollte ich fragen, was von deiner Seite schon in Vorbereitung ist.«

Adrians Augen begannen geschäftig zu glänzen. »Dem Chor steht eine intensive Zeit bevor. Wir haben zwei Kantaten von Bach in Vorbereitung. An Weihnachten werden wir die Nummer 191 *Gloria in excelsis Deo* singen und zuvor an deiner Installation die Adventskantate Nummer 62: *Nun komm, der Heiden Heiland*.«

»Ist das nicht etwas missverständlich? Bei der Einsetzung des neuen Pfarrers vom Kommen des Heilands zu singen?«

»Wir haben schon fleißig geprobt. Der Chor freut sich sehr.«

Gabathuler merkte, dass es da keinen Verhandlungsspielraum mehr gab, und beschloss, die Herausforderung positiv anzugehen. »Ich liebe Bach!«, sagte er und erntete ein erfreutes Lächeln. Und plötzlich gefiel ihm, dass da von den Heiden die Rede war. Denn das hieß doch, dass der Heiland zu den ganz normalen Menschen kam, zu den frommen und den unfrommen. Zu den Mitgliedern der Kirche und den anderen. Er kam zu den moralisch Anspruchsvollen und zu den Übeltätern. Gabathuler hielt einen Moment inne. Also auch zu Jakovlev? Ja, wahrscheinlich schon, sagte er sich. »Das wird tatsächlich eine Herausforderung für mich werden.«

Mit »Herzlich willkommen im Dekanat Winterthur!« begrüßte ihn Kneubühler am Telefon und fuhr sogleich fort: »Du hast ja einen interessanten Werdegang! Äh, das Du ist doch okay? Wir Pfarrkollegen duzen uns alle.«

»Selbstverständlich«, antwortete Gabathuler.

»Vielleicht könntest du uns bei einem der nächsten Kapitel einen Einblick in deine Arbeit als Polizist geben.«

»Du meinst ein Referat zum Thema: ›Schuld und Vergebung beim Verteilen von Strafzetteln‹?«

»Zum Beispiel. Oder: ›Nächstenliebe beim Schusswechsel – Halte ich dem, der mir ins rechte Bein schießt, auch noch das linke hin‹?« Sie mussten beide lachen.

»Du hast mich wegen der Installation gesucht?«

»Genau. Ich weiß nicht, ob du schon einmal eine Pfarrinstallation miterlebt hast. Ich orientiere mich da ziemlich am liturgischen Formular unserer Kirche. Vereinfacht gesagt, halten wir beide eine Predigt. Und zwischen meiner und deiner Predigt setze ich dich zum Pfarrer in Ganterwald ein. Weißt du schon, was von musikalischer Seite geplant ist?« Gabathuler erzählte ihr, was er soeben im Gespräch mit dem Organisten und Chorleiter erfahren hatte.

»Das klingt doch sehr schön. Das wird eine würdige Feier zum ersten Advent werden.«

»Findest du *Nun komm, der Heiden Heiland* bei der Einsetzung eines Pfarrers nicht etwas zu hochtrabend?«

»Ich verstehe, was du meinst. Aber ich höre aus dieser Textwahl auch eine gewisse Sehnsucht heraus. Nach über dreißig Jahren Pfarrer Graf freut sich die Gemeinde auf einen Neubeginn mit einem jungen und dynamischen Pfarrer.«

»Das nimmt nicht gerade Druck weg«, meinte Gabathuler.

»Ach, du hast bestimmt schon größeren Druck ausgehalten.«

Sie legten einen Termin fest, an dem sie die Details des Gottesdienstes besprechen würden. Dann legten sie auf.

Gabathuler hatte sein Handy kaum zur Seite gelegt, da klingelte es erneut. Werner Stucki war am Apparat, der junge Polizist, von dem ihm Frank erzählt hatte.

»Ich bin gerade in Ganterwald und wollte fragen, ob ich kurz vorbeikommen und Ihnen ein paar Fragen stellen könnte.« Stuckis formelle Art überraschte Gabathuler im ersten Moment, er betrachtete es dann aber als professionelle Höflichkeit des noch jungen Polizisten.

»Ich bin auf dem Sprung in die Stadt. Wenn Sie mich dorthin begleiten wollen, habe ich gerne Zeit für Sie.« Gabathuler hatte eigentlich nichts in der Stadt geplant. Aber er wollte verhindern, dass irgendjemand von der Kirche ihn mit dem womöglich uniformierten Polizisten sah.

»Das ist bestens. Dann schicke ich meinen Kollegen jetzt nach Hause. Ich kann dann mit dem Zug nach Zürich fahren.«

Fünf Minuten später trafen sie sich bei der Busstation ›Ganterwald-Platz‹ und machten sich zu Fuß auf den Weg ins Stadtzentrum. Stucki trug keine Uniform.

»Danke, dass Sie sich für mich Zeit nehmen«, sagte Stucki gleich zu Beginn und hielt den höflichen Umgangston konsequent durch. Sein dichtes rotblondes Haar hatte er bestimmt am Morgen gekämmt, doch hatten sich die Haare im Laufe des Tages wieder selbständig gemacht und ließen ihn besonders jung und unbeholfen erscheinen. Gabathuler aber hütete sich davor, ihn deswegen zu unterschätzen. Immerhin war dieser Mann bereits bei den Ermittlungsbehörden gelandet. Er musste also zumindest ehrgeizig sein.

»Ich denke, wir können zum Du wechseln. Wir sind ja beinahe Kollegen. Ich bin der Roger.«

»Freut mich, Werner«, sagte Stucki und kam sogleich zum Thema. »Ich wollte einfach mal den Mann kennenlernen, der mit einem unglaublich mutigen Einsatz das Leben eines Kollegen gerettet hat.«

»Ist plötzlich wieder aktuell, die Schießerei. Nicht wahr?«

»Und wie! Ursprünglich sollte ich nur die Akten durchsehen, damit die Asylbehörden sich ein Bild von Jakovlev machen können. Und nun bin ich unversehens mit meinem ersten Mordfall betraut.«

»Hast du den Schlussbericht gelesen?«

»Aber klar. Vor allem Ihre – Entschuldigung – deine Schilderung der Schießerei hat mich beeindruckt. Solche Texte bekommt man nicht alle Tage zu lesen.«

»Zum Glück nicht! Im Grunde ist es ja das Dokument einer schiefgelaufenen Aktion.«

»Die du vor der totalen Katastrophe bewahrt hast.«

Für Gabathuler war die Schießerei noch immer sehr präsent. Nach langen Monaten hatten er und sein Team endlich Jakovlevs Vertrauen gefunden und ihm Frank als Abnehmer seiner Ware schmackhaft machen können. Es kam zur entscheidenden Begegnung in einem Wohnblock in Zürich, bei der Frank die ersten Frauen gegen Bargeld übergeben werden sollen. Damit hätten sie Jakovlev definitiv dingfest machen können. Selbstverständlich hatte Frank auch einen Begleiter, der als eine Art Bodyguard fungierte. Doch Jakovlev war es gelungen, diesen zweiten Mann umzudrehen. Damit stand die Aktion auf verlorenem Posten, bevor sie angefangen hatte.

Das Treffen verlief von Beginn an anders als geplant. Jakovlev erschien zwar, brachte aber keine Frauen mit. Dann brach auch noch plötzlich die Funkverbindung zu Frank ab, der natürlich verkabelt war. Unvorhergesehenes konnte immer passieren. Aber das war zu viel. Getarnt als Pizzalieferant ging Gabathuler zum Haus und sah gerade ihren zweiten Mann, der doch eigentlich bei Frank hätte sein müssen, herauskommen. Spätestens jetzt wusste er, dass definitiv etwas nicht in Ordnung war. Michael Konrad, so hieß der zweite Mann, war ganz aufgelöst und stammelte etwas davon, dass es ihm leidtue und sie ihn dazu gezwungen hätten. Gabathuler wollte wissen, wo Jakovlev war. »Der ist weg.« Nun schwante Gabathuler, dass Frank in höchster Gefahr war. »Und Frank?«, fragte er. Aber Michael stierte ihn nur an. »Was ist mit Frank?!«, schrie Gabathuler. Michael brachte kein Wort heraus. Er sah ihn nur mit dieser seltsamen Mischung aus Angst, Schuld und Panik an. Dann schüttelte er den Kopf. Gabathuler ließ ihn stehen und lief mit seiner Pizzaschachtel ins Haus. Unter der Pizzaschachtel hielt er seine Pistole mit aufgesetztem Schalldämpfer.

Die Wohnung befand sich im dritten Stock. Gabathuler nahm die Treppe. Bereits auf der zweiten Etage stand einer von Jakovlevs Männern. Gabathuler näherte sich ihm mit italienisch klingendem Kauderwelsch. Dazwischen warf er immer wieder »Pizza!! Pizza!« ein. Als der Russe ihn nicht durchlassen wollte und stattdessen nach seiner Pistole griff, drückte Gabathuler zweimal ab. Wortlos sank der andere zu Boden. Dann stieg Gabathuler zur Wohnung hoch, wobei er immer noch die Pizzaschachtel vor sich hertrug und die Mütze des Lieferdienstes tief ins Gesicht gezogen hatte. In der Wohnung herrschte Irritation, denn sie hatten nicht nur keine Pizza bestellt, der Pizzabote hätte auch gar nicht so weit kommen dürfen. Vorsichtig öffnete schließlich einer von Jakovlevs Leuten. Gabathuler schoss ihm ohne Vorwarnung in den Kopf und wuchtete die Tür auf. Am Ende des Flurs stand ein weiterer Mann, der sogleich das Feuer eröffnete und Gabathuler in der Schulter traf. Doch das realisierte er in diesem Moment gar nicht und schoss zurück. Gabathulers Schüsse waren präziser und schalteten den Mann aus. Gleich zu seiner Rechten befand sich eine große Küche, in der Frank auf einen Stuhl gefesselt war. Er sah schlimm aus. Schlimmer aber war, dass hinter ihm sich der letzte der vier Männer verschanzt hatte und seinc Pistole Frank an den Kopf hielt. Der Mann schrie irgendetwas auf Russisch, das Gabathuler nicht verstand. Aber das musste er auch nicht. Die Situation sprach für sich selbst. Und obwohl es anders aussehen mochte, wusste Gabathuler, dass er nun im Vorteil war. Zwar hatte der andere die Waffe auf seinen Freund gerichtet. Aber nachdem sie ursprünglich zu viert gewesen waren, bedeutete es immer Stress, wenn man so schnell einen klaren Vorsprung verlor. Und der Russe war ganz offensichtlich im Stress und neigte daher zu Fehlern. Gleich den ersten nutzte Gabathuler aus. Als der andere auch nur kurz aus der Deckung kam, drückte Gabathuler ab.

»Du hast Frank gerettet«, wiederholte Stucki.

»Ja, dass ich Frank aus dieser Scheiße herausholen konnte, ist das einzig Gute an dieser Sache.«

»Und nun ist Jakovlev doch noch zur Strecke gebracht worden. Da wirst du gleich noch einmal aufgeatmet haben.«

»Ja und nein«, meinte Gabathuler. Und ohne das Nachhaken Stuckis abzuwarten, erklärte er: »Natürlich bin ich froh, dass dieses Arschloch sein Unwesen nun nicht mehr treiben kann. Andererseits hat seine Ermordung nun wieder alles hochgebracht. Das passt mir gar nicht.«

»Ist schon ein eigenartiger Zufall, dass Jakovlev ausgerechnet in dem Moment erschossen wird, da du hier Pfarrer werden sollst.«

»Das kannst du laut sagen!«

»Ich stelle mir vor, dass das eine sehr spezielle Situation sein muss, wenn der Mann, den man nicht festnehmen konnte, nun als Asylbewerber im Pfarrhaus sitzt.«

Die beiden hatten den Hauptbahnhof Winterthur erreicht und blieben vor der Treppe stehen, die zu den Gleisen führte.

Gabathuler sah Stucki ins Gesicht. »Das war in der Tat eine äußerst ungewöhnliche Situation. Gleichzeitig staunte ich, wie ruhig ich darauf reagieren konnte. Das hat mich darin bestätigt, dass ich tatsächlich die nötige Distanz zum Thema Jakovlev hatte. Ich habe sogar vorgeschlagen, dass er dort wohnen bleibt und wir mit den Mieteinnahmen einen Jugendfonds eröffnen könnten.«

»Das hast du wirklich vorgeschlagen?«

»Ja, habe ich! Und der Präsident und die anwesenden Mitarbeiter haben genauso erstaunt aus der Wäsche geschaut wie du jetzt.«

»Das ist in der Tat ein sehr souveräner Umgang mit der Situation.« Stucki schien wirklich überrascht zu sein. »Nun, es hat mich gefreut, dich kennenzulernen. Ich muss die S-Bahn erreichen. Falls ich noch Fragen habe, melde ich mich einfach nochmals bei dir.«

»Stets zu Diensten, Herr Polizist«, erwiderte Gabathuler mit freundlicher Ironie.

Sie verabschiedeten sich, und Stucki war eigentlich schon weg, da machte er doch tatsächlich den Columbo, wie Gabathuler es nannte. Er wandte sich noch einmal um und sagte:

»Ach, eine Frage hätte ich noch.«

Gabathuler schmunzelte. »Ja?«

Stucki machte wieder einen Schritt auf Gabathuler zu. »Bei der Schießerei damals, als du Frank befreit hast, da hast du ja die vier Russen erschossen.«

»Genau.«

»Alle vier waren tot?«

»So steht's im Bericht.«

»Wie konnte dann aber einer dieser Toten danach noch Michael Konrad erschießen?«

»Das wird wohl kaum einer der vier Toten gewesen sein. Von denen hat bestimmt keiner mehr geschossen.«

»Im Bericht steht aber, dass Michael mit der Waffe eines der vier Toten abgeknallt worden sei. Regelrecht hingerichtet. Die Waffe lag neben Michael. Der Täter aber, dem sie zugeschrieben wird, lag ebenso tot in der Wohnung ein Stockwerk höher. Wie geht das?«

»Was steht denn im Schlussbericht?«, fragte Gabathuler etwas schulmeisterlich.

»Dort steht, dass sich noch eine fünfte Person in der Wohnung befunden haben musste, die die Waffe des toten Russen an sich genommen und auf dem Weg aus dem Haus Michael erschossen habe.«

»Da hast du's!«

»Nur, das ergibt keinen Sinn! Ihr hättet die Person sehen müssen, als sie herauskam, und vor allem: Die Anzahl Personen, die das Haus betreten haben, entspricht der Personenanzahl, die es – tot oder lebendig – wieder verlassen haben. Das Haus war ja komplett von uns überwacht. Dieser eine Mensch, der Michael erschossen hat, muss somit von uns unbemerkt das Gebäude betreten und es ebenso unbemerkt wieder verlassen haben.«

»Ein Gespenst also.«

»Siehst du, auch du würdest sagen, dass das nicht zusammenpasst.«

»Spielt denn das heute noch eine Rolle?«, fragte Gabathuler.

»Keine Ahnung. Ich bin da nun mit diesem Fall betraut, meinem ersten. Und ich merke, dass ich noch zu wenig Erfahrung habe, was ich wie zu gewichten habe. Es tauchen immer wieder Ungereimtheiten auf, die mich stutzig machen.«

»Welche Ungereimtheiten gibt es denn noch?«, wollte Gabathuler nun wissen.

Doch Stucki winkte ab. »Vielleicht sehe ich ja tatschlich Gespenster. Mein Zug fährt.« Und mit diesen Worten eilte Stucki von dannen.

Gabathuler nahm sich vor, Stucki auch weiterhin nicht zu unterschätzen.

5

Da er nun schon mal in der Stadt war, schlenderte Gabathuler noch ein wenig durch die Gassen. Stucki war nicht so unbeholfen, wie er wirkte. Und er wusste mehr, als er preisgab. Dass er ihn nicht auf den toten Jäger aus dem Toggenburg angesprochen hatte, zeigte ihm, dass Stucki diesen Pfeil noch eine Weile im Köcher behalten wollte. Das war zudem ein Punkt, den auch Gabathuler interessierte. Er wollte herausfinden, was seinen Vater dazu bewogen hatte, seinen Jagdkollegen zu erschießen. Gleichzeitig musste er nun auch das Team auf dem Radar haben, das Jakovlevs Tod rächen wollte. Er beschloss, ab sofort jeden Tag wenigstens eine Stunde im A3 beim Pfarrhaus zu parken, um zu sehen, ob sich bei den Jakovlevs Besuch einstellte, der ihm gefährlich werden könnte. Und dann war da noch Barbara. Seit ihrem letzten Telefongespräch hatte sie sich nicht mehr gemeldet. Gabathuler wählte ihre Nummer. Sie nahm nicht ab. Er nahm sich vor, es später noch einmal zu versuchen.

Da klingelte sein Handy.

»Ja?«

»Herr Gabathuler!« Die Stimme von Tillmann Kunz klang sehr aufgeräumt. »Ich habe gute Neuigkeiten! Die Jakovlevs ziehen bereits Ende des Jahres aus. Sie wollen Weihnachten in Russland feiern. Mit anderen Worten, Sie können im neuen Jahr das Pfarrhaus beziehen.«

»Markus hat mich informiert. Die Jakovlevs hält wohl nichts mehr hier in Winterthur.«

»Nach einem so schrecklichen Verbrechen darf einen das nicht wundern.«

»Aber fürchten die denn gar nicht die russischen Strafverfolgungsbehörden?«

»Der russische Staat hatte ein Problem mit Igor Jakovlev, nicht aber mit seiner Frau oder dem Neffen. Die haben in Russland offensichtlich nichts zu befürchten. Daher wollten sie die Gelegenheit nutzen und Weihnachten in ihrer Heimat feiern.«

»Und was heißt das nun für mich?«

»Ich werde dafür sorgen, dass gleich zu Beginn des neuen Jahres kleine Renovationsarbeiten durchgeführt werden. Spätestens Mitte Januar sollten Sie einziehen können.«

Gabathuler begann zu rechnen. Bis zur Ankunft des Dreierteams konnte es unter Umständen noch zwei bis drei Wochen dauern. Das würde dann mit seiner Installation zusammenfallen. Insofern hoffte er, dass die drei aus Russland eher früher als später eintrafen. Denn dann könnte er sich anschließend in Ruhe auf seinen Einsetzungsgottesdienst vorbereiten. Vorausgesetzt natürlich, dass er die Begegnung mit den Russen überlebte. Aber davon ging er eigentlich aus.

Gabathuler befand sich schon auf dem Rückweg zu seiner Einliegerwohnung, als erneut sein Handy klingelte. Es war Barbara. Gabathuler verlangsamte seinen Schritt.

»Ok, ich komme.« Lange um den heißen Brei reden war nicht ihre Sache.

»Wow! Das ist gut. Das ist sehr gut.« Gabathuler war nun doch etwas überrascht von dieser sehr nüchtern vorgebrachten Mitteilung. »Wann gedenkst du denn zu kommen?«

»Mitte Dezember sollte ich hier wegkönnen. Passt das?«

»Natürlich passt das«, antwortete Gabathuler ohne viel zu überlegen. Nun, da sie bereit war, weiter Zeit in ihre Affäre zu investieren, wollte er nicht lange wegen Terminen verhandeln. »Dann können wir zusammen Weihnachten feiern«, sagte er leichthin und dachte bei sich, dann würden wir bei meiner Einsetzung auch um die Frage herumkommen, ob du offiziell meine Partnerin bist. Das würde Druck von ihrem Versuch, sich als Paar zu finden, wegnehmen.

»Ich schlage vor, du kommst nach Andelfingen. Dort kann ich dir ein Zimmer einrichten.«

»Ich würde lieber gleich nach Ganterwald kommen.«

»Ich habe kaum Platz. Noch lebe ich in einer kleinen Einliegerwohnung. Willst du das wirklich?«

»Ich möchte wissen, woran ich bin. Woran wir sind.«

»Wie du meinst. Ich dachte nur, wenn …«

»Du willst etwas klären. Ich auch. Und so können wir uns nicht ausweichen.«

Am nächsten Morgen war er, wie meist, früh wach. Er hatte in Ganterwald übernachtet. Nachdem er sein Training absolviert hatte, schlenderte er zur nahegelegenen Bäckerei Bryner. Er bestellte einen Kaffee sowie ein Croissant und stellte sich draußen an ein Stehtischchen. Die Tage wurden nun merklich kühler. Gabathuler zog den Reißverschluss seiner Jacke ganz nach oben und schlürfte vorsichtig den heißen Kaffee. Als er danach das Kirchenareal betrat, musste er daran denken, dass er die Kirche, die nun ja sozusagen sein Arbeitsplatz wurde, noch gar nicht eingehender in Augenschein genommen hatte. Er drückte die Klinke. Sie gab nach und Gabathuler trat ein. Es brannte kein Licht. Gabathuler beließ es dabei und setzte sich in eine Bank.

Es war eine typische reformierte Kirche aus dem 17. Jahrhundert. Die weißen Wände waren schlicht gehalten. Vorne in der Mitte stand ein großer Taufstein, der den ansonsten leeren Raum zwischen den Besucherbänken und dem Chor gestaltete. Links und rechts führten Türen ins Freie. Die Kanzel befand sich auf halber Höhe des linken Chorbogens und stellte mit ihrem dunklen Holz eine Verbindung zum Chorgestühl her. Über dem Chorbogen stand in großen Lettern *Allein Gott in der Höh' sei Ehr* geschrieben. Das in Rot- und Gelbtönen gehaltene Glasfenster in der Mitte des Chors war deutlich jüngeren Datums und wohl noch keine fünfzig Jahre alt.

Gabathuler schätzte die schlichte reformierte Art des Kirchenraumes. Sie stellte das Wort und damit das Ohr ins Zentrum. Nie war der Mensch so aufmerksam, wie wenn er ganz Ohr war. Links von der Kanzel befanden sich drei hohe Kerzenständer aus Edelstahl mit jeweils einer weißen Kerze. Die waren wohl noch keine zwanzig Jahre alt. Diese drei Kerzenlichter, wie sie da so unverbunden nebeneinanderstanden, irritierten ihn. Drei ist eine schöne Zahl, und in einer Kirche passt diese Zahl irgendwie immer. Gabathuler vermutete daher, dass die drei Kerzen die Dreieinigkeit Gottes als Vater, Sohn und Heiliger Geist symbolisieren sollten. Nur strahlten diese drei Lichter so gar keine Einigkeit aus. Jedes stand für sich da und war mit den anderen überhaupt nicht verbunden. Hinzu kam, dass doch für die Theologie der westlichen Kirchen prägend war, dass der Geist vom Vater *und* dem Sohne ausgeht, Vater und Sohn sich also im Geist einig sind. Das wurde mit dem einen lateinischen Begriff *filioque* ausgedrückt und hatte einst zu großen theologischen Streitigkeiten geführt. Dieses Filioque schien hier in Ganterwald keine Rolle mehr zu spielen. Gabathuler beschloss, sich bei nächster Gelegenheit nach den drei Kerzen zu erkundigen.

Er lauschte den Geräuschen, die von außen in die Kirche drangen. In diesem Moment hörte er, wie Erwin Hanselmann in die Kirche trat und mit seinem dicken Schlüsselbund hantierte. Kurz darauf ging das Licht an.

»Entschuldigung«, sagte Hanselmann, »ich hab dich gar nicht gesehen.«

»Kein Problem. Ist ein schöner Raum, diese Kirche.«

»Ich arbeite gerne hier. Aber der Sandsteinboden ist unglaublich heikel. Kerzenwachs zum Beispiel bekommt man fast nicht mehr raus.«

»Kerzen hat's ja nicht gerade viele in dieser Kirche.«

»Jetzt nicht! Aber am Totensonntag will die Aebersold so ein Kerzenspektakel machen.«

»Kerzenspektakel?«, fragte Gabathuler.

»Na, für jedes im vergangenen Jahr verstorbene Kirchenmitglied soll eine Kerze angezündet werden. Kerzen, die die Angehörigen nach der Feier mit nach Hause nehmen können. Die Flecken, die's da geben wird, werden mich bis Ostern beschäftigen. Und dann kommt der nächste Kerzenevent, die Osternacht.«

»Aebersold? Ist das die Verweserin?«

Hanselmann nickte. »Zum Glück ist die bald w…«

»Hallo zusammen!« Geräuschvoll trat eine Frau in die Kirche, die, so schloss Gabathuler aus Hanselmanns Reaktion, die Verweserin Valerie Aebersold war. Sie hatte langes, etwas strähniges graublondes Haar. Sie war wohl noch nicht ganz siebzig Jahre alt und schien entschlossen, gute Laune zu verbreiten.

»Grüß dich, Erwin«, sagte sie beim Eintreten, legte umständlich die diversen Taschen, die sie umgehängt hatte, auf eine Bank und trat dann zu Gabathuler. »Du musst

Roger Gabathuler sein. Freut mich, dich kennenzulernen! Ich bin die Verweserin hier. Wir müssen uns bald mal zusammensetzen. Dann kann ich dir einige Unterlagen übergeben und dir von der Gemeinde erzählen. Das muss aber noch warten. Erwin und ich müssen jetzt den Totensonntag besprechen. Stell dir vor! In zwei Wochen ist bereits wieder Totensonntag. In zwei Wochen! Die Zeit vergeht immer schneller. Ich bin langsam zu alt dafür. Das ist nun meine letzte Verweserei. Versprochen! Das ist einfach nichts mehr für mich, so früh aus dem Haus zu müssen. Aber wenn man etwas von Erwin will, dann muss man es dem frühen Vogel gleich machen. Nicht wahr, mein Lieber?« Der Schluss ihres Redeschwalls war an den Sigristen gerichtet.

Gabathuler nutzte die kurze Pause, die Aebersold zum Luftholen brauchte, und sagte: »Ich habe grade die Kirche auf mich wirken lassen. Ist ein schöner Raum!«

»Nicht wahr? Die Kirche ist das Zentrum jedes Gemeindelebens. Hier geschieht die Verkündigung, hier wird Gottes Geist erfahrbar.«

»Ich dachte, der Geist weht, wo er will?«, entgegnete Gabathuler etwas salopp und mit einem Lächeln.

»Ja, natürlich weht er nicht bei allen Gottesdienstbesuchern gleich stark. Aber hier weht er!« Aebersold blieb ernsthaft.

»Apropos Geist: Etwas an diesem Raum habe ich nicht verstanden.«

»Ja?«

»Da vorne stehen drei Kerzen auf diesen hohen Stahlständern. Wofür stehen die?«

»Die sind schön, nicht wahr?«

»Schon, aber was bedeuten sie. Was ist ihre Funktion?«

»Ich finde, Kerzen schaffen Stimmung, Atmosphäre.

Und drei steht natürlich für die Dreieinigkeit, denke ich mal.«

»Dann habt ihr es hier nicht so mit dem Filioque.«

»Filioque? Wie kommst du auf das Filioque? Das hat doch mit der Ermordung Cäsars nichts zu tun. Da hat wohl einer etwas zu viel Asterix gelesen?!«

Da hat wohl jemand etwas zu wenig Theologie getrieben, dachte Gabathuler bei sich und lachte auf den Stockzähnen. Laut sagte er aber: »Nein, Cäsar sagte zu Brutus: ›Tu quoque mi fili‹, auch du mein Sohn. Ich aber habe nach dem Filioque gefragt. Du weißt schon, die Wendung im Bekenntnis, die besagt, dass der Geist vom Vater und dem Sohn ausgehe.«

»Ach, das ist mir zu viel Theologie. Ich finde die Kerzen schön. Wieso muss in unserer Kirche alles immer so kopflastig begründet sein? Wieso dürfen Kerzen nicht einfach schön sein und Atmosphäre verbrciten?« Damit beendete Aebersold das Thema.

Wenn es nur darum ginge, etwas Schönes in die Kirche zu stellen, das Atmosphäre verbreitet, dann könnte man ja ebenso gut ein Poster von Marilyn Monroe aufhängen oder eine Baluba von Tinguely aufstellen oder ein Aquarium mit schönen Fischen. Die würden alle auch Atmosphäre verbreiten. Stattdessen aber sagte er: »So habe ich es noch nicht gesehen. Ich melde mich bei dir und lass euch zwei jetzt allein.« Damit verabschiedete er sich und machte sich daran, die Kirche zu verlassen.

»Wir sind nie allein! Der Herr ist immer bei uns!«, rief ihm Aebersold nach.

Zurück in seiner Wohnung suchte er sich die Nummer von Jeannine Zumbühl-Röhl heraus. Die klare Stimme am anderen Ende machte ihm die Frau sogleich sympathisch. Und als er seinen Namen nannte, war eine erhöhte Aufmerksamkeit ihrerseits nicht zu überhören. Das Gespräch dauerte nicht lange. Sie lud ihn spontan zum Mittagessen ein, und er nahm ohne Zögern an.

Gabathuler wusste, dass es so etwas gab, aber gesehen hatte er es noch nie. Etwas außerhalb von Andelfingen lag das Haus auf einer kleinen Anhöhe, wobei Haus das falsche Wort war; der treffendere Ausdruck war Anwesen. Durch ein schmiedeeisernes Tor, das wie von Geisterhand aufging, fuhr er auf einen Platz mit rostbraunen Pflastersteinen. Er parkte vor dem Haus, das den Vorplatz begrenzte und über drei Garagentore verfügte. Darüber schien sich eine Wohnung zu befinden, in der locker eine ganze Familie hätte leben können. Gabathuler vermutete, dass dort der Gärtner mit seiner Familie wohnte, denn am Garagenhaus vorbei führte der Weg in einen barock gestalteten, sehr gepflegten Park, an dessen Längsseite das eigentliche Wohnhaus stand. Die Buchsbäume waren kugel- oder pyramidenförmig getrimmt. Der Weg führte auf einen Springbrunnen zu, der von kleinen Engeln getragen wurde. Zur Linken erstreckte sich das herrschaftliche Haus, das über ein barockes Walmdach verfügte und die ganze Anlage dominierte. Gabathuler blieb einen Moment stehen und sah sich um. Er war beeindruckt. Allein der Unterhalt der Außenanlage würde Gabathulers Jahresgehalt übersteigen. Und doch hatte die Anlage etwas Schweizerisches. So gediegen und luxuriös sie sich präsentierte, fand sich nichts Protziges. Da gab es keine teuren Autos, die scheinbar zufällig herumstanden, keine vergoldeten Außenleuchten oder Türknäufe. Zu sehen bekam das Anwesen ohnehin nur, wer eingeladen war. Von außen war es nicht einsehbar.

»Kommen Sie herein!« Die Blumen, die Gabathuler der Dame des Hauses überreichte, kamen ihm nun ziemlich bescheiden vor. Das Anwesen hatte dafür gesorgt, dass ihm sein Strauß, der für Gabathulers Verhältnisse eher teuer war, auf einmal unpassend klein vorkam. Die aufrichtige Freude der Empfängerin über seine Gabe versöhnte ihn dann wieder.

Jeannine Zumbühl-Röhl führte ihn durch das große Wohn-Esszimmer auf die Terrasse. Gabathuler kannte sich mit Stilmöbeln nicht aus, aber dass sowohl Tisch als auch Stühle alt und entsprechend kostbar waren, erkannte auch er. Draußen auf der Terrasse standen dagegen moderne Gartenstühle und ein kleiner Tisch. Die Novembersonne präsentierte den gepflegten Rasen in bestem Licht.

»Ich habe gedacht, wir genießen noch ein paar Sonnenmomente. Was darf ich Ihnen bringen?«

»Gerne einen weißen Martini, wenn es nicht zu viele Umstände macht.«

»Mit Eis und etwas Zitronenschale?«

Gabathuler nickte erfreut. Er hätte nicht sagen können, was ihn mehr überraschte: dass sie sich so selbstverständlich mit Drinks auskannte oder dass keine Haushaltshilfe kam und ihnen die Getränke servierte.

Jeannine Zumbühl-Röhl hatte ihr blondes Haar zu einem eleganten Knoten zusammengenommen. Diszipliniert war der Begriff, der Gabathuler dabei in den Sinn kam. Das königsblaue zweiteilige Kleid und die weiße hochgeschlossene Bluse unterstrichen die gefasste Eleganz. Sie kam mit den Getränken zurück. Wie gewünscht stellte sie Gabathuler den weißen Martini hin, sich selbst hatte sie einen Campari Orange gemixt. Mit einem »Prost« hielt sie Gabathuler ihr Glas hin. Er erhob das seine.

»Pfarrer Bachmann hat mir Ihren Namen genannt. Er meinte, dass Sie mir vielleicht weiterhelfen könnten.«

»Wobei denn?«

»Mein Vater war offensichtlich eng mit Ihrem verstorbenen Mann befreundet.«

Sie atmete tief durch. »Ach, das ist schon so lange her! Weshalb interessiert Sie das?«

»Bald nach dem Tod Ihres Mannes hat mein Vater mit der Jagd aufgehört, obwohl er sein Hobby liebte wie kaum etwas sonst. Da muss eine sehr enge Beziehung zwischen den beiden bestanden haben.«

»Sie steigen gleich mit den schwierigen Fragen ein. Eigentlich würde ich Sie gerne erst ein wenig kennenlernen. Wer sind Sie? Was machen Sie?«

Gabathuler verstand, dass sie zuerst mehr über ihn erfahren wollte, bevor sie bereit war, mit ihm in die Kammern ihres Erinnerungsarchivs hinabzusteigen. Er nahm also den Ball auf und begann, von sich zu erzählen: von seiner Kindheit und Jugend in Andelfingen, von seiner Zeit bei der Polizei, von seiner Jagd auf die Russenmafia. Als er zum Wechsel von der Polizei zum Theologiestudium kam, ließ er die schönen Frauen beiseite und wählte ähnlich wie beim Bewerbungsgespräch die Formulierung: »Ich musste realisieren, dass ich den Kampf gegen das Böse nicht gewinnen konnte. Daher entschied ich mich dafür, das Gute zu stärken.«

»Sie erinnern mich sehr an Ihren Vater!« Zumbühl-Röhls Gesicht hatte sich im Laufe seines Berichts sichtlich entspannt. Aufmerksam war sie seinen Erzählungen gefolgt und saß nun bequem in ihrem Stuhl.

»Sie haben meinen Vater gut gekannt?«

»Ja, das habe ich.« Aber anstatt nun weiter auf seinen Vater einzugehen, schlug sie vor, nach drinnen zu gehen und sich an den gedeckten Tisch zu setzen. Wieder erstaunte es Gabathuler, dass die Dame des Hauses und nicht eine Bedienstete in die Küche ging und Schüsseln und Platten auftischte.

Das Essen schmeckte hervorragend. Es gab zarte Kalbskotelettes mit einem wunderbaren Kartoffelgratin und gedämpften Karotten. Dazu servierte sie einen 2013er Pinot Noir Sélection von Schwarzenbach, der ausgezeichnet dazu passte. Nun war es an der Gastgeberin, von sich zu erzählen. Sie begann damit, dass sie gerne kochte, aber kaum mehr Gelegenheit dazu habe. Auch das Reiten habe sie aufgeben müssen. »Mein Rücken!«, sagte sie nur. Sie erzählte von dem Garten, den tatsächlich ein Gärtner pflegte, vom Haus, das sie liebte, das aber im Grunde viel zu groß für sie allein war. »Andererseits, wo sollte ich sonst hin?«

Gabathuler stutzte und schaute sie an. Dies war nicht der Satz einer verwöhnten Dame, die sich ein Leben ohne die eigenen vierzehn Zimmer nicht vorstellen konnte.

»Der Tod Ihres Mannes muss Sie sehr einsam gemacht haben.«

Nun blickte ihn Jeannine Zumbühl-Röhl leicht irritiert an. »Nicht der Tod meines Mannes!«

Gabathuler wusste nicht, wie er darauf reagieren sollte. Zumbühl-Röhl nahm ihm das Problem ab, indem sie sagte: »Wissen Sie was? Ich mach uns jetzt einen Kaffee. Setzen Sie sich doch schon mal da drüben an den Salontisch.« Sie nahm die Teller, wies Gabathuler mit dem Kopf zur Sitznische an der Fensterfront und verschwand in der Küche.

Den Kaffee fuhr sie auf einem kleinen vergoldeten Servierboy herein. Sie stellte das Geschirr und die Kanne auf den Tisch und holte schließlich von der unteren Etage des Wagens eine kleine Platte mit Patisserie hervor.

»Die sind von unserer Konditorei hier im Dorf, die meines Erachtens die beste Patisserie macht. Und weil die Dinger so klein sind, kann man ohne schlechtes Gewissen mehrere davon essen. Bedienen Sie sich!«

»Gerne!«, sagte Gabathuler, der für solche Köstlichkeiten viel übrig hatte, und griff nach einer kleinen Crèmeschnitte.

»Wie Ihr Vater!«, rief Frau Zumbühl-Röhl aus. Ihre Augen flackerten hell auf. »Auch er hat Crèmeschnitten über alles geliebt. Aber das muss ich Ihnen ja nicht erzählen.« Das war in der Tat eine Gemeinsamkeit von Vater und Sohn. Bei den seltenen Gelegenheiten, an denen der Vater in der nahegelegenen Konditorei einen z'Vieri kaufte, nahm er für sich und seinen Sohn jeweils eine Crèmeschnitte und für Mutter ein Himbeer- oder Erdbeertörtchen.

»Ich würde zu gern wissen, was Sie mir von meinem Vater erzählen können«, nahm Gabathuler das unterbrochene Gespräch über seinen Vater wieder auf.

»Was wollen Sie denn wissen?«

Gabathuler fiel nun eine gewisse Melancholie in ihren braunen Augen auf, so als erinnerte sie sich an eine einstmals vorhandene Leichtigkeit des Seins.

»Mein Vater und Ihr Mann waren offensichtlich eng befreundet. So sehr, dass er nach dem Tod Ihres Mannes die Jagd aufgab.«

»Ja, dieser Jagdunfall …«, sagte Zumbühl-Röhl nachdenklich. »Peter und Urs hatten sich in jungen Jahren bei der Jagd kennengelernt. Daneben verband die beiden auch, dass sie Väter waren. Unsere Tochter Bettina ist etwa drei Jahre älter als Sie.«

»Sie haben eine Tochter?« Gabathulers Frage klang überraschter als beabsichtigt. Wieso sollten die Zumbühl-

Röhls keine Kinder haben. Er war wohl einfach erstaunt, dass er nichts von dieser Tochter gewusst hatte.

»Ja. Wie gesagt Bettina. Und Peter hatte bald einen sehr guten Draht zu ihr.«

»Wie meinen Sie das?«

»Er mochte sie sehr, und das beruhte auf Gegenseitigkeit. Mittwochs hat er sie immer vom Reitunterricht abgeholt und nach Hause gefahren. Dann haben wir zusammen Kaffee getrunken. Und wenn gegen Abend mein Mann nach Hause kam, sind die beiden zum Jägerstammtisch losgezogen.«

»Von diesem Jägerstammtisch hat er gelegentlich erzählt«, sagte Gabathuler und dachte bei sich: Die wöchentlichen Treffen mit Tochter und Mutter hat er jedoch nie erwähnt.

»Bettina konnte auch ab und an nach der Schule zu ihm ins Büro und dort ihre Hausaufgaben machen, wenn es einmal später wurde, bis ich nach Hause kam. Ich wollte nicht, dass sie sich allein in diesem großen Haus aufhält.«

Es war vorgekommen, dass Gabathuler, wenn er nach der Schule bei seinem Vater im Büro vorbeischaute, dort ein Mädchen sitzen sah, das an einem Nebentisch über ein Schulheft gebeugt war.

»Hat Ihre Tochter lange blonde Haare?«

»Früher schon. Sie kennen sie?« Nun klang Jeannines Stimme etwas überrascht.

»Kann sein, dass ich sie mal gesehen habe. Aber was hat meinen Vater und Ihren Mann so sehr verbunden?«

»Ach, das war so eine Männerfreundschaft. Darf ich Ihnen noch ein Stück anbieten?« Frau Zumbühl-Röhl hielt ihm die Platte hin. Gabathuler war verärgert über diese Unterbrechung, ließ sich aber nichts anmerken und griff sich noch ein Fruchttörtchen.

Während er nun darum bemüht war, das Törtchen einigermaßen gepflegt zu zerteilen, blickte seine Gastgeberin aus dem Fenster in das zunehmende Grau des Novembernachmittags. Schließlich holte sie Luft und sagte: »Sie müssen wissen, Herr Gabathuler, Ihr Besuch freut mich unglaublich. Gleichzeitig ist das alles sehr schmerzhaft für mich.«

Gabathuler hatte sich gerade einen Bissen in den Mund geschoben und hielt einen Moment mit dem Kauen inne, nur um dann sein Tun umso intensiver fortzusetzen, um möglichst schnell den Mund wieder freizubekommen. »Es tut mir leid, wenn Sie das alles zu sehr an den Tod Ihres Mannes erinnert.«

»Wie gesagt, es ist nicht die Erinnerung an den Tod meines Mannes, die schmerzt. Der war eine Erlösung. Es geht um Ihren Vater!«

Gabathuler verstand nun gar nichts mehr. Der Tod des Ehemannes war eine Erlösung? Ihr Schmerz betraf seinen Vater? Gabathuler schwante, dass sich gleich Türen zu ihm bisher völlig unbekannten Räumen öffnen würden. »Ihr Vater und ich … wir liebten uns.«

Gabathuler stellte seinen Teller ab.

Jeannine Zumbühl-Röhl begann zu erzählen. Sie erzählte, wie sie als junge Frau eines Abends auf dem Nachhauseweg von einem ebenfalls jungen Mann angesprochen wurde. »Wir saßen uns im Zug gegenüber. Er hatte eine Papiertüte mit Äpfeln dabei und bot mir einen an. Ich habe nie mehr einen so süßen, aromatischen Apfel gegessen! Später hat er mir einmal gestanden, dass ich ihm schon lange vorher aufgefallen war und er sich wochenlang überlegt hatte, wie er mich ansprechen konnte. Er hatte jede Woche nur eine Chance, denn ich ging zwar täglich aufs Gymnasium, aber er war nur einmal pro Woche in der Berufsschule. Schließlich kam er auf die Idee mit dem Apfel. Wie Sie wissen, ist er auf einem Bauernhof groß geworden. Also packte er jede Woche ein paar Äpfel ein, damit er welche dabeihatte, falls er mir gegenüber sitzen würde.«

»Nicht die erste Geschichte, die mit einem Apfel beginnt!«, wandte Gabathuler ein.

»In der Tat! Und für diese Sünde wurden wir schließlich auch mit aller Macht aus dem Paradies vertrieben!« Sie blickte zum Fenster hinaus. Gabathuler sah ihr an, wie sie Bilder und Geschichten vor ihrem inneren Auge wachrief und betrachtete. »Zu Beginn sahen wir uns lediglich einmal pro Woche für diese zehn oder fünfzehn Minuten Bahnfahrt. Irgendwann unternahmen wir an den Wochenenden lange Spaziergänge. Als ahnten wir, dass dieser Beziehung keine Zukunft beschieden sein sollte, behielten wir unsere Liebe für uns. Dennoch ließ ich es mir nicht nehmen, bei der Abschlussfeier seiner Lehre zum Handelskaufmann dabei zu sein. Ich mischte mich einfach unter das Publikum. Und er war selbstverständlich bei meiner Maturafeier zugegen. Ich selber habe ihn nicht gesehen, aber er konnte mir danach die ganze Feier nacherzählen, und vor allem schwärmte er von dem Kleid, das ich getragen hatte.« Sie lächelte. »Bald nach unseren Abschlüssen musste Peter in die Rekrutenschule nach Genf. Das bedeutete, dass wir uns während langer Zeit nur selten sehen würden. Da eröffnete er mir, dass er mich heiraten wolle.« Frau Zumbühl-Röhl atmete tief durch. »Sie können sich nicht vorstellen, was in diesem Moment in mir los war. Da steht dieser stolze, gutaussehende Mann vor mir in all seiner Jugend und Naivität und hat den Mut zu diesem großen Schritt. Gleichzeitig war klar, dass er sich keinen Illusionen hingab. Ich hatte noch nie so große

Freude und zugleich so große Angst empfunden wie in diesem Moment.«

Sie machte eine Pause. Schließlich traute sich Gabathuler in die Stille hinein zu fragen: »Wieso glaubten Sie zu wissen, dass Ihre Liebe ohne Zukunft war?«

»Es war das alte Lied! Er war ein Bauernsohn und ich die Industriellentochter aus gutem Hause.«

Gabathuler begriff. Röhl-Industries war ein weltweit tätiges Unternehmen mit Sitz in Winterthur, das Maschinen für die Textilindustrie herstellte. »Die Achtundsechziger sind komplett an meinen Eltern vorbeigegangen. Sie gehörten zum Industrieadel, und ihre Tochter hatte standesgemäß zu heiraten.«

»Und wie ist es dann weitergegangen?«

»Peter wusste, dass ein Bauernsohn seine gesellschaftlichen Hoffnungen nicht zu hoch hängen durfte. Dennoch schrieb er nach langem Überlegen meinem Vater und teilte ihm mit, dass er mich nach dem Militärdienst zu heiraten gedenke.« Sie schwieg einen Moment, als ließe sie die besondere Zeit von damals noch ein wenig nachwirken.

Gabathuler stieß ihre Erzählung wieder sanft an: »Offensichtlich ist es dann anders gekommen.«

»Mein Vater hat getobt!« In ihrer Stimme lag nicht mehr die Furcht vor der Reaktion ihres Vaters, sondern vielmehr die nachträgliche Freude darüber, dass es ihnen, insbesondere Peter, gelungen war, den Vater aus der Fassung zu bringen. Auch Gabathuler musste schmunzeln. »Ja, jetzt kann ich darüber lachen. Aber damals hatte ich nur Angst vor meinem Vater. Er verbot mir ab sofort jeden Umgang mit ›diesem Bauerntrampel‹, wie er Peter nannte. Wir trafen uns trotzdem regelmäßig. Ich stieg einfach nachts aus dem Fenster und verschwand mit ihm im Wald. Und ob Sie's glauben oder nicht: Ein Jäger-Hochsitz war unser Versteck. Es war eine verrückte Zeit! Aber der Tag, an dem er in die Rekrutenschule einrücken musste, kam immer näher. Wir haben nie darüber gesprochen, aber wir wussten, dass dieser Abschied etwas Definitives haben würde. Und so kam es auch. In der Nacht vor seinem Aufbruch waren wir wieder auf unserem Hochsitz. Die ganze Nacht verbrachten wir dort. Es dämmerte bereits, als wir uns zum letzten Mal umarmten.«

»Haben Sie als junge Frau nie aufbegehrt?«

»Ich lebte in einer anderen Zeit, aber nicht in einer anderen Welt als meine Eltern. Ich war nicht die selbstbewusste junge Frau, wie das die Girlies heutzutage sind. Meine Eltern hatten mich nicht gerade zu einer selbständigen Person erzogen. Ich war Einzelkind, ihr ein und alles. Zudem hatte meine Mutter sich immer gern an meinen Vater angelehnt und ihn die wichtigen Entscheidungen treffen lassen. Ich will mich für die Entscheidungen, die ich getroffen oder eben nicht getroffen habe, nicht entschuldigen. Aber ich hatte keine Vorbilder, die mich zu einem anderen Verhalten hätten anleiten können. Da war niemand, der mir Mut gemacht hätte, mein Leben selber in die Hand zu nehmen. Ich wusste schlicht nicht, wie das geht. Verstehen Sie?«

Gabathuler nickte.

»Jedenfalls luden meine Eltern ein paar Wochen später die Familie Zumbühl zum Abendessen ein. Serge Zumbühl war Inhaber von MirkoTech, einem wichtigen Zulieferer von Röhl-Industries. Sie brachten ihren zweiten Sohn mit, Urs. Der hatte gerade das Betriebswirtschaftsstudium abgeschlossen und stand am Anfang einer verheißungsvollen Karriere bei der Bank. Es war ganz offensichtlich, dass unsere Eltern wollten, dass wir uns kennenlernten. Urs war kein übler Kerl. Wir gingen danach zwei-, dreimal aus, dann hielt er bei meinem Vater um meine Hand an, und drei Monate später war ich Frau Zumbühl, geborene Röhl.«

»Klingt, als hätten Sie sich arrangiert.«

»Urs war sieben Jahre älter. Er wollte Frau und Kind, damit er zu Hause den Rücken frei hatte für seine Karriere. Und ich … ich suchte Sicherheit.«

»Wieso Sicherheit? Sie waren doch jung. Ihnen stand die Welt offen.«

»So würde ich das heute auch sehen. Aber ich funktionierte damals nicht so. Der Ausbruch meines Vaters, sein Zorn darüber, dass ich es gewagt hatte, mich in einen Bauernsohn zu verlieben, hatten mich zutiefst verunsichert. Mich gegen ihn aufzulehnen, war kein Thema. Und … und ich war schwanger.«

Das passte nun nicht zum eben gehörten Bericht einer arrangierten Ehe. Zögerlich fragte Gabathuler: »Dann war Ihr Arrangement mit Ihrem Zukünftigen doch leidenschaftlicher, als es bisher den Eindruck machte.«

»Nicht doch! Ich war nicht von Urs schwanger. Peter, Ihr Vater, ist der Vater von Bettina.«

Gabathuler starrte die Frau ihm gegenüber an und ließ sich langsam in seinen Sessel sinken. »Das glaub ich jetzt nicht. Sind Sie sicher?«

»Ja. Das bin ich!«, sagte sie mit einem Schmunzeln.

»Ja, klar. Entschuldigung! Aber das bedeutet ja, dass Bettina meine Schwester ist.«

»Ihre Halbschwester«, korrigierte sie ihn.

»Natürlich«, sagte Gabathuler und ertappte sich bei dem Wunsch, dass diese elegante, warmherzige Frau auch seine Mutter wäre. Doch dann fragte er: »Aber Ihrem Mann musste doch klar gewesen sein, dass er nicht der Vater des Kindes sein konnte.«

»Urs wusste, dass meine Eltern mich vor einer Mesalliance bewahren wollten. Als ich ihm kurz nach unserer Heirat sagte, dass ich schwanger sei, freute er sich und stellte keine weiteren Fragen. Und lange Zeit war er Bettina ein guter Vater.«

»Und dass mein Vater jede Woche hier war, hat ihn nicht gestört?«

»Urs wusste nicht, wer der leibliche Vater war. Er wollte es auch gar nicht wissen. Und Peter war einfach ein guter Jagdkollege und galt als Freund der Familie. Mehr nicht.« Als Gabathuler die Stirn runzelte, fügte sie noch an: »Sie müssen wissen, dass Urs kein besonders sensibler oder aufmerksamer Mensch war. Er brachte mir zwar regelmäßig Blumen nach Hause. Aber nicht, weil er mir eine Freude machen wollte, sondern weil ihn seine Sekretärin daran erinnerte und wohl auch die Blumen besorgte. Urs war sehr auf seine Karriere fixiert. Und die Jagd war ein Ort, wo er die Machtkämpfe noch einmal und auf andere Weise ausleben konnte.«

»Sie meinen also, dass die beiden Männer keine besondere Freundschaft verband?«

»Das hat mir Peter mehrfach so bestätigt. Er hat sich überhaupt erst ab da um Urs bemüht, als er begriff, mit wem er verheiratet war. So sind auch wir uns wieder begegnet. Die Idee, dass er Bettina von der Reitstunde nach Hause brachte, ermöglichte uns dann, dass wir uns regelmäßig sahen.«

Das war starker Tobak, den Gabathuler erstmal wirken lassen musste. Daher sagte er vielleicht etwas abrupt: »Das alles zu erzählen, hat Sie bestimmt viel Kraft gekostet. Ich danke Ihnen sehr für Ihre Offenheit. Aber vielleicht sollte ich jetzt gehen. Ich will Sie nicht länger aufhalten.« Er wollte aufstehen, aber Jeannine Zumbühl-Röhl blieb sitzen.

»Da gibt es noch etwas, das Sie wissen sollten.«

Noch mehr?, dachte Gabathuler bei sich. Ihm schwirrte der Kopf.

»Eines Tages begleitete Peter Bettina wieder einmal nach Hause. Sie war damals achtzehn Jahre alt und besuchte das Gymnasium, hätte also auch sehr gut alleine gehen können. Aber diese Nachmittage hatten sich eingespielt, waren ein festes Ritual geworden. Doch an jenem Mittwoch war Peter ganz verändert. Beim Kaffee war er sehr einsilbig. Und auch als sich Bettina zurückzog, um für die Schule zu lernen, blieb er angespannt. Aber er wollte mir nicht sagen, was los war. Das lief einige Wochen so. Dann starb Urs. Das war natürlich ein Schock. Peter stand uns damals sehr zur Seite. Vor allem im Umgang mit der Presse war er mir eine große Hilfe. Unser Leben hatte sich komplett verändert. Nur die Mittwochnachmittage blieben bestehen.« Sie nahm einen Schluck Kaffee, der bestimmt längst kalt war. »Eines Mittwochs sagte ich ihm, dass ich bei Bettina eine interessante Veränderung festgestellt hätte. Ich hatte erwartet, dass sie die Trauer um ihren Vater und der Schock über den brutalen Tod mehr mitnehmen würden. Zunächst zog sie sich auch stärker zurück. Doch dann lebte Bettina mehr und mehr auf. Sie fand wieder zu ihrem fröhlichen Wesen, das ich so lange vermisst hatte. Sie müssen nämlich wissen, dass sich Bettina in den zwei Jahren vor Urs' Tod stark verändert hatte. Ich hatte das stets der Pubertät zugeschrieben und gefürchtet, dass sie nach dem Tod von Urs noch verschlossener würde. Aber das Gegenteil war der Fall! Mit ihrer fröhlichen Art machte sie auch mir das Leben leichter.«

»Und mein Vater?« Gabathuler wollte unbedingt den Fortgang der Geschichte wissen.

»Peter war, wie Sie wissen, Leiter der Sozialbehörde

von Andelfingen. Eines Tages gelangte über die Sozialarbeiterin eine Akte auf seinen Tisch, die Bettinas Namen trug. Es wusste ja niemand, dass sie seine leibliche Tochter war. Eines Abends erzählte mir Peter, was in dieser Akte stand.«

Sie machte eine Pause. Gabathuler sah sie fragend und wohl auch ein wenig ungeduldig an.

»Urs hatte Bettina in den vergangenen Jahren regelmäßig missbraucht.«

6

Gabathuler war allein, als er mit der S-Bahn durch den Kanton nach Meilen fuhr. Er hatte sich ein Ticket erster Klasse geleistet, weil er genau dies sein wollte: allein. Und zumindest bis Zürich würde das auch so bleiben. Was er bei Jeannine Zumbühl-Röhl zu hören bekommen hatte, musste er erst einmal verdauen. Im Auto hätte er sich zu sehr auf den Abendverkehr konzentrieren müssen. Stattdessen ließ er sich von der S-Bahn durch den Kanton chauffieren. Der Himmel war grau verhangen und schien auch der Landschaft alle Farben zu stehlen.

Nach und nach fügte sich alles zu einem Bild zusammen. Frau Zumbühl-Röhl hatte entscheidende Puzzleteile hinzugefügt. Aber das machte die ganze Sache nicht weniger verstörend. Die große Liebe, die Pfarrer Bachmann scheinbar beiläufig erwähnt hatte, hatte es tatsächlich gegeben. Ein eigenartiges Stück Romeo und Julia hatte sich da zugetragen. Gabathuler staunte, dass es solche Barrieren zwischen unterschiedlichen gesellschaftlichen Kreisen noch bis in die Jugend seines Vaters gegeben hatte. Und er staunte, dass sein Vater sich in dieses Schicksal gefügt hatte. Die Industriellentochter war ihm verwehrt worden, also sah er sich nach einer Bauerntochter um. Dann aber arbeitete er sich als Verwaltungsbeamter zum Chef der Sozialbehörde hoch und wurde Präsident der Kirchenpflege. Durch Fleiß und harte Arbeit legte er die Bauernwelt ab und kam in der Welt der Kleinbürger an. Nach dem Tod von Gabathulers Großeltern hatte sein Vater den Hof verkauft und war unversehens zu einem gewissen Wohlstand gekommen. So konnte er das Haus in Andelfingen erwerben.

Wie musste sich das für seinen Vater angefühlt haben, jeden Mittwoch für kurze Zeit das eigene Kind zu sehen, wissend, dass ein anderer von ihm »Papa« genannt wird? Und was war das für eine Beziehung, die er und Jeannine mit ihrem wöchentlichen Kaffee gepflegt haben? Dass sein Vater mit seinen hohen ethischen Maßstäben eine Affäre unterhielt, die nie ruchbar wurde, machte einigermaßen Eindruck auf ihn. Wie hatten sie es nur geschafft, das so lange geheim zu halten?

Jedenfalls verstand Gabathuler nun, weshalb sein Vater seinen Jagdkollegen erschossen hatte. Es war schon schlimm genug, dass der seine Tochter großziehen durfte. Unerträglich musste es gewesen sein, dass er sie missbraucht hatte. Gabathuler konnte sehr gut nachvollziehen, wie sich Wut, Frustration und Trauer über dieses entsetzliche Unrecht unter dem Druck der eigenen Hilflosigkeit allmählich zu einem Vergeltungsplan verdichtet hatten. »Ich habe dich gerichtet … Ich habe dich zum Tode verurteilt …« Ob seinem Vater auch diese Dürrenmatt'schen Worte durch den Kopf gegangen waren, als er seinen Plan ausführte?

Nun, im November, wurde es früh dunkel. Und kalt. Bei den Wartenden an den Stationen konnte Gabathuler die Atemwölkchen sehen. Ab Zürich-Oerlikon füllte sich auch sein Abteil. Die Pendler von der Goldküste strebten zurück in ihre Agglomerationswohnungen. Als sie Zürich verließen und den See entlangfuhren, gab sich Gabathuler dem Gefühl hin, viel Neues über seinen Vater erfahren zu haben. Irgendwie machte das auch sein Leben neu.

In Meilen stieg er aus und nahm den Bus. Bei der Testamentseröffnung nach dem Tod seines Vaters hatte Gabathuler nicht nur staunend zur Kenntnis nehmen dürfen, dass dieser ihm ein ansehnliches Barvermögen hinterlassen hatte. Noch mehr überraschte ihn die Mitteilung, dass er nun auch noch Besitzer eines Mehrfamilienhauses in Meilen war. Seine Mutter hatte als Bauerntochter ein Grundstück geerbt, das in der Bauzone lag, und sein Vater hatte dort ein Mehrparteienhaus errichtet. Das Haus mit fünf Partien warf jedes Jahr einen komfortablen Gewinn ab. Als kurze Zeit später die Attikawohnung frei wurde, leistete sich Gabathuler daher den Luxus, die Wohnung selber zu nutzen und sie nur zeitweise möbliert zu vermieten. Niemand, nicht einmal Frank, kannte diese Wohnung. Und er kannte niemanden in Meilen. Hier war er nicht nur allein, hier war er anonym.

Der Bus fuhr los. Die Straßenleuchten tauchten die Dorfstraße und die angrenzenden Häuser in ein gelb-oranges Licht. Wer zu Fuß unterwegs war, beeilte sich, der Novemberkälte zu entkommen. An der Ampel vor der Seestraße musste der Bus warten.

Gabathuler saß auf einem leicht erhöhten Sitz und blickte in das Innere des Busses. Gelangweilt wartete der Fahrer, dass es weiterging. Niemand sprach. Die einen hatten Stöpsel in den Ohren und blickten ins Leere. Andere lasen in einer Zeitschrift oder strichen mit dem Finger über ihr Smartphone. Wieder andere warteten einfach geduldig, bis ihre Haltestelle erreicht war.

Sie waren gemeinsam unterwegs, aber es verband sie nichts. Als hätte der November jeden Einzelnen fest in sein kaltes Grau eingepackt. Jeder und jede war absolut für sich. Gabathuler war es, als könne er den Blues jedes einzelnen sehen und hören.

Bei der dritten Haltestelle stieg Gabathuler aus und ging in seine Wohnung. Dort mixte er sich einen Drink und legte Miles Davis auf. Gabathuler ging zur Fensterfront, die vom Boden bis zur Decke reichte, und sah hinaus. Es hatte zu regnen begonnen. Lautlos benetzten die Tropfen die Fenster. Gabathuler blickte auf den See. Miles Davis und seine Kollegen spielten *Blue in Green*. Sie schlenderten durch das Grün und Blau ihrer Seele.

Gabathulers Gedanken schweiften zu seinen Eltern. Sie waren nun nicht mehr ohne die Geliebte des Vaters zu denken. Auch Barbara ging durch das Bild. Sogar Cornelia tauchte kurz auf. Neu in diesem Gruppenbild war Jeannine Zumbühl-Röhl. Gabathuler freute sich über sie. Sie schien ins Bild zu passen. Und sie brachte noch jemanden mit. Bettina, die Tochter, die Halbschwester.

Das Klingeln seines Handys riss ihn aus seinen Gedanken. »Hi, Roger! Ich habe gesehen, dass Licht bei dir ist. Lust auf eine Pizza?«

Okay, eine Person gab es, die seine Wohnung kannte. Brigitte, oder wie sie sich seit ihrem Englandaufenthalt gerne nannte: Bridschet. Sie hatte er kennengelernt, als er während seines Theologiestudiums ein Schulpraktikum machen musste, in dem er während vier Wochen alle Fächer zu unterrichten hatte. Brigittes Name war einer von vielen auf der Liste der vorgeschlagenen Lehrkräfte für das Praktikum. Und weil sie im Nachbardorf von Meilen unterrichtete, fragte er bei ihr an. Womit er nicht gerechnet hatte, war die Attraktivität dieser Lehrerin. Ihr kurz geschnittenes schwarzes Haar passte bestens zu den kecken Augen, die aussahen, als wären sie unentwegt bereit zu lachen. Vor allem aber verstand sie sich zu kleiden. Als sein Studium der Theologie Fahrt aufgenommen hatte, musste Gabathuler bald feststellen, dass die attraktiven Frauen am Einführungstag doch eher die Ausnahme waren. Die meisten Theologiestudentinnen schienen sich auf die inneren

Werte zu konzentrieren, Mode oder gar Eleganz waren keine Kriterien für die Kleiderwahl. Was sie trugen, hatte vor allem praktisch zu sein. Und ökologisch. Gabathuler war davon ausgegangen, dass das auch im Schulwesen so sein würde und war daher sehr erfreut, als er zumindest im Fall seiner Mentorin eines Besseren belehrt wurde. Brigitte und er hatten eine ausnehmend gute Zeit miteinander. Schnell mündeten die Besprechungen seiner Gehversuche als Lehrer in Gespräche über Gott und die Welt und wurden am Abend in privaterem Rahmen fortgesetzt. Bereits am zweiten Abend landeten sie im Bett, und ab dem dritten Abend ließen sie sich das Essen in seine Wohnung in Meilen liefern. Pizza und Bier oder Pasta und Wein, das war in den folgenden Tagen und Wochen ihr Menüplan. Bridschet blieb immer über Nacht und ging nur nach Hause, um die Katze zu füttern, die Blumen zu gießen oder Material für den Unterricht zu holen.

Das Praktikum dauerte vier Wochen. Am Ende der zweiten Woche, es war Sonntag, meinte Gabathuler einmal beiläufig: »Ich war noch nie bei dir zu Hause, Bridschet.«

»Und das ist auch gut so«, kam ihre Antwort überraschend schnell, bevor sie etwas ruhiger fortfuhr: »Hör mal, Rodscher«, so nannte sie ihn mittlerweile, »die Zeit mit dir ist wunderbar. Aber das mit uns, das wird nichts Festes werden. Klar?«

»Ich hatte nicht vor, dir einen Heiratsantrag zu machen.«

»Dann ist ja gut.«

»Und ich habe auch nicht gefragt, ob wir zusammenziehen wollen.«

»Ich will einfach, dass das zwischen uns geklärt ist.«

»Hey Bridschet! Wir haben eine gute Zeit! Ich habe kein Interesse, daran etwas zu ändern.«

»Ich schon. Zumindest vorübergehend. Ich möchte, dass wir uns nächste Woche nicht sehen.«

»Okay.«

»Ich habe es bisher immer so gehalten, dass die Praktikanten in der dritten Woche zu Hause arbeiten, um die ganze vierte Woche vorzubereiten. Das werde ich auch bei dir so machen. Du unterrichtest die ganze Woche vier mehr oder weniger allein.«

»Du bist der Boss. Trotzdem könnten wir uns doch abends …«

»Wir könnten, aber wir werden nicht. Du hast genug zu tun, und ich brauche etwas Abstand.«

Das können nur Frauen, ging es Gabathuler durch den Kopf. Vor dem Aufstehen hatten sie noch leidenschaftlichen Sex, und keine Stunde später kann dieselbe Frau eine Woche Distanz verordnen. Während er ohne Probleme weiterhin jede Nacht mit ihr hätte verbringen können, schien sie Angst davor gehabt zu haben, die Kontrolle über ihr Herz zu verlieren. Oder hatte sie sich davor gefürchtet, dass er sich eben doch zu sehr an sie binden würde?

Wie ein Kurzfilm war ihm die Zeit mit ihr durch den Kopf geflimmert, als er ihre Stimme am Handy hörte. Brigitte war für ihn eine Art Komet, der in unregelmäßigen Abständen seine Umlaufbahn kreuzte und ein prickelnd leuchtendes Licht an seinen Himmel zeichnete.

»Wann kannst du hier sein?«

»Ich stehe vor dem Haus.«

Gabathuler drückte auf den Summer, und kurz darauf stand sie in seiner Wohnung.

Sie öffneten die Pizzaschachteln nicht sofort. Sie nahmen auch keinen Drink als Aperitif. Den Esstisch deckten sie nicht mit Geschirr, Besteck und Gläsern. Und sie tasteten sich nicht ab mit Fragen wie: »Und, wie geht's dir so?«

oder: »Was hast du in letzter Zeit so gemacht?« Wortlos war ihre Begrüßung. Und auch für das, was folgte, waren Worte überflüssig.

Als sie sich schließlich schwer atmend auf dem Sofa wiederfanden und ein wenig auf Distanz gingen, mussten beide lachen.

»Übrigens, herzlich willkommen!«, sagte Gabathuler.

»Schön dich zu sehen!«

»Darf ich dir eine Pizza anbieten?« Gabathuler stand auf.

»Wärm sie aber erst nochmal auf!«, rief sie ihm hinterher. Gabathuler gab die Pizzen in den Ofen und kam mit zwei Bier zurück. Nun begannen sie zu reden. Den Small Talk ließen sie bald hinter sich. Sie hatten sich viel zu erzählen. Während sie miteinander sprachen, holte Gabathuler Teller und Besteck und deckte den Tisch, der senkrecht zur Fensterfront stand. Auch eine Kerze fand sich. Gabathuler zündete sie an, dimmte das Licht und holte die Pizzen aus dem Ofen. Währenddessen sprachen und erzählten beide unentwegt. Schließlich setzten sie sich und aßen. Nach und nach verlangsamte sich der Rhythmus ihres Gesprächs. Gelegentlich mündete es sogar in ein vorübergehendes Schweigen. Ihr ungeplantes, leidenschaftliches Wiedersehen war unversehens zu einem Candle-Light-Dinner geworden. Es fehlte an keiner Zutat. Sogar der wunderbare Ausblick auf den See, an dessen gegenüberliegendem Ufer die zahllosen Lichter wie Sterne leuchteten, war gegeben. Die Soundanlage umschmeichelte sie nun mit Songs von Diana Krall. Selbst die Pizzaschachteln und die leeren Bierflaschen vermochten diesem Moment nicht seine seidene Sinnlichkeit zu nehmen.

»Kaffee?«

»Gerne.«

Gabathuler stand auf.

»Übrigens«, rief Brigitte ihm hinterher, »ich werde wohl bald heiraten.«

»Bitte, was?«, fragte er etwas linkisch.

»Na, heiraten eben. So wie richtig.«

Gabathuler brachte den Kaffee. »Wer ist denn der Glückliche?«

»Er ist Filialleiter bei einer Bank in Rapperswil und heißt Ralph. Wir haben uns auf einer Dating-Plattform kennengelernt und waren ein paarmal essen. Vor einer Woche hat er mir einen Antrag gemacht.«

»Er hat gefragt, ohne dass ihr Sex hattet?«

»Er will damit warten bis nach der Hochzeit. Süß, nicht?«

»Meinst du, das ist etwas für dich?«

»Wieso denn nicht?«

»Nun, ich habe dich eher als Frau kennengelernt, die gerne unabhängig und frei ist.«

»Schon. Andererseits war ich noch nie verheiratet, und vielleicht sollte ich das auch mal ausprobieren.«

Gabathuler hatte sich selber eigentlich immer als modernen und liberalen Menschen verstanden, aber diese postmoderne Lockerheit überraschte nun auch ihn.

»Und dass wir hier miteinander schlafen, während du verlobt bist – das ist kein Problem für dich?«

»Ich habe noch nicht ja gesagt. Zudem: Von dieser Wohnung weiß ja niemand. Das ist doch noch immer so, oder?«

»Nur du kennst sie«, bestätigte Gabathuler.

Brigitte stand langsam auf. Nachdem sie bei der Begrüßung so ziemlich alle Kleider abgeworfen hatten, hatte sie fürs Essen nurmehr einen Pullover von Gabathuler übergezogen. Der reichte ihr gerade mal über die Hüften. Ohne Eile ging sie um den Tisch herum und setzte sich Gabathuler betont langsam auf den Schoß. »Dann sehen wir doch zu, dass das auch so bleibt …«

Gabathuler war sich nicht sicher, wie diese Aussage und überhaupt die ganze Situation in einem Ethikseminar bewertet würden. Aber er hatte jetzt keine Lust, über Moral nachzudenken. Daher sagte er einfach: »I like this attitude!«

Nachdem er am anderen Morgen sein Fitnessprogramm absolviert hatte, machte sich Gabathuler einen Kaffee, trat ans Fenster und schaute in den werdenden Tag hinaus. Es war still. Einzig der Regen prasselte sachte an die Fenster. Gabathuler liebte diese Momente, die nichts von ihm forderten. Und er staunte, dass selbst ein so verhangener Novembermorgen das Versprechen eines Neuanfangs in sich barg.

»Guten Morgen«, hörte er Brigittes Stimme hinter sich.

Brigitte machte sich ebenfalls einen Kaffee. Sie trug wieder nur Gabathulers Pullover.

»Musst du bald los?«, fragte Gabathuler.

»Ich bin gut in der Zeit«, sagte sie und gab etwas Milch in die Tasse. »Sag mal, wie sieht eigentlich dein Liebesleben aus? Gibt es da jemanden?«

»Ich weiß nicht recht. Ich hoffe.«

»Dann ist es also etwas Ernstes. Wie heißt sie?«

»Barbara. Und wie ernst es ist, wird sich wohl in den kommenden Wochen klären.«

»Dann stehen wir beide also an der Schwelle zu einer ernsthaften Beziehung, schlafen aber mit jemand anderem.«

»Stimmt!«

»Hast du da kein Problem damit? Ich meine moralisch und so?«

»Gute Frage.« Gabathuler dachte kurz nach. »Ich bin mitten im Übergang von einem Lebensabschnitt zu einem neuen. Mit dir hat mich gestern Abend auf sehr verführerische Weise ein Teil meines früheren Lebens überfallen. Sollte es mit Barbara aber etwas werden, dann würden wir uns das nächste Mal aufs Pizzaessen beschränken.«

»Weil du jetzt Pfarrer bist?«

»Nein, weil ich das, was da zwischen mir und Barbara werden könnte, nicht aufs Spiel setzen will.«

»Kein moralischer Zeigefinger? Du zitierst nicht die Bibel?«

»Die Bibel ist zweifellos ein lesenswertes Buch. Aber entscheiden muss ich am Ende immer selber.«

Brigittes Interesse schien geweckt. Mit ernstem Gesicht fragte sie: »Und nach welchen Kriterien entscheidest du? Ralph will mich heiraten, und ich werde wohl ja sagen, weil eben – wieso nicht? Aber ich kann mir nicht vorstellen, länger als fünf, vielleicht zehn Jahre verheiratet zu sein. Also werden wir uns irgendwann wieder scheiden lassen.«

»Wenn du das jetzt schon weißt, würde ich das mit dem Heiraten lassen.«

»Aber wieso?«

»Na, zum einen wäre das reine Geldverschwendung.« Gabathuler versuchte, die Stimmung etwas aufzulockern, aber Brigitte war nicht zum Spaßen zu Mute.

»Im Ernst jetzt. Wer sagt mir, was richtig und falsch ist?«

»Niemand.«

»Aber woran soll ich mich denn orientieren? Letztes Jahr zum Beispiel war ich einige Monate mit einem Mann zusammen, Manfred aus Männedorf. Das war ein echt netter Kerl. Ich hätte genauso gut ihn heiraten können, aber er hat nicht gefragt, daher werde ich nun voraussichtlich Ralph aus Rapperswil ehelichen. Aber wieso? Wieso den einen und nicht den anderen? Was sagt die Bibel dazu?«

»Die Bibel sagt dazu gar nichts«, antwortete Gabathuler und fügte dann ergänzend hinzu: »Sie hat dazu aber viel zu sagen!«

»Kannst du bitte ernst bleiben?«

»Das war durchaus ernst gemeint. Aber sei's drum: Die Tatsache, dass du überhaupt diese Frage stellst, zeigt doch, dass dir bei der Angelegenheit nicht ganz wohl ist.«

»Das versuche ich ja die ganze Zeit zu sagen! Gibt's dafür nicht einen Satz aus der Bibel, der einem dabei hilft?«

»Die Bibel ist kein Gesetzbuch. Sie sagt dir nicht, was du tun sollst.«

»Wer dann?«

»Das musst du selbst herausfinden.«

»Da bin ich aber komplett überfordert! Ich fühl mich dabei so allein gelassen!«

Das ist der Punkt, dachte Gabathuler. Wir sind allein. An den Kreuzwegen unseres Lebens sind wir frei und zugleich dazu verdammt, die Entscheidungen selber treffen zu müssen. Wehe dem, der dann keinen inneren Kompass hat.

»Darf ich dich mal was fragen?«, begann Gabathuler nach einer Pause wieder. Und ohne auf ihre Reaktion zu warten, fuhr er fort: »Wieso bist du immer noch Lehrerin? Seit über zwanzig Jahren hast du denselben Beruf. Du hast noch nicht mal die Stelle gewechselt. Da sehe ich keine große Abwechslung.«

»Das ist was anderes. Ich liebe es zu unterrichten. Ich freue mich jeden Tag darauf, die Teenager zu sehen und ihnen etwas beizubringen, das ihnen im Leben helfen wird.«

»Da hast du's!«, warf Gabathuler ein. »Genau darum geht es. Tu, was du liebst, dann kommt's gut.«

»Du meinst, ich soll Ralph heiraten?«

»Ich meine überhaupt nichts. Aber es ist nicht klug, ihn

zu heiraten, nur weil es dir zu mühsam ist, seinen Antrag abzulehnen. Damit tust du ihm keinen Gefallen und dir selber schon gar nicht.«

»Also, dann sollte ich ihn nicht heiraten?«

Gabathuler lachte. »Musst du nicht zur Schule?«

7

Auch beim zweiten Besuch hatte das Anwesen nichts von seiner beeindruckenden Ausstrahlung eingebüßt. Nachdem Brigitte gegangen war, hatte Gabathuler sich bei Jeannine Zumbühl-Röhl gemeldet. Wieder hatte sie ihn spontan zum Mittagessen eingeladen. Blumen konnte er nicht schon wieder mitbringen, also schaute er noch schnell beim besten Konditor der Schweiz vorbei und kaufte eine ansehnliche Packung Truffes du Jour.

Wegen des anhaltenden Regens konnten sie nicht nach draußen gehen, daher übersprangen sie den Aperitif und begaben sich gleich zu Tisch. Gabathuler war ganz aufgekratzt. Er wollte unbedingt noch mehr über seinen Vater, Jeannine Zumbühl-Röhl und vor allem über seine Halbschwester erfahren. Halbschwester! Dieses Wort fühlte sich gut an, wie ein besonderes Kleidungsstück, das man gerne häufig trägt, um sich an das neue Lebensgefühl zu gewöhnen.

Erst als er schon saß und die Gastgeberin das Essen auf die Teller schöpfte, merkte Gabathuler, dass sie heute weniger euphorisiert war. Ihr melancholischer Schleier hing schwerer, ihre Bewegungen waren langsamer, ihre Antworten kamen leicht verzögert. Daher begann Gabathuler nicht gleich mit zu persönlichen Fragen und sagte stattdessen:

»Unser letztes Gespräch hat mich ganz schön umgetrieben.«

»Ich habe kein Auge zugetan.«

»Es tut mir leid, wenn ich Sie mit meinen Fragen zu sehr aufgewühlt habe.«

»Das Ganze hat tiefer gegraben, als ich erwartet hatte.« Zumbühl-Röhl setzte sich und legte die Serviette auf den Schoß.

»Sie haben meinen Vater geliebt.«

»Er war die Liebe meines Lebens.«

»Und Sie waren die seine.«

Zumbühl-Röhl sah Gabathuler an und atmete tief durch. Schließlich sagte sie: »Für uns war es vor allem schmerzhaft. Wir mussten ja alles geheim halten!«

»Ich stelle mir vor, dass Ihre Treffen stets etwas Bittersüßes hatten.«

»Bittersüß – das waren sie in der Tat.«

»Das ist zum Beispiel etwas, das mich beeindruckt, dass Sie sich wöchentlich zum ›Kaffee‹ treffen konnten und niemand dahinterkam. Auch wir, meine Mutter und ich, wir haben nichts gemerkt!«

»Nun, das liegt vor allem daran, dass wir tatsächlich jede Woche einfach zusammen Kaffee tranken.«

»Sie haben nur geredet?« Gabathuler war sichtlich erstaunt.

»Das ist schwer vorstellbar für Sie, nicht wahr? Ihr Vater hatte hohe moralische Ansprüche an sich selbst. Er war dankbar für die Zeit, die er mit seiner Tochter verbringen durfte. Und die paar Stunden, die wir mittwochs jeweils zusammen hatten, waren für uns bei aller Bitternis stets lichte Momente. Aber die Tatsache, dass wir beide verheiratet waren, verbot es Peter, diese Versprechen zu brechen. ›Was Gott zusammengefügt hat, soll der Mensch nicht trennen.‹ Das nahm er sehr ernst.«

»Aber diese Heirat war doch gegen Ihren Willen geschehen! Sie beide hätten es anders gewollt.«

»Das war die Bitternis. Damit haderte er sehr. Wir beide litten unter der Situation!«

»Und Sie haben ein Kind gezeugt, ohne verheiratet zu sein!«

»Er hatte es nie so ausgesprochen. Aber ich bin ziemlich sicher, dass Peter unsere Situation als Strafe Gottes für unser Fehlverhalten verstand.«

Gabathuler wusste nicht, was er sagen sollte. Ihm rutschte nur ein »Das ist krass!« heraus.

»Sie müssen verstehen, Ihr Vater war ein Bauernsohn. Und Bauern leben viel intensiver mit der Natur als unsereins. Sie erleben hautnah, dass die Natur die Chefin ist. Sie gibt dir, was sie dir zu geben bereit ist. Du kannst ihr durch Fleiß gelegentlich eine etwas größere Ernte entlocken. Aber sie entscheidet. Und an dir ist es, das dankbar entgegenzunehmen. Diese Erfahrung prägte auch sein Gottesbild.«

Fleiß und Dankbarkeit, ging es Gabathuler durch den Kopf. Typische reformierte Tugenden! »Und der Tod Ihres Mannes änderte nichts an dieser Haltung?«

»Peter war ja immer noch mit Ihrer Mutter verheiratet. Zudem wurde sie damals immer schwächer und bedürftiger. Er konnte sie nicht verlassen.«

»Konnte oder wollte er nicht?«

»Da gab's für ihn keinen Unterschied. Er hatte sich seiner Frau, Ihrer Mutter, gegenüber verpflichtet. Dazu stand er.«

»Aber als meine Mutter starb, da hätten Sie doch noch einmal neu anfangen können.«

»Das haben wir dann ja auch getan. Wir planten ein gemeinsames Leben, haben gemeinsame Reisen unternommen.«

»Davon hat mir mein Vater nie etwas erzählt.«

Ein Schmunzeln huschte über ihr Gesicht. »Nun, Sie waren in dieser Zeit ja auch nicht das, was man einen guten Sohn nennen würde.«

Da hatte sie zweifellos recht. Nach dem Tod seiner Mutter hatte Gabathuler tatsächlich nur sehr wenig Kontakt mit seinem Vater. Es war die intensivste Phase seiner Jagd auf Jakovlev gewesen.

»Aber machen Sie sich keine Gedanken. Ihr Vater hat nichts vermisst. Denn wir hatten eine wunderschöne Zeit.«

»Die dann unerwartet früh zu Ende ging.«

»Ein Herzstillstand. Einfach so.« Sie schnippte mit den Fingern.

»Kurz vor seiner Pensionierung.«

»Das werde ich seinem Gott nie verzeihen.«

Sie schwiegen beide. Schließlich fuhr Jeannine Zumbühl-Röhl fort: »Wir wollten heiraten! Unser gemeinsames Leben sollte nun endlich beginnen! Offiziell und öffentlich. Kein Versteckspiel mehr. Und dann das …!« Ihre Augen füllten sich mit Tränen, die über ihr schönes Gesicht rannen.

Gabathuler wusste nicht, was er sagen sollte. Gerade jetzt müsste er doch als Pfarrer etwas zu sagen haben. Verzweifelt durchsuchte er in Gedanken seine theologische Literatur, ob da nicht etwas seelsorgerlich Passendes für solche Situationen zu finden sei. Aber seine geistige Datenbank gab nichts her. Das Schweigen schien endlos.

Endlich sagte sie: »Da wollte jemand nicht, dass wir glücklich werden.«

»Bereuen Sie Ihre Lebensentscheidungen?«, hörte er sich schließlich fragen.

Sie schwieg einen Moment. »Natürlich würde ich heute vieles anders machen. Aber ich musste damals entscheiden, ohne wirklich gelernt zu haben, wie ein selbstbestimmtes

Leben aussieht. Über weite Strecken habe ich mich leben lassen. Ich dachte, das sei normal so.«

»Wie haben Sie es geschafft, nicht bitter zu werden?«

»Immerhin hat mir das Leben mit Peter die große Liebe geschenkt. Und Bettina ist unsere gemeinsame Tochter. Dafür bin ich unendlich dankbar. Und dann waren da die wöchentlichen Treffen bei Kaffee und Kuchen. Das sind alles Geschenke, die ich nicht missen möchte.«

»Sie beeindrucken mich.« Gabathuler war berührt davon, wie diese Frau die Kostbarkeiten, die ihr das Leben allem zum Trotz geschenkt hatte, wertzuschätzen wusste. Und als wollte sie eine Erklärung anfügen, sagte sie: »Die Liebe ist tatsächlich stark wie der Tod. Sie vermag unglaublich viel zu ertragen. Und es sind nicht selten die dunkelsten Stunden, in denen sie zu wachsen beginnt.«

Gabathuler nickte und ließ das Gehörte nachwirken. Das Kreuzigungsbild des Isenheimer Altars tauchte vor seinem inneren Auge auf. Wer diese Dunkelheit erträgt, ist stärker als die schwärzeste Nacht. Und wieder dachte er: Die Liebe ist ein wunderlich Ding. Dann sagte er: »Als mein Vater starb, warum haben Sie sich da nicht gemeldet? Wir hätten die Trauerfeier gemeinsam gestalten können.«

»Nein, das wäre nicht gegangen. Wir kannten uns ja nicht. Zudem war der Plan, dass Peter und ich unsere Beziehung mit einer Hochzeitsanzeige öffentlich machen. Da wollte ich nicht als eine Art Witwe, die niemand kennt, auf den Plan treten.«

Das leuchtete Gabathuler ein. Und wenn er es recht bedachte, so war er damals, als sein Vater starb, mit der Situation ziemlich überfordert. Er war eben erst aus dem Polizeidienst ausgeschieden, musste sich neu orientieren und fand sich nun unversehens inmitten all der Fragen rund um Beerdigung und Nachlass wieder. Eine Frau, die behauptete, sie sei die Lebenspartnerin seines Vaters gewesen, wäre in dieser Situation wenig hilfreich gewesen.

Jeannine Zumbühl-Röhl trug das Geschirr in die Küche. Kurz darauf ertönte von dort das Brummen der Kaffeemaschine. Gabathuler ging hinüber zum Salontisch und setzte sich aufs Sofa.

»Wie geht es Ihrer Tochter?«, fragte Gabathuler, als sie mit dem Servierboy hereinkam.

»Die wird gleich kommen. Ich dachte, Sie sollten sie kennenlernen.« Gabathulers Herz schlug höher. Jeannine Zumbühl-Röhl stellte eine Etagere mit Konfekt auf den Tisch, das wahrscheinlich ebenfalls von der Konditorei im Dorf stammte. »Wir hatten ja gestern schon Patisserie. Da habe ich mir erlaubt, heute Konfekt aufzutischen.« In diesem Moment hörten sie den Schlüssel im Türschloss drehen. Herein trat Bettina.

Es fiel Gabathuler leicht zu glauben, dass die beiden Frauen Mutter und Tochter waren. Dieselben klaren Gesichtszüge, dasselbe blonde, im Unterschied zur Mutter aber kurzgeschnittene Haar. Auch in Sachen Kleidung waren sie beide mit gutem Geschmack gesegnet. Bettinas weißes, mit blauen Blumen geschmücktes Kleid war etwas weiter geschnitten, um die etwas rundlichere Figur zu kaschieren. Die Mutter ging der Tochter entgegen, und nach der Begrüßung stellte sie den Gast vor. Mit schnellen Schritten kam sie auf Gabathuler zu. »Endlich lerne ich Sie kennen, Herr Gabathuler. Meine Mutter hat mir bereits von Ihnen erzählt.« Gabathuler brachte nicht viel mehr hervor als ein »Gleichfalls.«. Dann setzten sie sich.

Kaffee wurde gereicht, jeder nahm ein Kleingebäck. Und nach entsprechenden Lobesworten genehmigte man sich ein zweites. Der Small Talk wollte nicht so recht in

Gang kommen, bis Bettina die verkrampfte Stimmung lockerte, indem sie sagte: »Ach, was soll dieses förmliche Sie. Schließlich sind wir doch Familie! Ich bin die Bettina.« Selbstverständlich war Gabathuler einverstanden. Und auch Bettinas Mutter sagte: »Das hätten wir schon lange machen sollen. Ich bin die Jeannine.«

Das Eis war gebrochen, eine entspannte Plauderei setzte ein. Bettina erzählte von ihrer Arbeit als rechte Hand des Leiters des Sozialdepartements der Stadt Zürich. Über ihr sei nur noch der zuständige Stadtrat. Allerdings teile sie sich die Stelle mit einer Kollegin. Sie, also Bettina, brauche nicht viel Schlaf, sei schon um sieben im Büro und könne dann guten Gewissens gegen ein Uhr nach Hause gehen. Nachmittags sei sie dann meist auf ihrem Gestüt.

Gabathuler hörte ihre Erzählungen wie von Weitem. Seine Gedanken waren an einer Bemerkung von Bettina hängen geblieben: »Schließlich sind wir Familie.« Familie! Das Wort erinnerte ihn an etwas, das er nie gehabt hatte, an das, was fehlte. Und mit dieser einen Bemerkung hatte Bettina ihn in das hinein geholt, was er nie gekannt hatte. Nun plötzlich sollte er Teil davon sein. Was war das, Familie? Und wie verhielt man sich in einer Familie?

Außenstehende hätten bestimmt gesagt, dass er und seine Eltern eine Familie waren. Aber genau das hatte er nie so erlebt. Vater und Mutter, das waren zwei unterschiedliche Personen, die zusammenlebten unter demselben Dach. Das Leben zu dritt war nicht lieblos. Aber es glich mehr einer Schicksalsgemeinschaft. Seine Mutter war schwach und wurde zunehmend zu einem Pflegefall. Sein Vater war der Rückhalt für alle. Er ging jeden Tag zur Arbeit, pflegte fürsorglich seine Frau, und im Herbst ging er auf die Jagd. Was aber hatte gefehlt zu einer glücklichen Familie? Wären sie zu viert eine Familie gewesen? Jeannine und Bettina strahlten mehr Familie aus, als er je erlebt hatte. Und sie waren nur zu zweit. Was also fehlte? *Was fehlt, kann man nicht zählen*, hatte er einmal gelesen.

»Nun bist du aber dran. Erzähl ein wenig von dir.« Bettina holte ihn aus seinen Gedanken. »Bist du verheiratet? Hast du Kinder?«

»Wer, ich? Nein! Dazu tauge ich nicht. Ich habe mal ein paar Jahre mit einer Frau zusammengelebt. Aber wir sind schon lange getrennt. Sie war Polizistin wie ich.« Und dann begann er zu erzählen von seiner Zeit als Polizist und davon, wie er bei der Verbrechensbekämpfung immer unglücklicher wurde, weil es für die wirklich schlimmen Verbrecher immer irgendein juristisches Schlupfloch gab. Und er erzählte von seiner Auszeit im Südtirol, von der Reise durch Norditalien und von den Mußestunden, die ihm eine neue Sicht aufs Leben schenkten, als wollten sie sagen: Siehe, so könnte das Leben auch sein! Und er erzählte von seinem endgültigen Ausscheiden aus dem Polizeidienst und dem Studium der Theologie.

Barbara erwähnte er nicht.

»Theologie?! Wieso Theologie?«

»Wieso nicht?«

»Nun, als ehemaliger Polizist hättest du alles Mögliche machen können. Wieso ausgerechnet Pfarrer?«

Seine Berufswahl stieß offensichtlich überall auf Unverständnis. »Ich suchte nach einer Alternative.«

»Aber wieso die Kirche? Was findest du nur an der Kirche?« In Jeannines Stimme schwang eine Vehemenz mit, die auch ihre Tochter erstaunt aufblicken ließ.

»Vielleicht war es ja gerade dieser Kontrast, der mich reizte, diese absolute Machtlosigkeit der Kirche im Unterschied zur Polizei.« Dieser Gedanke war ihm selber erst jetzt gekommen. Aber er gefiel ihm.

»Aber die Kirche hat nicht nur keine Macht, es hört auch keiner mehr auf sie«, wandte Jeannine ein.

»Das muss ja nicht so bleiben.«

»Du scheinst noch einiges von der Kirche zu erwarten!«, sagte daraufhin Bettina.

»Weniger von der Kirche als von ihrer Botschaft.«

»Aber die Kirche hat doch keine Botschaft mehr für die Menschen von heute!« Jeannines Stimme war noch immer aufgewühlt.

»Ich denke schon. Es gibt so viele dunkle, destruktive Kräfte. Die muss man in die Schranken weisen. Die Kirche erzählt vom Licht. Nichts vertreibt die Dunkelheit so nachhaltig wie das Licht.«

In Jeannines Worte mischte sich nun doch Bitterkeit, als sie sagte: »Ich kann das einfach nicht glauben! Jahre habe ich darauf gewartet, dass Peter auf Distanz zur Kirche geht, damit wir mehr voneinander haben. Nun lerne ich seinen Sohn kennen, als Polizist, so möchte man meinen, ein gestandener Mann, der mit beiden Beinen im Leben steht. Und jetzt rennt der auch in die Kirche!«

Es regnete kaum noch, als Gabathuler aus dem Haus in den immer noch wolkenverhangenen Novembernachmittag trat. Während er durch den barocken Garten mit den akkurat geschnittenen Büschen und den für den Winter hergerichteten Beeten ging, ließ er sich das Gespräch noch ein wenig durch Kopf und Herz gehen. Die Liebe zu Gabathulers Vater hatte Jeannine daran gehindert, bitter zu werden. Das Thema Kirche jedoch vermochte einen Schwamm voll bitteren Essigs auszupressen. Offensichtlich war Jeannine der Gedanke fremd, dass die Kirche Peter Gabathuler die Möglichkeit verschafft hatte, ebenfalls aus der Quelle der Liebe zu schöpfen. Nicht liebevolle

Lebendigkeit, sondern moralinsaure Verbote verband sie mit der Kirche.

Gabathuler bog um die Ecke des Gärtnerhauses und sah einen Mann, der seinen Wagen begutachtete.

»Ein schönes Exemplar«, sagte der Mann anerkennend. Es war Stucki. Gabathuler zweifelte, dass Stucki sich ernsthaft für seinen Saab interessierte. Denn die Tatsache, dass Stucki ihn ohne aufzublicken angesprochen hatte, ließ Gabathuler vermuten, dass Stuckis Aufmerksamkeit mehr den herannahenden Schritten als dem Fahrzeug gegolten hatte.

»Er steht nicht zum Verkauf.«

»Oh, das ist nichts für mich. Ich mag es lieber etwas bescheidener.« Er wies mit dem Kopf auf den Wagen, der danebenstand. Und tatsächlich, der graue Toyota Yaris, der zwar deutlich jünger als Gabathulers Saab war, aber bestimmt auch schon fünfzehn Jahre auf dem Buckel hatte, war der Inbegriff eines unscheinbaren Stadtautos, das den Fahrer sparsam von A nach B brachte.

»Ich nehme an, du willst zu Frau Zumbühl-Röhl.«

»Wusstest du, dass ihr Mann vor dreißig Jahren bei einem Jagdunfall ums Leben gekommen ist?«

»Nun, da mein Vater mit ihm in derselben Jagdgesellschaft war, wird es dich wenig überraschen, dass ich das weiß.« Gabathuler sah nicht ein, weshalb er das kriminalistische Versteckspiel von Stucki mitspielen sollte.

»Und wusstest du auch, dass der Herr Zumbühl mit derselben Waffe erschossen wurde wie Jakovlev?« Dass Stucki ihm diese Information so frei heraus gab, hätte Gabathuler nun nicht erwartet. Und er wusste einen Moment lang nicht, wie er darauf reagieren sollte. Daher fragte er einfach: »Wieso erzählst du mir das?«

»Ich finde es bemerkenswert. Da wird ein Mann in Winterthur erschossen, und einer der ersten Namen, die mir begegnen, ist deiner. Dann mache ich mich auf zur Witwe jenes Jägers, der vor dreißig Jahren mit derselben Waffe erschossen wurde, und bevor ich klingeln kann, kommst du aus ihrem Haus. Du warst doch bei ihr?«

»Du scheinst deine Arbeit sehr gründlich zu machen.«

»Ein Mensch wurde ermordet, Roger. Das darf man als Polizist nicht auf die leichte Schulter nehmen. Jedenfalls nicht, wenn man wie ich neu im Beruf ist.«

»Aber du kennst ja die Akte Jakovlev. Der war selber verantwortlich für hundertfaches Leid. Wenn der nun seinerseits eine Kugel abbekommen hat, darf einen das nicht nur nicht wundern. Es ist auch nicht sonderlich schade.«

»Ich versteh dich gut, Roger. Nur, das Strafgesetzbuch unterscheidet nicht zwischen guten und bösen Menschen. Es hält ganz einfach fest, dass Mord ein Offizialdelikt ist, vonseiten des Staates untersucht werden muss und mit Gefängnis bestraft wird.«

»Du bist ein guter Polizist«, sagte Gabathuler nun mit einem fast schon zu freundlichen Lächeln.

Stucki übersah das Gönnerhafte daran geflissentlich und sagte nur: »Ich gebe mein Bestes.«

»Weißt du, Werner, das Strafgesetzbuch ist wichtig und selbstverständlich zu befolgen. Das Buch der Natur hat mich aber auch ein paar wichtige Dinge gelehrt.«

»Nämlich?«

»Wenn ich spazieren gehe, freue ich mich immer wieder über die Milane. Es ist einfach wunderschön, ihren Flug zu beobachten. Und ich würde es sehr bedauern, wenn es sie nicht mehr gäbe.«

»Das wäre natürlich sehr schade«, gab auch Stucki zu, doch war ihm anzusehen, dass er nicht ganz verstand, wo Gabathulers Ausführungen hinführten.

»Milane fressen kleine Säugetiere und Vögel.«

»Ja, und?«

»Nun, sie erinnern mich daran, dass Töten zuweilen nicht nur erlaubt, sondern sogar notwendig ist. Überlebensnotwendig.«

Stucki zog die Brauen hoch. »Interessant, dass du das Buch der Natur zitierst. Ich hätte erwartet, dass du aus der Bibel zitierst. Zum Beispiel: Du sollst nicht töten. Schließlich bist du doch Theologe.«

»Und als Theologe komme ich nicht umhin festzustellen, dass Gott auch das Buch der Natur geschrieben hat.«

»Und was würdest du mir raten? Ich bin doch weiterhin dem Strafgesetzbuch verpflichtet.«

»Du sollst auch weiter deine Pflicht tun. Ich meine nur, dass es womöglich Fälle gibt, bei denen die Gesellschaft mehr profitiert, wenn für einmal das Buch der Natur das Sagen hat.«

»Ist eine Überlegung wert«, meinte Stucki, »trotzdem muss ich jetzt Frau Zumbühl-Röhl einen Besuch abstatten und fragen, ob sie eine Ahnung hat, wer ihren Mann getötet haben könnte.« Und mit einem nochmaligen »Schöner Wagen!« machte sich Stucki auf, während Gabathuler seinen Saab aufschloss. Aber Gabathuler hatte die Tür noch nicht geöffnet, da machte Stucki wieder den Columbo. »Eine Frage hätte ich da noch, Roger.«

Du schaust eindeutig zu viel fern, dachte Gabathuler, antwortete dann aber: »Na, dann schieß mal los!«

»Wer erschießt einen Jäger und dreißig Jahre später einen Mafiaboss?«

»Du stellst die richtigen Fragen, Werner. Ich weiß es aber auch nicht. Vielleicht waren es ja zwei verschiedene Personen.«

Wie schon am Bahnhof kam Stucki wieder mit einer nachdenklichen Miene auf Gabathuler zu. »Der Gedanke ist mir auch gekommen. Dann stellt sich aber die Frage, wie kommt die Waffe vom einen zum anderen. Und da sticht mir dann immer wieder der Name Gabathuler ins Auge. Dein Vater und du, ihr seid die einzige Verbindung zwischen diesen beiden Fällen.«

»Dann solltest du unbedingt in diese Richtung weiterermitteln.« Gabathuler blieb ruhig.

»Nicht wahr? Das siehst du doch auch so. Darf ich dann mal bei dir zu Hause vorbeikommen? Du wohnst doch noch in deinem Elternhaus. Richtig? Ich würde mir gerne mal einen Eindruck von dir und deinem Vater machen.«

»Du kannst jederzeit bei mir vorbeischauen. Ruf mich einfach vorher an, damit ich dann auch aufschließen kann. Einverstanden?«

»Ich werde mich bei dir melden«, antwortete Stucki und trottete davon.

Gabathuler setzte sich in seinen Saab und musste lachen. Das Gespräch hatte ihm gefallen. Er hatte hoch gepokert, und Stucki hatte sich nicht blenden lassen, sondern war mitgezogen. Nun würde sich zeigen, wer die besseren Karten hatte, wenn sie sie aufdecken mussten.

Zu Hause angekommen, legte er seine Jacke ab und leerte die Taschen. Dabei fiel sein Blick auf sein Handy. Eine neue Nachricht befand sich darauf. Christoph Ramsauer bat ihn um einen Rückruf. Gabathuler drückte auf Christophs Namen und wurde verbunden.

»Sergej A. Peschkov, sagt dir der Name etwas?«, fragte Christoph.

»Wer soll das sein?«, fragte Gabathuler zurück.

»Na, die Russen, die kommen, um Jakovlev zu rächen.«

»Christoph, ich habe dir doch gesagt, dass du das lassen sollst. Das ist sehr gefährlich!«

»Und du hast genau gewusst, dass ich zu neugierig bin!«

»Und genau das ist das Gefährliche: deine Neugier!«

Christoph schwieg.

»Nun erzähl schon: Wer ist dieser Herr Peschkov?«

»Siehst du, du willst es ja auch wissen. Also: Peschkov scheint ein Geschäftsmann zu sein. Allerdings reist er nicht allein. Er hat einen Viertürer reserviert und eine Versicherung für einen Zweitfahrer abgeschlossen.«

»Und wo zwei sind, da können auch drei sein«, sagte Gabathuler nachdenklich.

»Habe ich mir auch gedacht. Er hat einen Wagen für vierzehn Tage reserviert. Den genauen Termin werden wir erst kurzfristig erfahren. Den Wagen wird er dann nur für drei Tage benötigen.«

Das ist das Dreierteam. Am Abend des zweiten Tages wird es zuschlagen. Am Morgen des dritten Tages steigt es wieder in den Flieger und ist über alle Berge, noch bevor ihm jemand auf die Spur gekommen ist. »Du weißt nicht zufällig, welchen Fahrzeugtyp sie bekommen werden?«, fragte er seinen Freund.

»Nun, wie das so ist bei der Autovermietung: Sie haben die Kategorie bestimmt. Aber das Auto selbst wird zugeteilt, wenn sie am Schalter sind.«

»Und das wirst du erst erfahren, wenn sie da sind.«

»Genau. Sobald ich mehr weiß, ruf ich dich wieder an.«

Gabathuler war nicht wohl beim Gedanken, dass er sich auf die zufälligen Informationen seines Freundes verlassen musste. Wenn er Glück hatte, schaute dieser, unmittelbar nachdem das Dreierteam das Auto übernommen hatte, in den Computer. Hatte Christoph aber einen arbeitsreichen Tag, konnte er erst abends die Reservierungen am Flughafen checken. Falls er überhaupt daran dachte! Aber damit musste er sich begnügen. Er bedankte sich bei Christoph, dann legten sie auf.

8

Das La Villette lag auf der Rückseite des Pfannenstiels und bot eine einmalige Sicht auf den Greifensee. Vor allem aber war das Restaurant, das abends eine erlesene Küche bot, weit weg von allem, was Gabathuler dieser Tage sonst noch beschäftigte. Und der Tisch im Stübchen bot noch einmal etwas mehr Privatsphäre.

Als sich Gabathuler gegen Ende seines Besuchs bei Jeannine verabschiedet hatte, begleitete ihn Bettina zur Tür.

»Ich würde gerne mal mit dir essen gehen, dann könnte ich meinen Bruder noch etwas besser kennenlernen.«

»Bruder« hatte sie gesagt. Und sogleich war er wieder da, dieser warme Schmerz, die Erinnerung an das, was er nie erlebt hatte. Doch diesmal mischte sich eine Süße dazu, die seinen Ohren schmeichelte. Die Selbstverständlichkeit, mit der sie ihn »Bruder« genannt hatte, berührte ihn buchstäblich an Leib und Seele.

»Sehr gerne, Schwester«, gab er schnell zur Antwort. Genau genommen war sie natürlich nur seine Halbschwester. Aber Bettina war mehr an Schwester, als er je gehabt hatte. Hier ging es nicht um Biologie. Hier ging es um Beziehung.

So saß er also jetzt seiner Schwester – so wollte er sie von nun an nennen – gegenüber und plauderte mit ihr. Erst nachdem der Hauptgang serviert worden war und sie angestoßen hatten, fragte Gabathuler:

»Was war dein Vater für ein Mensch?«

»Meinst du meinen Vater oder unseren Vater?«

Gabathuler stutzte. Dann musste er lachen. »Okay. Dann machen wir doch gleich diese Unterscheidung. Wenn ich Peter Gabathuler meine, sprechen wir von unserem Vater. Wenn ich Urs Zumbühl meine, dann sprechen wir von deinem Vater. Einverstanden?«

»Einverstanden.«

»Also. Wer war dein Vater?«

»Meine Mutter hatte mich gewarnt.«

»Wovor?«

»Davor, dass du die schwierigen Themen gerne direkt angehst.«

»Ich möchte nicht einfach mit einer schönen Frau zu Abend essen …«

»Danke für das Kompliment!«

»… ich will mehr über dich erfahren. Zudem habe ich während der ganzen Vorspeise darauf verzichtet, das Thema anzusprechen.«

»Kein Problem«, sagte Bettina. »Ich schätze es sehr, wie du Gespräche mit offenem Visier führst.«

»Konntest du ihr deshalb nichts vom Missbrauch durch deinen Vater sagen?«

»Das wahrscheinlich auch. Aber im Grunde wollte ich sie schützen, so seltsam das klingen mag.«

»Schützen wovor?«

»Urs – du siehst, in diesem Zusammenhang kann ich ihn nicht Vater nennen. Also: Urs hat unsere ›Beziehung‹ natürlich als etwas Besonderes hingestellt. Eine große Liebe, die wir geheim halten müssten, um insbesondere Mutter nicht unglücklich zu machen. Er hatte mir eindringlich zu verstehen gegeben, dass niemand von dieser besonderen ›Beziehung‹ wissen dürfe. Das sei unser Geheimnis. Zudem fanden die Übergriffe immer am Samstagmorgen statt, also dann, wenn Mutter außer Haus bei ihren geliebten Pferden war. Samstags ging sie stets früh aus dem Haus und fuhr aufs Gestüt. Das war ihre Zeit. Sie kam immer ungemein glücklich von dort zurück. Hätte ich ihr von Urs und mir erzählt, hätte ich ihr auch diese glücklichen Momente bei den Pferden genommen.«

»Waren es denn die einzigen Glücksmomente für deine Mutter?«

»Sie floh regelrecht zu den Pferden. Das war jedenfalls mein Eindruck.«

»Hat dein Vater sie schlecht behandelt?«

»Er hat sie nicht geschlagen, wenn du das meinst. Aber die beiden waren kein glückliches Paar.«

»Davon gibt es viele.«

»Jedenfalls habe ich meine Mutter immer auch ein Stück weit als Gefangene dieser Ehe erlebt. Während er die Welt eroberte, blieb sie in ihrem goldenen Käfig zurück.«

»Aber hätte sie das nicht ändern können?«

»Meine Mutter ist niemand, der aufbegehrt. Als sie kürzlich bei unserem Gespräch zu dritt so sehr gegen die Kirche wetterte, war ich ganz erstaunt. So vehement habe ich sie kaum jemals erlebt.«

»Du bist einen anderen Weg gegangen.«

»Irgendwann las ich in einer Zeitschrift, dass solche ›besonderen Beziehungen‹ so normal gar nicht waren, wie Urs mir immer weisgemacht hatte. Etwas später wurde Missbrauch auch in der Schule thematisiert. Schließlich wollte ich es genau wissen und bin zu einer Sozialarbeiterin der Gemeinde gegangen. Die war gut! Sie sagte mir freundlich, aber bestimmt, dass unser Verhältnis nichts anderes als Missbrauch sei und empfahl mir eine Psychotherapeutin.«

»Und die konnte dir helfen?«

»Die beiden Frauen waren mein Glück. Ohne die Gespräche mit der Therapeutin wäre ich nicht aus diesem Schlamassel herausgekommen. Und dank der guten Zusammenarbeit mit der Sozialarbeiterin konnten wir die Kosten für die Therapie losgelöst von meinen Eltern über eine Art Sozialhilfekasse finanzieren.«

So ist denn auch Bettinas Akte auf dem Schreibtisch unseres Vaters gelandet, ging es Gabathuler durch den Kopf, damit wusste er Bescheid.

»Wie hast du den Tod deines Vaters erlebt?«

»Ich habe nicht um ihn geweint. Die Zeit unmittelbar nach der Beerdigung war schwierig. Es gab sogenannte Flashbacks, verstehst du? All die Bilder und Erlebnisse mit Urs kamen wieder hoch. Meine Therapeutin hatte das aber gut aufgefangen und sich in diesen Tagen und Wochen viel Zeit für mich genommen. Und so machte sich schon bald eine große Erleichterung in mir breit. Denn in gewisser Weise war der Tod von Urs auch eine elegante Lösung für ein großes Problem, das mich bis dahin beschäftigt hatte.«

»Welches Problem?«

»Nun, einerseits wollte ich Urs für das, was er mir angetan hatte, nicht ungestraft davonkommen lassen. Andererseits gab mir meine Therapeutin zu bedenken, dass ich mit einer Anzeige eine Lawine von Vernehmungen und Ermittlungen lostreten würde, unter der vor allem ich zu leiden gehabt hätte. Mit seinem unerwarteten Tod aber war die Frage, ob ich ihn anzeigen sollte, beantwortet.«

Daran hatte Gabathuler bis jetzt nicht gedacht. Indem sein Vater Urs erschossen hatte, rächte er nicht nur den Missbrauch. Er hatte damit auch gleich die ganze mögliche Schlammschlacht, die peniblen, quälenden Verhöre, die schwierige Beweisführung verhindert.

»Vaters Tod hatte aber auch vieles aufgebrochen. Mutter und ich verbrachten damals viel Zeit miteinander. Eines

Abends erzählte mir Mutter von ihrer Liebe zu Peter. Dabei sagte sie mir auch, dass Peter mein leiblicher Vater sei.«

»Wie hast du darauf reagiert?«

»Es war, als hätte ich etwas erfahren, das ein Teil von mir schon längst wusste. Die Frage war bis dahin nie aufgetaucht. Aber zu Peter hatte ich ein besonderes Vertrauensverhältnis. Der Umgang mit ihm war so selbstverständlich. Und als Mutter mir diese Nachricht überbrachte, klang das für mich irgendwie logisch.«

»Aber du hast ihr nichts von den Übergriffen deines Vaters erzählt.«

»Das war in diesem Moment nicht nötig. Der Tod von Urs und die Tatsache, dass ich Peters Tochter war, hatten etwas Befreiendes. Etwas Märchenhaftes. Der böse Stiefvater war tot, und ich erfuhr von meiner weitaus edleren Herkunft.«

Das hätte seinem Vater, dem Bauernsohn, gefallen, ging es Gabathuler durch den Kopf. Er, der nicht gut genug war für die Industriellentochter, wurde nun posthum von seiner leiblichen Tochter geadelt. Charakteradel schlägt Geldadel!

»Habt ihr nie über den Missbrauch gesprochen?«, fragte Gabathuler.

»Eines Abends kam Mutter zu mir und sagte, dass Peter ihr alles erzählt habe. Das löste viele Gespräche zwischen uns aus. Auch schmerzhafte. Die haben uns aber nicht auseinandergebracht. Im Gegenteil.«

Für einen Moment erstarb das Gespräch. Gabathuler war unsicher, ob er das Thema weiter vertiefen sollte.

»Darf ich Ihnen die Dessertkarte bringen?« Die Frage des Kellners brachte wieder Bewegung in die beiden. Als sie gewählt hatten, nahm Gabathuler das Gespräch wieder auf.

»Nun hast du viel erzählt. Aber eigentlich wolltest du ja deinen Bruder kennenlernen.«

»Ich habe ihn bereits besser kennengelernt.«

»Ach ja?«

»Du bist ein guter Zuhörer. Frauen mögen das.«

»Das habe ich bei der Polizei gelernt. Und es wird mir im Pfarramt bestimmt nicht schaden.«

»Es erstaunt mich einfach, dass du Single bist.«

»Nun, ich glaubte tatsächlich lange, dass ich nicht für eine feste Beziehung tauge. Vor ein paar Wochen aber fuhr ich ins Südtirol und besuchte eine Frau, mit der ich einmal einen wunderschönen Sommer verbracht hatte. Und siehe da, alles lebte wieder auf. Und noch mehr!«

»Wieso bist du überhaupt zu ihr gefahren?«

»Ach, ich musste weg. Meine Polizeivergangenheit hatte mich eingeholt.«

Bettina beugte sich vor. »Jetzt wird's interessant. Erzähl!«

Und Gabathuler erzählte ihr von seiner Jagd auf Jakovlev, von den gescheiterten Festnahmen. Er erzählte von der Schießerei mit den vier toten Russen. Und einer fünften Person, die er aber nur nebenbei erwähnte. Schließlich berichtete er auch von der verstörenden Begegnung am Gartenzaun des Pfarrhauses.

»Dann hat da auch für dich jemand ein Problem gelöst.«

»Der Mord an Jakovlev hat sich wohl herumgesprochen.«

»Es kommt nicht alle Tage vor, dass ein russischer Oligarch und Asylbewerber in Winterthur erschossen wird.«

»Wer immer das war – mein Dank ist ihm sicher!«

»Ein einziger Schuss. Von einem Hochsitz aus.«

»Da weißt du mehr als ich.«

»Stand auch in den Zeitungen. Man vermutet eine Abrechnung innerhalb der Russenmafia.«

Das hatte er verpasst. Es musste in den Zeitungen gestanden haben, als er im Elsass war. Gabathuler nahm sich vor, künftig Nachrichten auch online zu lesen.

»Das alles hat mich sehr an den Tod meines Vaters erinnert.«

»Inwiefern?«

»In der Presse wurde er als ›Jagdunfall‹ herumgereicht. Uns gegenüber aber hat die Polizei gesagt, dass sie nicht an einen Unfall glaubte. Denn Urs war nicht irgendwo im Dickicht erschossen worden, wo man seine Umrisse mit einem Tier hätte verwechseln können. Nein, er hatte auf einem gut einsehbaren Platz geparkt und auf seine Jagdkollegen gewartet. Zudem war der Schuss äußerst präzise. Mitten ins Herz. So ein Schuss sei kein Zufall, meinten sie. Daher ging die Polizei von Mord aus.«

»Und, haben sie den Täter gefunden?«

»Eben nicht. Es gab überhaupt keine Hinweise, wer das hätte sein können. Vater hatte keine Feinde, soweit wir das hätten feststellen können. Und auch die Polizei fand in seinem Umfeld nichts Verdächtiges.«

»Also war es die Tat eines Idioten, dem dein Vater zufällig vors Visier gelaufen ist?«

»Klingt nicht sehr einleuchtend, nicht wahr?«

Dem war definitiv so, das musste Gabathuler zugeben. »Dennoch scheint es nach dem Stand der Dinge die einzige Lösung zu sein.«

»Es sei denn ...«, Bettina machte eine kleine bedeutungsschwere Pause, »es sei denn, es gab da jemand, der über Urs etwas wusste, das niemandem sonst bekannt war. Und der gut mit Schießeisen umgehen konnte.«

»An wen denkst du da?« Gabathuler gab sich unwissend. Doch Bettina legte nur den Kopf schräg und zog die Stirn hoch.

»Du meinst, unser Vater …?« Gabathuler versuchte, so erstaunt wie möglich zu klingen.

»Als ich zur Sozialarbeiterin der Gemeinde ging, habe ich mir nicht überlegt, dass Peter meine Akte zu sehen bekommen könnte. Erst später ist mir klar geworden, dass es gar nicht anders sein konnte. Und unser Vater konnte sehr gut schießen.«

»Das hat die Polizei doch bestimmt geprüft.«

»Alle Mitglieder des Jagdclubs mussten ihre Gewehre für die ballistische Untersuchung abgeben. Es gab keine Übereinstimmungen mit dem Projektil, das Urs getötet hatte. Andererseits«, wieder machte Bettina eine Pause, »wenn ich jemanden umbringen wollte, würde ich das auch nicht mit meiner normalen Jagdwaffe machen. Ich würde mir eine neue besorgen und danach sicherstellen, dass sie nie gefunden wird.«

»Aber du bist mit diesem Verdacht nicht zur Polizei gegangen?«

»Wieso sollte ich. Wenn es stimmte, dann hatte Peter mir ja einen Gefallen getan.«

»Hast du ihn je darauf angesprochen?«

»Das hätte nur die langsam heilenden Wunden angerührt. Es hätte alle geschmerzt und niemandem geholfen. Und dass ich ihm dankbar war, spürte er.«

Bettina hatte den richtigen Riecher. Sie wusste im Grunde alles. »Also die berühmte Leiche im Keller«, meinte Gabathuler.

»Genau«, sagte sie. »Und die mauerst du im Keller ja auch besser ein. Sonst stinkt es irgendwann im ganzen Haus und macht Probleme.«

»Und das will ja nun wirklich niemand!« Gabathuler war beeindruckt von Bettinas pragmatischem Umgang mit Peters Tat.

»Wen bringt diese Erkenntnis nun mehr in die Bredouille, den Polizisten oder den Pfarrer in dir?«, fragte Bettina mit Blick auf Gabathulers nachdenkliche Stirn.

»Weder noch. Dem Polizisten ist es egal, da unser Vater nicht mehr lebt.«

»Aber der Pfarrer hat ein Problem damit, nicht wahr? Unser Vater hat eindeutig unmoralisch gehandelt.«

»Vor Gericht wäre er bestimmt verurteilt worden. Aber …« Gabathuler dachte einen Moment nach.

»Aber?«

»Du hast ja selber gesagt, dass er dir einen Gefallen getan hat.«

»Schon, aber reicht das, um einen Mord zu rechtfertigen?« Bettina war sichtlich irritiert, dass Gabathuler nicht klarer Stellung bezog.

»Glaub mir, ich will unseren Vater nicht von aller Schuld reinwaschen. Aber ich habe es oft genug erlebt, dass das Gesetz die bösen Jungs nicht hinter Schloss und Riegel bringen konnte. Irgendwie gefällt es mir, dass einmal einer der Guten durchs Netz der Rechtsstaatlichkeit geschlüpft ist.«

Zurück in der Einliegerwohnung, checkte Gabathuler seine E-Mails. Dekanin Kneubühler hatte ihm die Liturgie für den Einsetzungsgottesdienst am ersten Advent geschickt. Die ersten zwei Lieder waren schon von ihr notiert worden. Die übrigen konnte Gabathuler bestimmen. *Vor allem aber bitte ich dich*, schrieb Kneubühler in ihrer Begleitmail, *den biblischen Text für deine Predigt festzulegen. Denn dann können wir den Gottesdienst im Detail besprechen und dafür sorgen, dass wir uns inhaltlich ergänzen*. Das gefiel Gabathuler. Zumindest war sie darum bemüht, die Gottesdienstbesucher nicht zu langweilen.

Gabathuler machte sich sogleich daran, der Bitte der Dekanin nachzukommen. Und weil er in der Ausbildung gelernt hatte, dass es eine Frage des Respekts ist, auch dem Organisten die Lieder frühzeitig zukommen zu lassen, legte er auch die restlichen Lieder fest, damit er sie nach der Besprechung mit Kneubühler gleich abschicken konnte.

Als er das Gesangbuch zur Seite legte, war es schon weit nach Mitternacht. Gabathuler rieb sich seine müden Augen und ging zu Bett. Aber bereits um sechs Uhr war er wieder wach. Er absolvierte seine morgendliche Trainingseinheit und ging anschließend in die Bäckerei auf der anderen Seite der Straße. Drei Kaffees und zwei Croissants später stieg er in den Bus und fuhr ins Stadtzentrum zur Besprechung mit Kneubühler.

»Ein schöner Vers, den du für deine Predigt ausgesucht hast.« Kneubühler hatte sich über die Liturgie gebeugt. Sie saßen in einem Sitzungszimmer des städtischen Kirchgemeindehauses, das zu früheren Zeiten einmal als Pfarrhaus gedient hatte. Das zentrale Treppenhaus strahlte noch etwas von der repräsentativen Bedeutung aus, die es für Besucher haben sollte, die zum Pfarrer in die gute Stube geladen wurden. Die breiten Stufen und die großzügigen Absätze waren ganz aus Holz. Jede Stufe knarrte hemmungslos. Niemand konnte die Treppe benutzen, ohne dass dies im ganzen Haus zu hören war. Die Räume, die von den Treppenabsätzen abgingen, waren ebenfalls mit schönem Parkett ausgelegt, und die Heizungen unter den breiten Fenstersimsen konnten nicht verheimlichen, dass sie bestimmt schon seit fünfzig Jahren die hohen Räume zu wärmen versuchten. Im Übrigen war alles sehr funktional eingerichtet. Ein paar leicht verschiebbare Tische ermöglichten es, dass in Kürze der Sitzungsraum an die Anzahl der Teilnehmenden angepasst werden konnte. An der Seite standen auf hüfthohen Schränken eine Kaffeemaschine, Wasser und eine Schale mit Obst. Bevor sie sich setzten, entlockte Kneubühler mit geübten Handgriffen der Maschine einen Kaffee. »Willst du auch einen?«, fragte sie über die Schulter hinweg. Als Gabathuler bejahte, machte sie gleich noch einen zweiten Kaffee hinterher.

Gabathuler hatte einen Vers aus Psalm 37 gewählt: *Gott wird deine Gerechtigkeit aufgehen lassen wie das Licht und dein Recht wie den Mittag.*

»Dieser Vers ist eine wunderbare Gelegenheit, vom Aufgehen der Liebe in der Gemeinde und in dieser Welt zu predigen«, meinte die Dekanin beschwingt. Und Gabathuler spürte, wie es in seinem Gegenüber zu predigen begann.

»Über die Liebe wollte ich eigentlich nicht predigen. Generell habe ich vor, die Liebe so sparsam als möglich zum Thema zu machen.«

»Wieso das denn? Gegen die Liebe kann man schlecht etwas haben. Gott ist die Liebe. Sie ist das Größte!«

»Und gerade deshalb sollten wir sie mit der allergrößten Zurückhaltung angehen.«

»Ich verstehe nicht.«

»Ich fürchte mich davor, mit einer allzu großen Selbstverständlichkeit nach ihr zu greifen und sie billig werden zu lassen.« Kneubühler sah ihn fragend an.

»Das ist wie mit dem Klumpfuß des Petrus«, erklärte Gabathuler. Doch der fragende Gesichtsausdruck wich nicht von Kneubühlers Gesicht.

»Im Petersdom in Rom gibt es doch diese berühmte Bronzestatue von Petrus. Der eine Fuß steht ein wenig vor, und aus irgendeinem Grund ist es für die frommen

Katholiken wichtig, diesen Fuß zu berühren oder gar zu küssen. Über die Jahrhunderte hinweg wurde der Fuß ganz abgegriffen und ist im Grunde nicht mehr als solcher zu erkennen. Er ist ein Klumpfuß geworden. So kommt mir zuweilen die Liebe in unseren Kirchen vor. Jeder greift beliebig nach ihr, in der Hoffnung auf ein bisschen Segen oder Schutz. Und weil man so sicher nichts falsch macht. Dabei ist sie längst ein Klumpfuß geworden. Ein heiliger Klumpfuß vielleicht, aber eben ein Klumpfuß.«

»Du wirst für Farbe sorgen in unserem Pfarrkapitel!«, sagte Kneubühler anerkennend und skeptisch zugleich. Dann räusperte sie sich und blickte auf das Papier, das vor ihr lag: »Dann lass uns noch die Lieder und Gebete besprechen.«

Nach der Sitzung schlenderte Gabathuler durch die Marktgasse. Die Atmosphäre der Besprechung ging ihm nach. Die harmoniebedürftige Dekanin war das eine. Vor allem aber gab ihm die Eigentümlichkeit dieses als Kirchgemeindehaus genutzten alten Pfarrhauses zu denken. Dieses imposante Gebäude war auf eigenartige Weise ausdruckslos. Es weckte mit seinen Dimensionen allenfalls noch Erinnerungen an Zeiten, die längst vergangen waren. Aber es strahlte keinen Charme aus. Alles war sehr zweckmäßig eingerichtet. Die Schränke und Tische auf den Absätzen und in den Zimmern waren vor allem nützlich, hatten aber die Ausstrahlung von Turngeräten, wie er sie noch aus der Schule kannte. Hier turnten die Köpfe und Stifte, wenn es darum ging, den volkskirchlichen Körper zu stärken und die Budgets zu trimmen. Bestimmt fand regelmäßig ein Seilziehen der einzelnen Ressorts über die Zuteilung der Gelder statt. Aber zum Spielen luden die Räume nicht ein. Es gab keine verspielte Sinnlosigkeit, wie zum Beispiel einen üppigen Blumenstrauß oder ein gerahmtes Dokument mit schweren Siegeln, das einen eingeladen hätte, einen zweiten Blick zu riskieren. Da war nichts, das etwas über die früheren Bewohner erzählt hätte oder auch nur schön gewesen wäre. Kein Teppich, der einen Hauch von Eleganz verströmt hätte. Reformierte Nüchternheit bis in die hintersten Ecken. »Ref-Chic«, der alle ästhetischen Fragen sorgsam umschiffte, damit das Budget geschont und das Image ohne Kanten blieb. Dafür stand in jedem Raum eine Kerze auf dem Tisch. Damit die soziale Wärme nicht verloren ging.

Gabathuler musste sich zwingen, diese scharfzüngigen Betrachtungen beiseitezulegen. Schließlich hatte er sich entschieden, in dieser Kirche zu arbeiten. Da half es wenig, sich schon im Vorfeld in Sarkasmus zu ergehen.

Bei einem Metzger machte er Halt und kaufte eine Portion Rindsfilet Stroganoff, das er sich zum Mittagessen machen wollte. Als er den Fleischerladen verließ, fiel ihm im Schaufenster gegenüber ein Bild mit leuchtend hellen Orangen auf. Ein Stillleben von Cézanne, dachte Gabathuler bei sich. Doch als er davorstand, erkannte er, dass es von Gauguin war. Die Verwechslung war nicht zufällig, hatte Gauguin doch in Sachen Stillleben bei Cézanne gelernt. Gabathuler gefiel dieses Bild sogar eher besser, da statt der Cézanne'schen Äpfel Orangen in einer weißen Schale abgebildet waren. Davor lagen auf einem ebenfalls weißen Tuch eine weitere Orange und zwei Zitronen. Im Hintergrund öffnete ein Fenster den Blick in einen Garten, an dessen Ende Häuser auszumachen waren. *Oranges dans une vase* hieß das Bild. Es gefiel ihm. Er ging hinein und kaufte den Druck gleich im Rahmen. Kurz darauf verließ er zufrieden den Laden und bestieg den Bus nach Ganterwald.

In der Wohnung setzte er Wasser für den Reis auf. Dann machte er sich daran, das eben erstandene Bild aufzuhängen. Er nahm die Werkzeugkiste hervor, die ihm beim Zusammenbauen der Möbel schon gute Dienste geleistet hatte, und bald hing das Bild über dem Sofa. Er ging einen Moment auf Distanz dazu und erfreute sich an Gauguins Orangen. Schließlich griff er sich eine echte Orange aus der Schale auf dem Salontisch, schälte sie und stellte sich ans Fenster. Und während er den Bussen, Autos, Fahrrädern und Fußgängern zusah, wie sie von Ampeln dirigiert ihrer Wege zogen, dachte er wieder an Bettina. Sie hatte eins und eins zusammengezählt und dann alles gewusst. Andreas Bachmann hatte seinen Vater ebenfalls gut gekannt. Und auch er konnte rechnen. Gabathuler nahm sein Handy hervor.

Er sei gerade beim Mittagessen, sagte Bachmann mit hörbar vollem Mund. Gabathuler fragte, ob er am Nachmittag noch einmal bei ihm vorbeischauen dürfe. »Natürlich! Ich bin im Ruhestand. Ich habe Zeit«, gab Bachmann zur Antwort.

»Sagen wir um drei?«

Bachmann bestätigte. Dann legten sie auf.

Gabathuler hatte beschlossen, diesmal nicht lange Small Talk zu betreiben, sondern gleich zur Sache zu kommen. Nachdem Bachmann Kaffee und Kuchen aufgetischt hatte, fragte Gabathuler ohne Umschweife: »Hast du gewusst, dass mein Vater seinen Freund Urs Zumbühl erschossen hat?«

Bachmann sah ihn verwundert an, gab dann aber zur Antwort: »Ich war sein Seelsorger und wohl auch sein Freund. Er hat mir viel anvertraut.«

»Du wusstest von seiner großen Liebe, nicht wahr?«

»Ja, er hat mir viel von ihr erzählt.«

»Hat er dir auch gesagt, dass Bettina seine leibliche Tochter ist?«

»Ja, das hat er.«

»Dann hat er dir bestimmt auch erzählt, dass ihr Stiefvater sie missbraucht hatte?«

»Er hatte es herausgefunden, weil dieser Fall eines Tages in der Sozialkommission besprochen wurde.«

»Wie hat er reagiert?«

»Roger, wieso komme ich mir plötzlich wie in einem Verhör vor? Du bist nicht mehr Polizist. Ich bin aber immer noch Seelsorger. Und als solcher habe ich ein Seelsorgegeheimnis zu wahren.«

»Aber mein Vater ist doch längst tot.«

»Dein Vater hatte seine Gründe, weshalb er mir gewisse Dinge anvertraute, die niemand sonst zu wissen brauchte. Und solange ich nicht weiß, weshalb jemand Einblick in dieses anvertraute Gut bekommen möchte, fühle ich mich der Wahrung des Geheimnisses immer noch verpflichtet.«

»Ich versuche herauszufinden, wer mein Vater war. Und je mehr ich über ihn in Erfahrung bringe, desto fremder wird er mir«, sagte Gabathuler und ergänzte gleichzeitig in Gedanken: Mit der Beseitigung eines Übeltäters ist er mir auf der anderen Seite auch wieder sehr nahe. Aber das wollte er Bachmann gegenüber nicht laut aussprechen.

»Also gut.« Bachmann dachte kurz nach. »Peter hat mir viel, aber nicht alles erzählt. Der Missbrauch von Bettina hatte ihn erschüttert. Er war maßlos wütend auf Urs und machte sich gleichzeitig Vorwürfe, dass er seine Tochter nicht beschützt hatte. Dann wiederum verzweifelte er daran, dass er sie gar nicht hatte schützen können. Irgendwann wurde er ruhiger, aber ich sah ihm an, dass etwas in ihm zerbrochen war. Als ich dann in den Zeitungen von dem Jagdunfall las, machte ich mir natürlich meine Gedanken. Bei unserem nächsten Gespräch sprach ich ihn auf den Tod von Urs an. Er aber sagte nur, dass er froh sei, dass dieser … dass Urs tot sei.« Bachmann nahm ein Stück von seinem Kuchen.

»Du aber hast dir einen Reim darauf gemacht.«

»Nun, ich wusste, was dieser Missbrauch mit ihm gemacht hatte. Und ich wusste, dass er ein exzellenter Schütze war. Das hatte er stets betont.« Damit goss er dem Kuchen einen kräftigen Schluck Kaffee hinterher.

»Aber gesagt oder auch nur angedeutet hat er nichts.«

»Nein. Und dafür bin ich ihm auch dankbar. Denn das hätte mich in eine schwierige Lage gebracht.«

»Als Seelsorger?«

»Und als Freund! Als Seelsorger einen Menschen an die Polizei zu verraten, ist schon ein Dilemma. Wenn dir aber ein Freund einen Mord gesteht, hast du echt ein Problem.«

»Aber du hast es gewusst. Richtig?«

»Wie gesagt: Gewusst habe ich es nicht. Aber ich kenne die Gegend, wo es geschehen ist, ziemlich gut, da wir in der Nähe ein Ferienhaus haben. Also fuhr ich an einem freien Montagmorgen dorthin und schaute mir die Sache vor Ort an.«

»Du bist an den Tatort gefahren?«

»Die Polizei war längst wieder weg und der Parkplatz wieder freigegeben.«

»Aber wieso? Was hast du da gewollt?«

»Ich wollte ein Gespür für die Situation bekommen. Wenn es tatsächlich Peter war, wo hatte er geparkt? Er konnte unmöglich auf demselben Platz parken, auf dem sich Urs mit seinen Kollegen verabredet hatte. Urs hätte seinen Wagen sofort erkannt.«

»Du bist ja richtig detektivisch an die Sache herangegangen.«

»Es hat mich umgetrieben. Und ich wollte wissen, was ich wissen konnte. Verstehst du?«

Gabathuler verstand sehr gut.

»Der Parkplatz liegt am Ende einer lang gezogenen Talstraße. Man kann den Wagen nirgends parken, ohne dass ein vorbeifahrendes Auto ihn sehen würde. Also musste er sein Auto ganz woanders hinstellen und eine ganze Strecke zu Fuß zurücklegen, um in eine gute Schussposition zu kommen.«

Gabathuler staunte über Bachmanns genaue Analyse. Und als hätte dieser seine Gedanken erraten, sagte Bachmann:

»Das alles ist gar nicht so anders als die Meditation eines biblischen Textes. Du musst nur genau hinschauen und versuchen, dich in die Situation des Autors oder in diesem Fall des Täters hineinzuversetzen. Also sah ich mir alles genau an und überlegte mir, wo ich in Position gegangen wäre. Da gab es eigentlich nur einen kleinen Felsvorsprung am westlichen Ende des Parkplatzes. Im dahinter liegenden Wald konnte er zudem ohne Probleme unerkannt verschwinden. Ich ging also dorthin und sah, dass auch die Polizei zu diesem Resultat gekommen sein musste. Man konnte noch Reste von Markierungen der Spurensicherung erkennen. Dann überlegte ich mir, wie ich in diese Schussposition gelangen könnte, ohne dass ich mich Urs gegenüber verrate. Um auf diesen Felsvorsprung zu gelangen, hätte ich mein Auto jenseits der Hügelkuppe im nächsten Seitental geparkt.«

»Und?«

»Ich lief die ganze Strecke zu dem von mir angenommenen Platz. Ich brauchte rund eine Stunde. Und als ich dort ankam, fühlte ich mich irgendwie bestätigt in meiner Theorie. Es schien mir der ideale Ort, um das Auto abzustellen. Er war im Hinblick auf den Tatort genug abgelegen, aber doch verkehrstechnisch gut angeschlossen, sodass er auf der Heimfahrt nicht auffallen würde.«

»Das war jetzt aber erst eine Vermutung.«

»Ganz genau. Doch dann habe ich mir den Ort etwas genauer angeschaut. Und siehe da! Am Parkplatzrand, dort, wo der Asphalt in das kleine Wäldchen übergeht, fand ich … einen Augenblick, bitte.«

Bachmann stand auf, ging in sein Büro nebenan und kam kurz darauf mit einem goldschimmernden Gegenstand zurück. Gabathuler erkannte sogleich, dass es eine Patronenhülse war. Bachmann hielt sie ihm hin.

Gabathuler sah sie sich genau an und meinte dann: »Die hatte er wohl beim Entladen der Büchse verloren.«

»Und weil er schnell wegwollte, hat er nicht lange nach ihr gesucht«, ergänzte Bachmann und fuhr dann fort: »Die Polizei hatte ja das Projektil, das mehr über die Waffe aussagt als die Patronenhülse.«

Das machen einem die Fernsehkrimis glauben, dachte Gabathuler bei sich. Tatsächlich sind die Hülsen meist aussagekräftiger. Denn das Projektil ist nicht selten deformiert, weil es auf einen Knochen oder außerhalb des Körpers in eine Wand eingeschlagen ist. Die Hülse dagegen ist in der Regel nicht weiter beschädigt, weist aber wegen des Schlagbolzens und des Auswerfers eine Art Fingerabdruck der Waffe auf. Bachmann hatte also, ohne es zu wissen, ein wichtiges Indiz der Polizei vorenthalten. »Mich wundert, dass du die Hülse so lange aufbewahrt hast.«

»Ich hatte Freude an meinem Fund. Er war eine Art Beweis für die Richtigkeit meiner Vermutung.«

»Aber wenn die Polizei später auch deine Überlegungen

angestellt hätte, hätte ihr die Hülse als Indiz weitergeholfen.«

»Sie hätte den Täter dennoch nicht gefasst. Denn ohne die Tatwaffe ist es schwierig, jemanden zu überführen. Richtig?«

Gabathuler nickte geistesabwesend. Als hätte es noch eines Beweises bedurft, hielt er nun die Patronenhülse in der Hand, die sein Vater verschossen hatte. Genau so eine Hülse hatte er selbst vom Boden der Kanzel aufgehoben, nachdem er Jakovlev erschossen hatte. Das war der kleine Unterschied. Sein Vater hatte die Patrone erst beim Auto ausgeworfen. Gabathuler hatte es noch in der Kanzel getan.

Er betrachtete die Hülse zwischen seinen Fingern und ließ seinen Gedanken freien Lauf. »Da bist du ein frommer Mann, akzeptierst, dass du die Liebe deines Lebens nicht heiraten kannst. Gerade so, als wäre es ein Gottesurteil. Du heiratest eine andere Frau, bist ein guter Staatsbürger, ja sogar Leiter der Sozialabteilung. Und dann gehst du hin und erschießt einen Übeltäter.« Und nach einer Pause meinte er: »Ich kann's ihm nicht übel nehmen.«

Bachmann sah Gabathuler an. »Menschlich kann ich Peters Tat natürlich auch nachvollziehen. Dennoch überraschte sie mich. Peter hatte immer sehr hohe moralische Maßstäbe. Und plötzlich schien er alle Ehrfurcht vor dem Leben verloren zu haben.«

»Hatte er diese Ehrfurcht nicht gerade dadurch unter Beweis gestellt, dass er das Leben schützte?«

»Mir ist dieser Schritt zu radikal. Er zieht zu wenig in Betracht, dass auch dem übelsten Menschen das Recht auf Leben nicht genommen werden kann.«

Da konnte Gabathuler nicht viel dagegen sagen. Dennoch regte sich in ihm Widerspruch. »Ist es nicht so, dass sich Leben, das leben will, von Zeit zu Zeit auch durchsetzen muss?«

»Einverstanden. Aber Mord?«

»Ist es Mord, wenn der Wolf die Population von Damwild in Grenzen hält?«

»Homo homini lupus«, sagte der pensionierte Pfarrer, »der Mensch ist dem Menschen ein Wolf.«

»Nur der Mensch kann den Menschen in die Schranken weisen«, ergänzte Gabathuler.

»Das ist Darwinismus. Wo bleibt da die Nächstenliebe?« Auch Bachmann konnte bei diesen Gedankengängen nicht ruhig bleiben.

»Vielleicht verstehen wir die Nächstenliebe falsch, wenn wir sie losgelöst von Darwins Erkenntnis hochhalten. Wenn Gott die Welt erschaffen hat, dann hat er ihr auch den Wettbewerb, das Survival of the Fittest eingeschrieben. Und du kannst nicht bestreiten, dass sich dieses Prinzip bewährt und eine vitale Vielfalt geschaffen hat.«

Bachmann sah Gabathuler an. »Das hat was. Aber hast du denn gar kein Problem damit, dass dein Vater einen Menschen getötet hat?«

»Er hat einen Dreckskerl ausgeschaltet.«

»Er hat gemordet.«

»Er hat die Welt zu einem besseren Platz gemacht.«

»Hat er das? Darf er das?«

»Das hat er zweifellos. Und insofern durfte er es auch.«

»Das meinst du jetzt nicht ernst, oder?« Bachmann wurde nun wieder emotional.

»Keine Angst! Ich werde nicht auf die Kanzel steigen und verkünden, Töten sei gut oder auch nur erlaubt. Aber ich habe in den vergangenen Tagen und Wochen viel nachgedacht und habe gelernt, Darwins Erkenntnis theologisch neu zu bewerten«, sagte Gabathuler ruhig.

»Ach, die Idee vom Recht des Stärkeren funktioniert in einer zivilisierten Welt sowieso nicht. Sieh dir unsere Kirche an! Finanziell und personell sind wir die stärkste Kirche im Kanton. Wir müssten eigentlich blühen und gedeihen. Stattdessen schrumpfen wir ungebremst und verlieren unaufhaltsam an Einfluss und Ansehen. Ich weiß nicht, was wir falsch gemacht haben und was der liebe Gott mit dieser Kirche noch vorhat. Aber Darwins Theorie greift da ins Leere.«

Was?!, dachte Gabathuler bei sich, keine Rechtfertigung mit der Tatsache, dass zurzeit alle Institutionen unter Druck seien? Keine Ausflüchte mit gesellschaftlichen Megatrends, gegen die man machtlos sei? Einfach selbstkritische Fragen nach den eigenen Fehlern und dem Willen Gottes? Das hatte er in den vergangenen Jahren selten zu hören bekommen. Die Standardantworten lauteten meist, dass man gegen den dramatischen Mitgliederschwund nichts machen könne und daher der Kirche nichts anderes übrig bleibe, als ein Sparprogramm nach dem anderen aufzusetzen.

»Survival of the Fittest meint ja auch nicht, dass der Stärkere oder Intelligentere überlebt, sondern der, der die besten Überlebenschancen hat, der am besten auf Veränderung reagiert. Und da, das musst du zugeben, stehen wir auf verlorenem Posten.«

Nun musste Bachmann lachen. »Du bist wahrlich ein interessanter Kauz, lieber Roger. Du trittst in Bälde eine Stelle als Pfarrer an und beschreibst die Kirche zugleich als ein sinkendes Schiff.«

»Nun, wenn das Schiff auf einen Eisberg aufgelaufen ist, sollte man nicht die Augen davor verschließen, sondern die Situation mit der gebotenen Nüchternheit betrachten.«

In den folgenden Tagen hatte Gabathuler Zeit, weitere Mitarbeiter und Mitglieder der Kirchenpflege kennenzulernen. Er kaufte Geschirr und Besteck für die Wohnung. Gerne hätte er sich auch schon mehr in die konkreten pfarramtlichen Aufgaben in Ganterwald eingearbeitet, aber Valerie Aebersold fand keine Zeit für die Übergabe. Gabathuler fuhr weiterhin täglich und zu stets wechselnden Zeiten zum Pfarrhaus und beobachtete, was sich dort zutrug. Aber auch da schien der Alltag wieder Fuß gefasst zu haben.

Und dann rief Barbara an: »Ich werde bereits am Donnerstagabend bei dir sein.«

9

Sie sind hier!« Christoph Ramsauers Stimme konnte seine Aufregung kaum verbergen. »Vor einer Stunde haben sie den Wagen übernommen!«

Gabathuler stand in seiner Andelfinger Küche und hatte sich eben einen Kaffee gemacht. Er hatte die vergangenen Nächte hier übernachtet. Es schien ihm klüger zu sein, vor allem nachts Distanz zu Ganterwald zu halten, solange die Sache mit der Russenmafia noch nicht erledigt war.

Ramsauer schrie beinahe in seinen Apparat und hatte nun die ungeteilte Aufmerksamkeit Gabathulers.

»Aber die wollten doch frühestens in zwei Wochen kommen?«

»Sie sind aber bereits heute eingetroffen. Ich habe eigens meinen Kollegen am Flughafen angerufen und mich nach der Buchung erkundigt. Und er hat mir nicht nur bestätigt, dass sie außer Plan bei ihnen angefragt haben, sondern auch, dass Peschkov in Begleitung zweier Männer gewesen ist.«

Das passte Gabathuler nun gar nicht in den Kram. Der Zeitpunkt hätte ungünstiger nicht sein können. Es war Donnerstag und Barbara war im Anflug. Am Sonntag sollte seine Installation stattfinden, und nun musste er sich auch noch um die ›drei in einem Wagen‹ kümmern! Das kam wirklich ungelegen. Andererseits, wenn er sich nicht um die Russen kümmern würde, gäbe es am Sonntag auch keinen Pfarrer Gabathuler mehr, den man einsetzen könnte. Er musste ihnen also eine gewisse Priorität beimessen. Gabathulers Pulsfrequenz stieg an. Christoph gegenüber wollte er sich aber nichts anmerken lassen.

»Kannst du mir sagen, was für ein Auto sie bekommen haben?«

»Ich kann dir sogar das Kennzeichen geben, wenn du willst«, sagte Christoph nicht ohne Stolz.

»Wow«, Gabathuler war echt überrascht. »Dann fang doch mal mit dem Modell an.«

»Es ist ein weißer Peugeot 308, viertürig.«

»Und die Nummer?« Gabathuler notierte sich die sechs Ziffern. »Danke. Ich bin sehr froh über deinen Anruf. Nur, lass nun bitte die Finger davon!«

»Wie du meinst. Eine Frage hätte ich aber noch.«

»Ja?«

»Wieso bist du so interessiert an diesen drei Russen?«

»Ach, du weißt ja, die Katze lässt das Mausen nicht. Ich finde es eindrücklich, wie selbst die russische Mafia gewisse Traditionen aufrechterhält.«

»Und was macht die Katze nun mit den drei Mäusen?«

»Sie behält sie im Auge«, antwortete Gabathuler.

Gabathulers Hirn erreichte nun erhöhte Betriebstemperatur. Er musste die bevorstehenden Aufgaben in eine Ordnung bringen, sodass er sie alle erledigen konnte und am Sonntag noch genug lebendig war, um auf die Kanzel steigen zu können. Andererseits hatte das alles den Vorteil, dass er gezwungen war, das lästige Thema aus seiner Zeit als Polizist abzuarbeiten. Damit standen die Chancen gut, dass er am Sonntag tatsächlich sein neues Leben als Pfarrer beginnen konnte.

Gabathuler dachte angestrengt nach. Heute würde Barbara eintreffen. Morgen, am Freitag, da würde es geschehen, da würde er mit den dreien zusammentreffen. Sollte er diese Begegnung für sich entscheiden können, würde am Samstag die Hölle los sein, mit Polizei, Presse und aufgescheuchten Kirchenvertretern. Hoffentlich würde er dann noch genügend Zeit für die Predigtvorbereitung finden!

Gabathuler dachte noch eine Weile nach, wie die nächsten Schritte auszusehen hätten. Langsam entstand in seinem Kopf eine Art Plan, eine Abfolge der Aufgaben, die er bis Sonntag zu erledigen hatte, die ihm gefiel. Dann klingelte sein Handy. Es war Valerie Aebersold, die Verweserin.

»Heute Nachmittag könnten wir die Übergabe machen. Was meinst du. Sagen wir um vier?«

Nun schüttete Gabathuler Adrenalin aus, und er musste aufpassen, dass er nicht ausfällig wurde. Unorganisiert zu sein war eine Sache. Aber zu erwarten, dass sich das Umfeld selbstverständlich danach richten würde, das konnte Gabathuler nicht ausstehen. »Tut mir leid«, sagte er mit größtmöglicher Beherrschung, »aber dafür habe ich nun wirklich keine Zeit.«

»Aber am Sonntag ist doch deine Einsetzung!«, wandte Aebersold ein.

»Und genau darum habe ich jetzt keine Zeit. Warum treffen wir uns nicht nächste Woche?«

»Da bin ich nicht mehr da. Schließlich werde ich ja auch nur bis Sonntag bezahlt.«

»Du wirst bis Ende des Monats bezahlt«, korrigierte er sein Gegenüber. Wenn es sein musste, konnte er sich auch pedantisch geben.

»Schon, aber ich muss ja auch noch meine Überstunden abbauen.«

Welche Überstunden?, hätte Gabathuler am liebsten gefragt, verkniff es sich aber. »Warum machst du dann nicht heute von vier bis sechs frei und kommst zum Beispiel am kommenden Dienstag um vier hierher?«

»Nächsten Dienstag?« Gabathuler konnte ihrer Stimme entnehmen, dass sie diesen Vorschlag gar nicht prickelnd fand. »Nein, da kann ich nicht. Da bin ich beim Friseur.«

Du gehst zum Friseur? Aber bestimmt nicht wegen deiner Haare! Nur mit Mühe konnte Gabathuler seine sarkastische Zunge im Zaum halten.

»Ach, weißt du was, ich gehe zu Markus. Der kann dir dann alles übergeben. Viel ist es ohnehin nicht. Du machst das schon! Weißt du, ich habe gelernt: Hauptsache, Jesus wird verkündet. Wenn wir das nicht vergessen, haben wir unseren Auftrag erfüllt und die Menschen in der Gemeinde sind im Glauben gestärkt.«

Diese Aussage war so richtig wie nichtssagend. Gabathuler hoffte inständig, dass er am Ende seiner beruflichen Laufbahn gehaltvollere Aussagen über die Aufgaben des Pfarrberufs würde machen können.

Nachdem sie aufgelegt hatten, blieb er noch einen Moment stehen. Wie meist bei Telefongesprächen war er auch bei diesem ziellos durch die Wohnung gewandert. Und nun stand er im Gästezimmer vor dem Wäscheschrank und überlegte sich, was er vor dem Anruf Aebersolds hatte tun wollen. Richtig, er musste sich auf die drei Russen vorbereiten. Dazu wollte er in den Keller. Nun aber besah er sich den Schrank und blieb aus irgendeinem Grund daran hängen. Aufmerksam betrachtete er das Möbel, das er in den vergangenen Wochen ein paarmal verschoben hatte. Langsam fügte sich zu seinem Plan ein weiterer Punkt. »Ja, das wird wohl besser so sein«, sagte er zu sich selbst. Kurz darauf stieg er in den Keller.

Im Bandraum stellte er das Schlagzeug zur Seite und rollte den darunter liegenden Teppich weg. Dann hob er eines der drei schweren Bretter an und musste schmunzeln. »Ganz der Sohn des Vaters!«, entfuhr es ihm.

Gabathuler blickte auf zwei Kisten, in denen sich eine beeindruckende Menge von Granaten, Sprengstoff, Waffen und Munition befand. Es war bestimmt schon fünfzehn Jahre her. Damals mussten er und Frank einen Mann festnehmen, der einen Wirt mit einer Waffe bedroht hatte. Ihr Glück war, dass sie ihn im Garten angetroffen hatten und ihn gleich dort festnehmen konnten. Denn als sie sein Haus betraten, entdeckten sie ein abenteuerliches Waffen- und Sprengstoffarsenal. Die beiden wollten sich nicht ausmalen, was geschehen wäre, wenn dieser Waffennarr sich dort verbarrikadiert hätte. Die Kollegen von der Spurensicherung machten ihren Job und nahmen anschließend Waffen, Granaten, Sprengstoff und Tausende Schuss Munition mit.

Als die Spurensicherung abgezogen war, ging Gabathuler noch einmal durchs Haus. Hätte man ihn nach dem Grund gefragt, hätte er wohl keine überzeugende Antwort geben können. Er wollte einfach nochmals die Atmosphäre einatmen, die diesen Mann eingehüllt hatte. Was war das für eine Welt, in der dieser Spinner zu Hause war? Gabathuler besah sich jeden Raum. Vermutlich stammten die Einrichtung, die Bilder und Möbel noch von seinen Eltern. Kaum etwas vermittelte den Eindruck von Veränderung. In Stube und Esszimmer erzählte je ein Stuhl davon, dass er auch tatsächlich gebraucht worden war. Der eine Stuhl stand am Esstisch und der andere, ein Sessel, vor dem Fernseher. In der Küche fand Gabathuler vor allem Konserven und lang haltbare Lebensmittel, im Kühlschrank reichlich Bier, Butter und ein paar Eier. Der Mann schien alle Vorurteile über einen abgekapselten Einzelgänger zu bestätigen. Aus irgendeinem Grund musste er sich gegen die böse Welt mit Waffen absichern. Nur, wieso? In einem als Büro genutzten Raum neben dem Esszimmer fand Gabathuler eine mögliche Antwort. In Bundesordnern waren ohne erkennbare Ordnung Dokumente, Behördenschreiben und Briefe von Nachbarn gesammelt, die belegten, dass er sich nach allen Seiten mit den Menschen angelegt hatte, weil er vermeintlich oder tatsächlich schlecht und ungerecht behandelt worden war. Die Wut, die aus seinen Schreiben sprach, verdeckte nur schlecht die Hilflosigkeit dem Behördenjargon gegenüber.

Eigentlich nur der Vollständigkeit halber stieg Gabathuler dann auch noch in den Keller hinunter. Auch hier schienen seine Kollegen an allen möglichen und unmöglichen Orten Waffen gefunden zu haben. Er wollte schon wieder die Treppe hinaufsteigen, als er bei einem letzten Blick in einen kleinen Raum zwei ungeöffnete Kisten sah. Ganz offensichtlich hatten seine Kollegen sie übersehen. Neugierig ging er hin und öffnete sie. In beiden befanden sich Sprengstoff, Handgranaten, Handfeuerwaffen und eine gehörige Portion Munition. Anstatt die Spurensicherung noch einmal herzubitten, packte er die gefährliche Ware kurzerhand in den Kofferraum seines Wagens, um sie am anderen Tag selber in der Asservatenkammer abzugeben. Er schloss das Haus ab, stieg in seinen geliebten Saab und hatte wohl im selben Moment sein Vorhaben wieder vergessen. Jedenfalls fuhr er rund zwei Wochen lang gedankenlos mit seinem explosiven Gepäck im ganzen Kanton herum. Erst als er die Sommerreifen für den Radwechsel in den Kofferraum packen wollte, entdeckte er die Kisten wieder. Aber weil er einen Termin beim Garagisten hatte, den er auf keinen Fall verpassen wollte, packte er kurzerhand die gefährliche Ware in den Bandraum. So hatten sie den Raum genannt, den er mit vierzehn in Beschlag nehmen durfte, als er ein Schlagzeug zu Weihnachten bekommen hatte.

Dort hatte lange ein Öltank in einer Wanne, einer Art Auffangbecken, gestanden. Als das Haus ans Gasnetz angeschlossen wurde, kam der Tank weg, und Roger hatte freie Bahn, seinen Traum von einem Bandraum umzusetzen. Beim Dorfschreiner besorgte er sich drei dicke Holzbretter, die er so über die Ölwanne legen konnte, dass sie den Boden ebenerdig verschlossen. Ein alter Teppich kam darüber, und fertig war der Untergrund für seine Drums. Mit der Band klappte es dann nicht so richtig. Gabathuler musste feststellen, dass er als Drummer kein Talent hatte. Er unternahm ein paar Anläufe, den Rock 'n' Roll in seinem Keller zum Leben zu erwecken, doch die anderen Musiker zogen jeweils nach wenigen Jamsessions weiter. Zweimal wurden seine Drums seither bewegt. Das erste Mal, als Gabathuler an besagtem Tag die Reifen wechseln wollte und er das von ihm beschlagnahmte Waffenmaterial in die Wanne räumen musste. Das zweite Mal war jetzt.

»Auch eine Art Leiche im Keller. Und wir Gabathuler haben ein Talent, sie zuverlässig zu verstecken.« Er öffnete die eine Kiste. Sie enthielt unter anderem Plastit. Dieser Sprengstoff hatte den Vorteil, dass bereits wenig davon über große Sprengkraft verfügte. Zudem war er absolut lagerungsbeständig. Gabathuler nahm zwei Stangen heraus und legte sie in seinen Rucksack. Dann griff er sich noch zwei Zünder und steckte sie in seine Jackentasche. Anschließend verschloss er die Kiste, legte die Bretter über die Wanne, drapierte den Teppich darüber und rückte das Schlagzeug wieder an Ort und Stelle.

Dann stieg er in die Wohnung hinauf. In seinem Zimmer kramte er aus einer Schachtel zwei alte Handys hervor, in denen Prepaidkarten steckte. Die hatte er sich bei einem Kontaktmann aus Polizeitagen besorgt, der mit Prepaidnummern handelte, die alle auf seinen Namen liefen. Dieser Handel war zwar nicht im Sinne des Gesetzgebers, aber wirklich illegal war er auch nicht. Und Gabathuler wusste diese Tatsache für seine Zwecke zu nutzen. Zudem führte dieser Bekannte nicht Buch darüber, wem er welche Nummer weitergegeben hatte. Das alles kam nun Gabathuler sehr entgegen. Danach entnahm er dem Bücherregal drei Schachteln, die mit *Briefe* beschriftet waren. Die unterste öffnete er und entnahm ihr eine Waffe samt Holster, die er sich früher mal besorgt hatte. Er machte sie am Rücken an seinem Gurt fest. Die Russen waren im Anmarsch. Da hielt er es für angebracht, auf alle Eventualitäten vorbereitet zu sein. Er steckte noch eine Rolle Klebeband in den Rucksack, dann stieg er ins Auto und fuhr nach Winterthur. Barbara würde bald kommen, und da wollte er die Einliegerwohnung herrichten.

In Ganterwald angekommen, nahm er den Sprengstoff aus dem Rucksack, ging ins Bad, leerte sein Necessaire und legte das Plastit hinein. Das Ganze versorgte er dann im Kleiderschrank hinter einem Stapel von T-Shirts. Die Zünder entnahm er der Jackentasche und legte sie in den Rucksack.

Danach räumte er die Wohnung auf, was bald erledigt war.

Sollte er noch Blumen kaufen? Frauen mochten Blumen, Barbara sowieso. Oder würde er damit unterschwellig zu viel Druck aufbauen, zu sehr zeigen, wie wichtig ihm das bevorstehende Experiment ihres Zusammenlebens war? Er wollte sich nicht verstellen, aber er wollte auch nicht unaufmerksam erscheinen. Wieso nur war er so nervös? Es war ja wahrlich nicht das erste Mal, dass er Damenbesuch hatte.

»Die ist ja tatsächlich winzig klein!«, sagte Barbara, als sie Gabathulers Einliegerwohnung betrat.

»Ich hab dich gewarnt«, entgegnete Gabathuler. »Dafür könnte der Weg in die Kirche kaum kürzer sein.«

Barbara blickte zum Fenster hinaus. In diesem Moment schlug die Kirchturmuhr sechs Uhr. Zweimal ertönten die sechs Schläge, wie das viele Kirchturmuhren so zu tun pflegen. Sechsmal von der einen Glocke und sechsmal von einer anderen, tieferen. Bevor Barbara die unvermeidliche Frage stellen konnte, nämlich ob er bei diesen Glockenschlägen schlafen könne, sagte Gabathuler: »Ja, bestens. Die entscheidende Frage aber wird sein, ob du schlafen kannst.«

»Ach, heute bin ich so müde, da werde ich wie ein Kind schlafen. Zuerst aber habe ich Hunger. Da drüben ist eine Pizzeria. Führst du mich aus?«

»Es gibt bessere Restaurants in Winterthur«, wandte Gabathuler ein.

»Heute möchte ich aber hier essen.« Damit machte Barbara klar, dass auch für sie mit ihrer Ankunft das Experiment begonnen hatte. »Reservier uns bitte da drüben einen Tisch. Ich gehe derweil duschen.« Barbara nahm ihre Tasche und ihren zugegebenermaßen nicht sehr großen Koffer, bevor sie mit »Schöne Blumen!« im Schlafzimmer verschwand. Gabathuler beglückwünschte sich zu seiner Entscheidung, doch noch einen kleinen Blumenstrauß samt Vase gekauft zu haben.

Eine Stunde später saßen sie im Da Giorgio, aßen Pizza und plauderten. Barbara erzählte von ihrer Fahrt über den Brenner und von den Abschlussarbeiten, um das Weingut winterfertig zu machen. Es hatte dieses Jahr besonders viel zu tun gegeben. »Denn je nachdem, wie das hier läuft, wird das Haus für eine ganze Weile leer stehen«, meinte sie.

»Ich bin gespannt. Für mich funktionierten Beziehungen bisher immer so: Sie dauerten eine Weile, irgendwann trennten sich die Wege und damit war die Geschichte zu Ende.«

»Alle deine Beziehungen?«

»Mit wenigen Ausnahmen.«

»Und wie sah der Kontakt zu deinen Eltern aus?«

»Ich war natürlich gut erzogen und wusste, dass meine Eltern es schätzten, wenn ich anrief. Und an den Geburtstagen und an Weihnachten bin ich vorbeigegangen. Aber das war Pflichtgefühl, nicht innerer Antrieb.«

»Da lebe ich in einer anderen Welt. Freunde und Familie sind mir wichtig.«

»Dürrenmatt hat mal über jemanden gesagt, er sei ›begabt zur Freundschaft‹. Diese Begabung geht mir ab.«

Der Kellner räumte die leer gegessenen Teller ab und fragte, ob er die Dessertkarte bringen dürfe, was die beiden bejahten. Sie blickten in die Karte, die vor allem italienisches Eis in allen Varianten anbot. Barbara entschied sich für eine Coupe Amarena, während Gabathuler eine Coupe Stracciatella bestellte. Als sie schließlich vor ihren Eisbergen saßen und die süßen Köstlichkeiten genossen, sagte Gabathuler unvermittelt: »Darin unterscheide ich mich von meinem Vater.«

»Nämlich?«

»Er hörte besser auf sein Herz.«

»Hast du nicht mal gesagt, dass er an einem Herzinfarkt gestorben sei?«

»Ja. Wieso fragst du?«

»Nun, das klingt nicht gerade nach einer besonderen Sensibilität dem Herzen gegenüber«, meinte Barbara.

»Er hat wohl seinem Herzen zu viel zugemutet. Aber immerhin erkannte er die Liebe, als er ihr begegnete. Hätte ich diese Gabe gehabt, wäre ich damals im Südtirol geblieben.«

»Das hat was«, entgegnete Barbara. »Dafür stehen die Chancen gut, dass du keinen Herzinfarkt erleidest.«

10

Lass dich also nicht stören, wenn mein Wecker klingelt. Schlaf einfach weiter. Ich bringe dann frische Brötchen zum Frühstück mit«, hatte Gabathuler auf dem Nachhauseweg zu Barbara gesagt.

»Keine Angst, ich bin so müde, ich werde wohl in eine Art Winterschlaf verfallen«, hatte Barbara darauf geantwortet. Und so kam es auch. Barbara tat keinen Mucks, als Gabathulers Handy ihn aus dem Schlaf holte. Was er ihr nicht verraten hatte, war die ungewöhnliche Uhrzeit. Es war halb drei, als ihn sein Handy nervte.

Gabathuler zog seine Joggingsachen an und kontrollierte seinen Rucksack. Eines der beiden Handys mit den Prepaidkarten nahm er heraus. Die beiden Zünder schob er in die Jackentasche. Die Rolle Klebeband war noch drin. Danach schlich er sich noch einmal ins Schlafzimmer, öffnete leise die Schranktür und griff nach dem Necessaire hinter seinen T-Shirts. Barbara atmete ruhig. Er entnahm dem Necessaire den Sprengstoff, legte das eine Handy hinein und stellte es wieder vorsichtig hinter die T-Shirts. Den Sprengstoff packte er in den Rucksack. Dann trat er in die Nacht hinaus.

Nur auf der Hauptstraße war die Straßenbeleuchtung nicht heruntergedimmt. In den Quartierstraßen leuchteten die Laternen nur teilweise oder waren ganz ausgeschaltet. Gabathuler wärmte seine müden Knochen erst eine Viertelstunde lang im lockeren Trab auf. Danach lenkte er seine Schritte in die Weiherwieslistrasse. Sobald er die Autobahnbrücke hinter sich gelassen hatte, spähte er zum Pfarrhaus. Dunkel stand es da. In keinem Raum brannte Licht. Aber in der Einfahrt vor dem Haus sah er einen weißen Wagen stehen. Gabathuler trabte weiter. Doch nun schielte er in die geparkten Autos, an denen er vorbeikam. Dunkel und leer standen auch sie da. Am Ende der Straße angekommen, wendete Gabathuler und lief zurück, wechselte aber die Straßenseite, wo die Vorgärten bis an den Asphalt reichten. Hier standen keine Autos, dafür spendeten die Hecken wertvollen Sichtschutz. Als er die Stelle erreichte, an der die Querstraße zum Pfarrhaus abbog, blieb er im Schatten eines hohen Busches stehen. Von hier hatte er freie Sicht aufs Pfarrhaus und die Einfahrt. Er hatte richtig vermutet. Der weiße Wagen war ein Peugeot 308. Das Kennzeichen stimmte ebenfalls. Die drei Russen waren hier und schliefen den Schlaf der Gerechten. Ihren letzten! Das war jedenfalls Gabathulers erklärtes Ziel.

Das Ritual, das sie schon vor zehn Jahren bei der Russenmafia beobachtet hatten, hatte sich nicht geändert. Das Dreierteam kam angereist, besuchte die Angehörigen, übernachtete bei ihnen. Am anderen Morgen fanden letzte Absprachen statt, und abends wurde das Attentat verübt. Am nächsten Tag stiegen sie wieder in den Flieger nach Hause und waren für die hiesige Justiz unerreichbar. Gabathuler musste schmunzeln. Auch in der Welt der Verbrecher gab es Dinge, die sich nie änderten. Und diese Tatsache konnte er nun für sich nutzen. Er blieb etwa eine halbe Stunde stehen. Als er überzeugt war, dass wirklich alles ruhig blieb, huschte er zum weißen Peugeot und kauerte sich zwischen Fahrertür und angrenzendem Zaun nieder. Vom Haus aus konnte man ihn nun unmöglich sehen. Wieder lauschte er. Wieder hörte er nichts. Jetzt musste alles schnell gehen. Er kramte die beiden Zünder hervor und schloss sie an das alte Handy an. Danach nahm er die Rolle Klebeband, riss zwei etwa gleich lange Streifen ab und klebte sie an den linken Unterarm. Dann entnahm er dem Rucksack die beiden Stangen Plastit, kroch damit unter das Auto, drückte den Sprengstoff an die Unterseite des Peugeot und fixierte ihn mit dem ersten Streifen des Klebebands. Mit dem zweiten Streifen brachte er das Handy so an, dass er ganz leicht die Zünder in die weiche Masse des Sprengstoffes drücken konnte. Jetzt nur nicht die falsche Nummer wählen, dachte Gabathuler, als er unter dem Auto hervorkroch. Kurz darauf fand er sich zufrieden mit sich selbst in seinem Laufrhythmus wieder. Den ersten Punkt in seinem Plan hatte er erfolgreich abgehakt.

Zurück in der Wohnung, setzte er sich aufs Sofa und las einen Kommentar zum Predigttext vom Sonntag. Dann ging er zu Bryner. Als Gabathuler mit frischen, lecker duftenden Brötchen und Croissants in die Wohnung trat, schlief Barbara noch immer. Dennoch machte Gabathuler Frühstück. Die Kombination von frischem Gebäck und aromatischem Kaffee vermochte Barbara schließlich aus dem Bett zu locken. Sie setzten sich an die Theke zur Küche und redeten, was eben Verliebte so zu reden haben.

Als die Kirche nebenan das Elfuhrgeläut intonierte, meinte Gabathuler: »Jetzt muss ich aber los. Ich sollte vor der Einsetzung am Sonntag noch ein paar Dinge erledigen. Wieso machst du dir nicht einen schönen Tag, gehst in die Stadt bummeln, und heute Abend führ ich dich in ein schickes Restaurant aus?«

»Hört sich nach einem guten Plan an.«

Gabathuler zog seine Jacke an, gab Barbara einen Kuss und war dann auch schon weg.

»Ich muss mich schützen.« Gabathuler saß im Koala, einem Restaurant im Zentrum von Winterthur. Die weißen Tischdecken und die gutbürgerliche Küche schienen ihm die angemessene Umgebung für ein weiteres Treffen mit Bettina. Er hatte sie gebeten, heute mit ihm zu Mittag zu essen. »Ich brauche am Freitagabend noch jemanden, der auf meine Wohnung aufpasst. Allein«, hatte er gesagt. Und auf ihre Frage nach dem Grund bat er sie, mit ihm vorher zu Mittag zu essen. »Dann kann ich dir die Sache erklären.« Sie war einverstanden, und so saßen sie sich nun gegenüber und warteten auf ihre Gerichte.

»Wovor musst du dich denn schützen?«

Der Kellner brachte zwei Salatteller mit Speckwürfeln und warmen Champignons an Hausdressing. Gabathuler reichte Bettina das Brot.

»Es geht um diesen russischen Asylbewerber, der im Pfarrhaus lebte und vor ein paar Wochen erschossen worden ist.«

»Ich dachte, das Problem sei gelöst. Du kannst einziehen.«

»Das schon. Nur, ich habe da so eine Ahnung, dass die Sache noch nicht vorbei ist.«

»Wieso das denn?«

»Die Russenmafia wird den Mord nicht einfach auf sich beruhen lassen. Das wäre ein Zeichen von Schwäche.«

»Und was hast du damit zu tun?«

»Die Nase, so nannten wir intern den Neffen Alexej, hat mich damals erkannt, als Rohner mir das Pfarrhaus zeigte. Daher wird er davon ausgehen, dass ich seinen Onkel erschossen habe.«

»Und? Hast du?« Bettina stellte diese Frage ganz ungerührt, als wäre die Antwort für den weiteren Verlauf des Gesprächs völlig irrelevant.

»Ich muss jedenfalls davon ausgehen, dass Alexej es glaubt. Das wiederum bedeutet, dass er, noch bevor er in den Flieger nach Moskau steigt, dafür sorgt, dass ich tot bin.«

»Aber das würde ja bedeuten, dass du in Gefahr bist.«

»Darum wollte ich heute mit dir essen.«

»Im Sinne einer Henkersmahlzeit?«

»Ich dachte da eher an einen Businesslunch, bei dem ich dir erkläre, wie ich dem Henker heute Abend entwischen kann.«

»Der wird dich heute Abend umbringen?« Bettina sah ihn nun mit großen Augen an.

»Ich hoffe nicht. Aber es sieht alles danach aus, dass er es heute versuchen wird.«

»Hast du einen Tipp bekommen?«

Tatsächlich hatte Frank ihn an diesem Morgen angerufen. Und Gabathuler hatte gewitzelt: »Ich bin doch jetzt Pfarrer. Was soll mir schon passieren?«

Aber Frank war nicht zu solchen Späßen aufgelegt. »Du weißt ganz genau, dass das für die keinen Unterschied macht«, antwortete er. Und nach einer kurzen Pause sagte er wieder etwas ruhiger: »Halt einfach die Augen und Ohren offen.« Er klang besorgt.

»Ich passe auf. Versprochen.« Er wollte seinem Freund nicht sagen, dass er von der Ankunft der drei bereits erfahren hatte. Frank sollte nichts wissen, was ihn in Schwierigkeiten hätte bringen können.

Und auch Bettina sollte nur zu hören bekommen, was unbedingt nötig war, daher sagte er jetzt zu ihr: »Nein, einen Tipp habe ich nicht bekommen. Aber ich habe noch immer einen Riecher für die Aktivitäten dieser Leute. Das ist wie Fahrradfahren. Das verlernst du nie. Und im Moment riecht es sehr nach Russenmafia.«

Der Kellner, der ihnen den Hauptgang servierte, stutzte kurz beim Wort »Russenmafia«, kümmerte sich aber nicht weiter darum, sondern präsentierte die beiden Teller. Bettina hatte den hausgemachten Hackbraten an »betörender Senfrahmsoße mit Kartoffelpüree, Erbsli und Rüebli« vor sich, während Gabathuler das »Mistkratzerli an feiner Kräuterbutter und Pommes frites« bestellt hatte.

»Und was kann ich da helfen?«

»Barbara ist gestern hier eingetroffen. Und ich würde gerne heute Abend mit ihr essen gehen.«

»Da kann ich ja nur stören.«

»Ich will auch nicht, dass du mit uns isst. Wie gesagt: Ich muss davon ausgehen, dass die Russen vor meiner Wohnung auf mich warten werden. Und da kommst du ins Spiel.«

»Jetzt bin ich aber gespannt.«

»Ich möchte, dass du vor der Kirche in Ganterwald auf der Bank sitzt. Von dort hast du einen guten Überblick auf den ganzen Platz zwischen Kirche, Kirchgemeindehaus und meiner Einliegerwohnung.«

»Und was soll ich dort machen?«

»Du sitzt einfach da und spielst an deinem Handy rum.«

»Das wird aber kalt werden!«

»Jedenfalls wirst du wie eine Teenagerin aussehen, die dort auf ihre Freundinnen oder ihren Freund wartet.«

»Ich nehme das jetzt mal als Kompliment.«

»Wenn ich recht habe, wird irgendwann ein Auto auf den Kirchplatz fahren, ein weißer Peugeot 308. Drei Männer werden drinsitzen.«

»Ich kenn doch die Fahrzeugtypen nicht! Wie sieht ein Peugeot aus?«

»Peugeot 308. Schau ihn dir im Netz an.«

»Woher bist du dir so sicher, dass sie kommen werden

und dass sie zu dritt sind? Und vor allem: Woher weißt du, dass sie in einem Peugeot 308 kommen werden?«

»Ich habe viel Lebenszeit damit verbracht, solche Leute zu jagen. In bestimmten Momenten sind sie sehr berechenbar.«

»Und der Tod des Großfürst ist so einer dieser Momente?«

»Genau. Da laufen seit Jahren dieselben Rituale ab.«

»Und die kommen immer in einem Peugeot 308?«

»Natürlich nicht!« Gabathuler wurde ungeduldig. Aber Bettinas fragender Gesichtsausdruck ließ ihn wissen, dass sie noch nicht zufrieden war. »Heute wird es so sein. Ich weiß mittlerweile, wann ich wo hinschauen muss. Reicht das?« Wirklich zufrieden sah Bettina nicht aus. Aber sie insistierte nicht weiter, sondern fragte stattdessen: »Und wenn ich das Auto mit den dreien sehe, ruf ich die Polizei.«

»Auf keinen Fall! Du rufst mich an. Und weil du immer schon mit deinem Handy gespielt hast, wird das niemandem auffallen, selbst wenn sie dich sehen sollten.«

Auch hier stutzte Bettina kurz, fragte dann aber nur: »Und was dann?«

»Alles Weitere werde ich dir am Telefon erklären. Wichtig ist einfach, dass du genau meinen Anweisungen folgst. Okay?«

»Das klingt ja ganz nach James Bond!« Ihr verschmitztes Lächeln verriet, dass sie sich nicht ohne Lust auf die Sache einließ.

Auch Gabathuler konnte sich ein Schmunzeln nicht verkneifen. Es fühlte sich gut an, eine Schwester zu haben, mit der man Streiche aushecken konnte. Nur war das, was er heute mit ihr vorhatte, mehr als bloß ein Streich. Daher fügte er mit ernster Miene an: »Bettina! Das ist kein Spiel.

Du musst das absolut ernst nehmen. Kann ich auf dich zählen?«

»Ich werde doch jetzt nicht meinen eben erst gefundenen Bruder im Stich lassen!« Gabathuler atmete auf. Allerdings nur kurz.

»Dann musst du mir aber eine Frage beantworten.«

»Nämlich?«

»Du hast mir noch nicht von dem fünften Mann erzählt, der umgekommen ist. Damals.«

Gabathuler zögerte einen Moment. Er hatte wenig Lust, die Geschichte nun aus der Erinnerung hervorzuholen. Daher sagte er: »Das ist alles andere als eine schöne Geschichte.« Bettina sah ihn aber nur herausfordernd an. Und weil er auf sie angewiesen war, gab er sich einen Ruck:

»Frank war zwar gerettet, aber die Aktion hatte mit einer Katastrophe geendet. Du kannst dir wahrscheinlich vorstellen, dass ich voller Adrenalin war. Jedenfalls hörte ich wie Michael, der eigentlich Frank den Rücken hätte freihalten sollen und ihn stattdessen verraten hatte, langsam die Treppe hinaufkam und verzweifelt meinen Namen rief. Ich nahm die Waffe eines toten Russen und ging zu ihm.«

»Dann hast du ihn erschossen?« Bettina schaute Gabathuler gespannt an.

»Er hatte die Aktion verraten. Viele Jahre harter Ermittlungsarbeit waren dahin. Zudem hatte er einen Kollegen, meinen besten Freund, den Russen ans Messer geliefert«, antwortete Gabathuler, und seine Augen gaben eine Vorstellung von dem Jähzorn, der ihn damals ergriffen hatte. »Michael sollte dafür büßen.«

»Was hast du getan?« Bettinas Gesicht zeugte davon, dass sie nun nichts Schönes erwartete. »Ich schoss ihm erst ins eine Bein und dann ins andere«, fuhr Gabathuler fort. »Michael brach zusammen und schrie vor Schmerz. Er bettelte um sein Leben und kroch davon. Schließlich lehnte er sich an eine Wand. Ich schoss weitere drei Mal, traf ihn aber bewusst nie tödlich. Er sollte leiden.«

Bettina sagte nichts mehr. Sie hatte die Augen weit aufgerissen.

»Schließlich steckte ich ihm die Kanone in den Mund.«

»Kein Erbarmen?«, hauchte Bettina beinahe.

»Sein Blut und Hirn spritzten an die Wand.«

Nun schwiegen beide. Das war starker Tobak. Für Bettina, aber auch für Gabathuler. Noch nie hatte er einer unbeteiligten Person die ganze Geschichte erzählt. Schließlich sagte Gabathuler: »Ich habe dir gesagt, dass nichts Schönes hinter dieser Kellertür lauert.«

»Und du hast nicht gelogen! Aber warum«, fragte Bettina, »bist du nicht verhaftet worden? Schließlich hast du da einen klaren Mord begangen.«

»Der Köder, den ich mit der Waffe des Russen ausgelegt hatte, wurde gerne geschluckt. Im Bericht hieß es einfach, dass Michael im Einsatz gegen die Russenmafia gestorben sei. Er erhielt ein ehrenvolles Begräbnis. Ich dagegen – so die offizielle Formulierung im Bericht – hätte dank meines entschlossenen Handelns Schlimmeres verhindert. Auf mögliche Ungereimtheiten ging man nicht näher ein. Niemand hatte ein Interesse, meine Version anzuzweifeln oder gar zu korrigieren. Frank – der Einzige, der die ganze Wahrheit kannte – am allerwenigsten. Politik und Behörden waren zufrieden. Denn anstatt einen Misserfolg kommunizieren zu müssen, hatten sie zwei Helden. Frank und ich wurden sogar in einer kleinen Zeremonie ausgezeichnet!«

»Und was hat das mit dir gemacht?«

»Die Schießerei hat bestimmt nicht länger als drei Minuten gedauert. Aber diese drei Minuten haben mich seither nicht mehr losgelassen. Wenn du so verbissen wie ich die bösen Kerle jagst, dann ergreift irgendwann das Böse selbst Besitz von dir. Irgendwann kannst du deine dunklen Seiten nicht mehr kontrollieren. Michael musste sterben, weil ich einer von denen geworden war. Als ich das begriffen hatte, habe ich die Kündigung eingereicht.«

Wenig später standen sie vor dem Koala, um sich zu verabschieden. Da hielt Bettina einen Moment inne und fragte: »Warum soll ich nicht die Polizei anrufen?«

»Was sollen die machen?«, fragte er. »Parken auf dem Kirchplatz ist kein Verbrechen.« Wieder schien sie die Antwort nicht wirklich zufriedenzustellen.

Gabathuler aber wollte nicht weiter darauf eingehen. »Bettina, ich muss mich auf dich verlassen können. Ich will nur wissen, dass sie da sind, damit ich ihnen nicht ins offene Messer laufe.«

»Okay«, sagte sie. »Ich werde dich anrufen, sobald die drei auf dem Kirchplatz eintreffen.« Sie küsste ihn auf die Wange, drückte ihn fest an sich und sagte: »Ich liebe dich, Bruder.« Dann gingen sie auseinander.

Gabathuler lenkte seine Schritte Richtung Bushof. Dort angekommen ging er an den Bussen vorbei, unterquerte die Gleise des Hauptbahnhofs und zog gedankenversunken durch die angrenzenden Quartiere stadtauswärts. Der Novemberwind strich eisig um sein Gesicht. Aber Gabathuler hatte seine Skijacke an und eine Wollmütze auf, sodass ihn das unfreundliche Treiben des winterlichen Vorboten nicht kümmerte. »Ich liebe dich, Bruder!«, hatte Bettina zum Abschied gesagt. Ihm war, als hätte man ihm eine kostbare Perle ins Herz gelegt, die er zu bewahren hatte. Doch diese Perle glänzte nicht, weil sie ihn Bruder genannt, sondern weil sie »Ich liebe dich« gesagt hatte!

Diese Worte hatte er natürlich auch schon früher zu hören bekommen, insbesondere Cornelia war in der Anfangsphase ihrer Beziehung nicht sparsam damit umgegangen. Dennoch fühlte es sich an, als hätte er diese Worte heute zum ersten Mal gehört. Gabathuler ließ diese Perle noch eine Weile vorsichtig durch sein Herz kullern. Er hatte Bettina Einblick in die besten und zugleich hässlichsten drei Minuten seines Lebens gegeben, und sie sagte zum Abschied »Ich liebe dich!«. Was war die Liebe doch für ein wunderlich Ding!

Als er sich der Ganterwalder Kirche und damit auch seiner Einliegerwohnung näherte, konzentrierte er sich instinktiv auf die Umgebung. Er begann, genau auf die Menschen und auf die Autos zu achten. Er wollte sich auf keinen Fall von Männern, die aus einem Peugeot 308 stiegen, überraschen lassen. Aber er konnte nichts Außergewöhnliches erkennen. Dennoch öffnete er vorsichtig die Tür zur Wohnung, wobei er gleichzeitig die eine Hand an der Waffe in seinem Holster hielt. Aber die Wohnung war leer. Langsam wich die Spannung und machte der Vorfreude auf den Abend Platz. Er hatte einen Tisch für zwei im Torkel reserviert. Gut essen und ausführlich reden wollte er mit Barbara. Dennoch blieb sein Puls erhöht. Der Erfolg des Abends hing sehr davon ab, dass er mit seinen Annahmen recht hatte. Er rief Barbara auf ihrem Handy an, um sie daran zu erinnern, dass sie nicht zu spät nach Hause kommen solle. Sie bedankte sich für die Erinnerung, versicherte ihm aber: »Ich habe unseren Termin nicht vergessen.« Zufrieden beendete Gabathuler das Gespräch, obwohl ihn der geschäftliche Ton – »unseren Termin« – etwas irritierte. Ihn bewegten deutlich romantischere Gefühle im Hinblick auf das bevorstehende Dinner in gediegener Atmosphäre.

Aber Gabathuler legte seine Irritation beiseite und machte sich ein paar Notizen für die Einsetzungspredigt. Dann stieg er unter die Dusche. Gerade als er aus dem Bad trat, kam Barbara nach Hause. Die Begrüßung war freundlich, aber auch etwas kühl. Sie duschte ebenfalls und machte sich dann für den Abend bereit. Gabathuler merkte, dass er von ihrer Kleiderwahl etwas enttäuscht war. Er hatte gehofft, dass sie sich für das Dinner im Torkel etwas verführerischer kleiden würde. Stattdessen trug sie Jeans, schwere Schuhe und über der dezenten Bluse einen Blazer. Sie sah gut aus, kein Zweifel. Dennoch hatte Gabathuler das Gefühl, Barbara sei ein bisschen verhalten. Er merkte, wie sich langsam ein leichter Frost auf seine Stimmung zu legen begann.

Sie fuhren zum Torkel. Ihr Gespräch unterwegs war freundlich und belanglos, was ihn ärgerte, denn er hatte sich auf diesen Abend gefreut. Es sollte ein besonderer Abend werden. Seine Feierlaune nahm Schaden. Das änderte sich jedoch schlagartig mit dem Betreten des Restaurants. Schon an der Garderobe kitzelte ihn ein Triumphgefühl in der Magengegend. Als sie ihre Jacken an der Garderobe aufhängten, sah Gabathuler dort zwei Pelzmäntel. Vollends schmolz aller Ärger dahin, als sie den Speiseraum betraten. Gabathuler hatte die Pelzmäntel den richtigen Personen zugeordnet. Die Nase und Jakovlevs Frau saßen bereits da. Gefangen in der Wiederholung des immer Gleichen, ließen sie jede geistige Beweglichkeit vermissen. Und eben das würde ihnen das Genick brechen. »Genau wie in der Kirche«, entwischte es ihm.

Die Inhaberin Angelika Schubert hatte die beiden zu ihrem Tisch geführt und sah ihn nun fragend an. »Na, ich meine diese andächtige Stille hier im Restaurant«, schob er schnell nach.

Worauf Schubert einstimmte und sagte: »Genau das sage ich auch immer: Essen ist etwas Heiliges.« Es folgten noch ein paar freundliche Willkommensworte, dann überließ sie die beiden der Speisekarte.

Die Nase hatte ihn auch gesehen. Zwar war seinem Gesichtsausdruck nicht viel zu entnehmen, aber er hatte Gabathuler etwas zu lange angeschaut, um seine Überraschung verbergen zu können. Übertrieben freundlich nickte er daher Gabathuler zu, und er erwiderte die verlogene Höflichkeit mit derselben Geste.

Gabathuler achtete darauf, dass er dem Tisch der beiden Russen den Rücken zukehrte. Die Nase sollte nicht das Gefühl bekommen, dass er ihn beobachtete. Gabathuler zählte darauf, dass Barbara ihm schon die notwendigen Informationen liefern würde. Und es dauerte gar nicht lange, da beklagte sie sich über den Mann, der dahinten sitze, »Wahrscheinlich mit seiner Mutter!«, und es nicht unterlassen könne, in ihrer Gegenwart zu telefonieren. Für Gabathuler hieß das, dass die Nase nun seine Leute informierte, wer da gerade im Torkel eingetroffen war. Zu Barbara aber meinte er nur: »Hoffen wir für die Mutter, dass er nachher das Handy zur Seite legt.«

»Das hoffe ich nicht nur für seine Mutter. Das hoffe ich auch für mich. In der Kirche telefonieren die Menschen ja auch nicht während der heiligen Messe, nicht wahr, Herr Pfarrer?«

Sie bestellten beide ein herbstliches Menü. Barbara nahm zur Vorspeise eine Kürbiscremesuppe und anschließend Rehschnitzel an Portweinsauce. Gabathuler dagegen begann mit einer herbstlichen Salatschüssel und wählte zum Hauptgang den klassischen Rehrücken. Als Frau Schubert wissen wollte, welchen Wein sie bringen dürfe, fragte Gabathuler, ohne einen Blick in die Weinkarte zu werfen:

»Haben Sie einen Pinot Noir Sélection von Schwarzenbach?«

»Wir haben den 2013er.«

»Den nehmen wir.« Natürlich hoffte Gabathuler, bei Barbara mit seiner zur Schau getragenen Weinkenntnis ein wenig Eindruck schinden zu können. Und als sie wenig später anstießen und Barbara den Wein mit »Ausgezeichnet!« kommentierte, klopfte er sich im Geiste auf die Schulter.

Doch dann fügte sie an: »Aber ein Lagrein vom Weingut Wildgruber würde zum Wild fast noch besser passen.«

Nun hätte Gabathuler sich für seinen Fauxpas ohrfeigen können. Er hätte zuerst nach einem Wildgruber fragen müssen. Bevor er sich jedoch bei ihr entschuldigen konnte, gab Barbara Entwarnung. »Keine Angst! Die beziehen keinen Wein von mir. Aber ich werde ihnen mal ein paar Flaschen probehalber zukommen lassen. Ich könnte mir gut vorstellen, dass der eine oder andere Wein zur Küche hier passt.« Gabathuler atmete auf. Doch danach verfiel Barbara wieder in ein Schweigen, das ihm nicht gefiel. Sie spielte gedankenverloren mit dem Weinglas.

»Woran denkst du, Barbara?«

»Nichts Besonderes.«

»Seit du aus der Stadt zurück bist, wirkst du angespannt. Was steht einem schönen Abend zu zweit im Weg?«

Barbara sah ihn an und dann wieder weg. Schließlich sagte sie dieselben vier Worte, die er am Mittag gebraucht hatte: »Ich muss mich schützen.«

»Schützen wovor?«

»Vor dir natürlich!«

»Das verstehe ich jetzt nicht.«

»Ich weiß im Grunde immer noch nicht, weshalb du vor ein paar Wochen zu mir gekommen bist. Du sagtest, du hättest noch ein paar Wochen Ferien. Vielleicht war es das. Vielleicht suchtest du aber nur ein kurzes Abenteuer. Jedenfalls warst du schnell genug wieder weg. Vielleicht rief dich die Arbeit. Vielleicht lockte aber auch einfach das nächste Abenteuer.«

»Barbara, was soll das jetzt?«

»Woher weiß ich denn, dass ich die Einzige bin? Du hast zweifellos die Fähigkeit, eine Frau zu verführen. Weshalb solltest du deine Gabe nicht auch bei anderen Frauen einsetzen?«

»Wovon sprichst du?« Gabathuler verstand die Welt nicht mehr. »Hätte ich dich gebeten, hierherzukommen, wenn ich noch andere Geschichten am Laufen hätte?«

»Das habe ich mir auch gesagt. Und der gestrige Abend mit dir war einmal mehr wunderschön. Und das Frühstück heute früh – das war der perfekte Einstieg in unser Experiment.«

»Na also! Wo liegt das Problem?«

Barbara sah ihn kurz an, fixierte dann aber wieder ihr Weinglas und fuhr fort: »Heute gehe ich wie angekündigt in die Stadt. Ich freue mich auf unseren Abend und überlege mir, etwas Nettes für diesen Anlass zu kaufen. Und während ich mich nach einem Kleiderladen umschaue, blicke ich über die Straße. Und was meinst du, was ich dort auf der anderen Straßenseite zu sehen bekomme?«

Gabathuler hatte keine Ahnung und zuckte daher mit den Schultern.

»Ich sehe, wie du eine attraktive Blondine umarmst und küsst. Musste das wirklich sein? Hättest du mir das nicht ersparen können?« Ihre Augen füllten sich mit Tränen. »Was willst du von mir?«

»Ich will herausfinden, ob das mit uns etwas Dauerhaftes werden kann. Glaub mir, ich bin nur an dir interessiert.«

»Wer war diese Frau?«, fragte Barbara nun in hartem Ton.

»Du meinst die blonde Dame mit dem blauen Mantel?«

»Du weißt genau, wen ich meine.«

»Da musst du dir wirklich keine Sorgen machen. Das war meine Schwester.« Gabathuler atmete erleichtert auf und dachte, damit eigentlich den Zahn gezogen zu haben.

Aber Barbara sah dies nicht so. »Deine Schwester!«, sagte sie unverhohlen sarkastisch.

»Ja, eine wirklich spannende Geschichte …«

Aber Barbara war nicht nach Geschichten. Wieder unterbrach sie ihn: »Mein Gott, warum habt ihr Männer immer dieselben doofen Ausreden?! Roger Gabathuler, das Einzelkind, hat nun plötzlich eine äußerst attraktive blonde Schwester. Wo kommt die auf einmal her? Hatte deine Mutter in den USA einen Lover und ganz vergessen dir zu sagen, dass sie mit dem ein Kind hatte, das nun ganz zufällig in der Weltstadt Winterthur auftaucht?«

»Im Prinzip ja, nur war es nicht meine Mutter, sondern mein Vater. Und das alles ereignete sich nicht in den USA, sondern im selben Dorf. Und ich bin ihr auch nicht zufällig über den Weg gelaufen, sondern habe nach ihrer Mutter gesucht.«

Barbara sah ihn spöttisch an, daher fuhr Gabathuler fort: »Das war jetzt etwas viel Radio Eriwan, ich weiß. Aber so war's wirklich.«

Doch Barbara schüttelte nur den Kopf: »Ach, erzähl das, wem du willst. Das ist zu viel für mich!«, sagte sie.

Gabathuler erkannte, dass sie nun gleich aufstehen und gehen würde. Schnell griff er nach ihrer Hand. »Barbara. Bitte! Lass mich dir alles erzählen!« Im Nachhinein war Gabathuler überzeugt, dass es diese eine Bitte war, die Barbara dazu brachte, sitzen zu bleiben. Dies und die

Tatsache, dass Vanessa, die Serviertochter, gerade mit den Vorspeisen an ihren Tisch gekommen war.

Barbara gab nach. »Okay. Die Suppe esse ich noch. Solange hast du Zeit, mir die Sache zu erklären.«

Mit »Vorsicht, heiß!« stellte Vanessa die Kürbiscremesuppe vor Barbara hin.

»Heiß ist gut«, sagte Gabathuler, »dann habe ich ein paar Minuten mehr.«

Und so erzählte er ihr von seinem Vater und dessen großen Liebe und davon, dass sie nicht zusammenkommen konnten. Er erzählte ihr, wie er durch Pfarrer Bachmann auf diese Frau aufmerksam gemacht wurde. Und er erzählte von seinen Besuchen auf ihrem Anwesen und wie er dort von seiner Halbschwester erfahren und diese schließlich auch kennengelernt hatte. Von dem Mord an Urs sagte er nichts.

»Ihr hattet keinen Sex?« Barbara war mit der Suppe fast fertig.

»Wo denkst du hin! Endlich habe ich eine Schwester!«

Barbara legte ihren Löffel beiseite. »Du hast ja deinen Salat noch gar nicht angerührt.«

»Wie sollte ich auch. Ich habe um mein Leben geredet«, antwortete Gabathuler und stach in den Salat.

»Du kennst nur Extreme, Roger. Nicht wahr?«

Gabathuler sah sie fragend an, sagte aber nichts, da er nun mit Kauen beschäftigt war.

»Jahrelang gehe ich dir am Arsch vorbei. Und dann plötzlich steht dein Leben auf dem Spiel, wenn es um mich geht.« Gabathulers Mund war so sehr mit dem Salat beschäftigt, dass er ausschließlich mit den Augen reden konnte.

»Ich kann das nicht, Roger. Das überfordert mich. Diese Extreme …« Barbara suchte nach den richtigen Worten.

Schließlich sagte sie: »Wenn ich zu Hause in meinem Weinberg arbeite, dann ist das nicht einfach ein Job für mich. Da fließt mein ganzes Herzblut, meine Leidenschaft hinein. Aber ich muss diszipliniert jeden Tag in meine Reben gehen und zuweilen wochenlang dieselbe Arbeit machen. Wenn ich dann die Reben zurückschneide oder die Triebe einschlaufe oder das Laub ausbreche und so weiter, dann bedeutet das, dass ich bei jedem Rebstock wieder und wieder denselben Arbeitsschritt durchführe. Verstehst du? Jeder Arbeitsschritt muss bei jedem einzelnen Stock mit derselben Sorgfalt durchgeführt werden.«

Gabathuler hörte aufmerksam zu und nickte.

»Was ich damit sagen will: Ich muss meine Liebe, meine Leidenschaft gleichmäßig übers ganze Jahr verteilen. Sonst reicht die Kraft nicht bis in den Herbst. Denn erst wenn die Trauben im Keller sind, ist meine Arbeit getan. Emotionale Berg- und Talfahrten kann ich mir in meinem Weinberg nicht leisten.«

»Aber lebt die Liebe nicht gerade von diesen Wellen der Leidenschaft?« Gabathuler hatte nun den Mund wieder frei und tunkte mit dem Brot das Dressing auf.

»Natürlich erlebe ich auch im Weinberg meine Hochs und Tiefs. Aber die muss ich mit mir ausmachen. Die Reben brauchen Verlässlichkeit.«

»Und du brauchst eben diese Verlässlichkeit, wenn es um uns beide geht«, versuchte Gabathuler Barbaras Bild auf den Punkt zu bringen.

»Ich liebe es, wenn sich die Wellen am Strand brechen. Aber ich brauche auch die ruhige See, die einfach da ist, in der ich angstfrei schwimmen und in sie eintauchen kann.«

»Du meinst, wenn es mit uns klappen soll, dann darf die Beziehung nicht nur aus unruhigen Gezeiten und leidenschaftlichen Stürmen bestehen.«

»Genau. Wenn ich schwimme, dann muss ich erleben, dass mich das Wasser trägt. Ohne Wenn und Aber.«

»Das verstehe ich«, antwortete Gabathuler. »Und ich will gerne versuchen, unsere Beziehung wie einen Weinberg zu pflegen. Tag für Tag und mit der gebotenen Sorgfalt. Aber ...« An dieser Stelle wurde Gabathuler unterbrochen, weil die Chefin des Hauses den Hauptgang servierte. Sie platzierte die Teller sorgfältig, zuerst vor der Dame, dann vor dem Herrn. Danach schenkte sie Wein nach, wünschte guten Appetit und verzog sich wieder.

»Was wolltest du sagen?«, versuchte Barbara den Faden wieder aufzunehmen.

»Ich verstehe dein Bedürfnis nach Verlässlichkeit. Aber das ist ungewohnt für mich. Ich bin nicht gut darin.«

»Das ist nichts Neues für mich!«

»Die Frage ist, bist du bereit, die entsprechende Geduld mit mir aufzubringen?«

»Die Frage wird wohl eher sein, ob du genug Ausdauer hast, das Arbeiten im Weinberg zu lernen.«

»An mir soll's nicht liegen.«

Sie stießen nochmals mit dem Wein an und gaben sich den vorzüglichen Speisen hin.

Es war Barbara, die nach einer Weile das Gespräch wieder aufnahm. »Ich hatte recht mit Jakovlev, nicht wahr? Er war der Grund, weshalb du vor ein paar Wochen zu mir gekommen bist.«

Gabathuler hatte gerade den Mund voll und nutzte die Zeit zum Nachdenken. Barbara kannte die Geschichte vom verpatzten Zugriff und wie er sich den Weg freigeschossen hatte. Nur im Fall von Michael, da hatte er die offizielle Version geschildert. Anders als Bettina brauchte Barbara damals eine Weile, um das Gehörte zu verarbeiten, und sie tat es nicht, indem sie das Gespräch mit ihm suchte. Aber er sah, dass hinter ihrer Stirn intensiv gearbeitet wurde. Eines Abends saßen sie mitten in den Reben auf jener Bank, von der sie einen herrlichen Ausblick ins Tal hatten. Ohne zu reden, schauten sie in die Ferne und ließen sich die warme Abendsonne gefallen. Irgendwann nahm sie seine Hand, schaute sie genau an, spielte mit den einzelnen Fingern, streichelte sie, schien sie dann etwas aus der Distanz zu betrachten und führte sie schließlich zu ihrem Gesicht und legte ihre Wange hinein. Sie sagte nichts. Aber Gabathuler kam es vor, als musste Barbara damit Frieden schließen, dass dieselben Hände, die so zärtlich sein konnten, Menschen getötet hatten. Als musste sie sich vergewissern, dass diese Hände, die so brutal sein konnten, immer noch zu sanften Berührungen fähig waren. Barbara verlor dabei kein Wort. Aber schließlich legte sie ihre Beine auf die Bank, lehnte sich mit dem Rücken bei ihm an und seufzte tief. »Ist das nicht ein wunderbarer Abend?« Und Gabathuler antwortete: »Ja!« Danach war die Distanz, die seine Erzählung von jenem Ereignis zwischen ihnen geschaffen hatte, überwunden.

Weil Barbara so ganz anders als Bettina auf seinen Bericht von der Schießerei reagiert hatte, ergab es in seinen Augen wenig Sinn, ihr jetzt etwas zu erzählen, das ihre Beziehung wieder belasten würde.

»Natürlich hat es mit Jakovlev zu tun«, gab Gabathuler schließlich zu. »Aber auch mit vielen anderen Themen. In jener Nacht gingen mir tausend Dinge durch den Kopf«, improvisierte er, »in meinem Pfarrhaus wohnte ausgerechnet der Mann als Asylbewerber, den ich jahrelang gejagt hatte und nie festnehmen konnte. Gleichzeitig sollte ich demnächst als Pfarrer eingesetzt werden. Ich wollte ein neues Leben beginnen und erlebte, wie mich das alte Leben einholte. Das war alles ein bisschen viel. Ich brauchte Distanz und bin daher mitten in der Nacht losgefahren.«

»Ich würde dir so gerne glauben, Roger.« Barbara rang sichtlich mit sich.

»Entscheidend ist doch, dass ich zu dir gekommen bin. Ich hätte in jener Nacht ja auch ganz woanders hinfahren können. Nach Colmar oder auf die Fidschi-Inseln oder sonst wohin. Aber ich bin ins Südtirol gefahren. Offensichtlich ahnte ich, dass ich da finden würde, was ich suchte.«

Mittlerweile hatten sie ihre Teller leer gegessen. Angelika Schubert fragte, ob die beiden ein Dessert wünschten. Barbara entschied sich für den lauwarmen Schokoladekuchen mit einer Kugel Fior-di-Latte. Gabathuler nahm das Zitronensorbet in einem Schuss Wodka. Und sie solle für beide noch einen Kaffee bringen.

»Dann ist aus dir ein gewaltfreier Mensch geworden?« Barbaras Frage war voller Hoffnung.

»Ich trage keine Dienstwaffe mehr. Wenn du das meinst«, antwortete Gabathuler und spürte gleichzeitig die Pistole, die im Holster auf seinem Rücken steckte. Es gefiel ihm nicht, dass er mit ihr am Fundament für eine Beziehung arbeitete und gleichzeitig die Wahrheit strapazieren musste.

Schubert brachte die Desserts und sagte: »Der Kaffee kommt gleich.« Als wenig später Vanessa, die Serviertochter, die beiden Tassen brachte, wartete Gabathuler, bis sie sich wieder entfernte. Als sie schon fast wieder bei der Küche angelangt war, rief er ihr laut hinterher: »Ähm, Vanessa!« Sie schaute sich um. »Die Rechnung, bitte!«

»Kommt sofort«, antwortete sie und leitete die Bitte an Frau Schubert weiter.

»Wenigstens geht er jetzt auf den Balkon.« Barbaras etwas unvermittelter Themenwechsel ließ Gabathuler aufmerken. Sie sah an ihm vorbei zum Tisch mit der Nase und Jakovlevs Frau.

»Du meinst den Mann von vorhin?«

»Genau.« Barbara rührte in ihrer Kaffeetasse. »Was kann es denn abends um zehn Uhr so Wichtiges geben, dass man sich beim Essen mit der Mutter stören lässt?«

»Du kennst seine Mutter nicht. Vielleicht ist er ganz froh, ihr wenigstens für ein paar Minuten zu entfliehen«, gab Gabathuler augenzwinkernd zu bedenken.

»Scheint nicht geklappt zu haben. Er ist schon wieder zurück.«

Kurze Zeit später meldete Gabathulers Handy einen Anruf. »Verzeih, Barbara, diesen Anruf muss ich entgegen nehmen.«

»Um diese Zeit?«

»Ich geh nach draußen!«

Gabathuler verließ den Speiseraum. Er ging jedoch nicht auf den Balkon, sondern trat vor die Eingangstür und drückte den grünen Knopf.

»Bettina!«

»Scheiß Kälte!«

»Hast du dich nicht warm angezogen?«

»Nach drei Stunden kriecht dir die Kälte bis in die Knochen, egal wie viele Schichten du übergezogen hast.«

»Sind sie da?«

»Soeben eingetroffen. Wie du gesagt hast. Drei Männer in einem weißen Peugeot.«

»Und sonst ist niemand da?«

»Niemand.«

»Sitzt du auf der Bank, wie besprochen?«

»Ich habe mir sogar zwei Zöpfe geflochten, damit ich noch jugendlicher aussehe!«

»Dann tust du jetzt Folgendes: Du gehst zu deiner Linken um die Kirche herum. Dort findest du einen kleinen Weg, der an der Kirche vorbeiführt und nach etwa fünfzig Metern in eine Quartierstraße mündet.«

»Wie soll ich in dieser Dunkelheit … ah, hier. Und was jetzt?«

»Da gehst du jetzt einfach weiter.«

»Ist das alles?«

»Hast du den Weg gefunden? Siehst du die Quartierstraße?«

»Ja, ja. Ich habe alles gemacht wie befohlen. Gleich erreiche ich die Straße. So. Was nun?«

»Geh einfach weiter.«

»Ich bleib schon nicht stehen. Dazu ist es viel zu kalt. Aber kommt noch etwas?«

»Einen Augenblick.« Gabathuler nahm aus seiner Jackentasche das zweite Prepaid-Handy und wählte eine Nummer. Kurz darauf donnerte es gewaltig. Gleichzeitig sah er wie der Kirchturm von Ganterwald kurz von einem grellen Licht erleuchtet wurde. Der Knall war sogar im Torkel zu hören. Durch sein Smartphone konnte er den überraschten Schrei von Bettina hören. Über Gabathulers Gesicht huschte ein zufriedenes Lächeln.

»Alles in Ordnung?«

»Was war das?«

»Wichtig ist, dass du jetzt auf dieser Quartierstraße weitergehst. An ihrem Ende biegst du rechts auf die Hauptstraße und nimmst dort den Bus zum Bahnhof.«

»Roger! Was ist da passiert?«

»Das wirst du morgen in den Nachrichten hören. Wichtig ist, dass dir nichts passiert ist.«

»Ich bin okay«, sagte sie mit zittriger Stimme.

»Gut. Dann tu bitte, was ich dir gesagt habe. Ich muss jetzt wieder rein.« Gabathuler steckte sein Smartphone weg. Das andere Handy wischte er mit dem Taschentuch sorgfältig ab und trat wieder in den Eingangsraum vom Torkel. An der Garderobe sah er die Mäntel der Gäste. Auch denjenigen der Nase. Gabathuler ließ das Handy in dessen Manteltasche gleiten. Dann ging er in den Essraum. Als er eintrat, sah ihn die Nase misstrauisch an.

Gabathuler setzte sich.

»Wieso lächelst du so?«

»Ist das nicht ein wunderbarer Abend?«

Barbara lächelte ebenfalls, fragte dann aber: »Hast du diesen Knall auch gehört? Klang nach einer Explosion?«

»Wahrscheinlich hat ein Blitz eingeschlagen.«

»Aber es regnet doch gar nicht.«

Gabathuler zog die Schultern hoch, als wisse er auch nicht mehr. Dann wechselte er das Thema und sagte gut gelaunt: »Weißt du was, ich würde gern noch etwas trinken.« Und ohne auf Barbaras Reaktion zu warten, rief er Frau Schubert zu: »Champagner, bitte!«

11

Das waren die ›drei in einem Wagen‹.«

»Sieht ganz so aus.« Sie saßen im City, und jeder hatte ein Bier vor sich stehen.

Frank hatte Gabathuler frühmorgens eine SMS geschickt.

Muss dich sehen.

Frühschoppen im City?

Okay. 11.00 Uhr.

Die Nachricht hatte Gabathuler in Andelfingen erreicht. Nach dem Champagner am Vorabend war auch Barbara in so aufgeräumter Stimmung, dass es nicht viel Überzeugungsarbeit brauchte, sie zu einer Nacht in seinem Andelfinger Haus zu überreden.

Und so saßen die beiden Freunde nun im City und gingen die Online-Nachrichten auf ihren Smartphones durch.

»Unmittelbar vor deiner Einliegerwohnung«, sagte Frank.

»Und unmittelbar vor der Kirche.«

»Ja. Und vor deiner Einliegerwohnung«, wiederholte Frank in leicht erhöhter Tonlage.

Die Spekulationen in der Presse gingen von einem tragischen Unfall, bei dem der Benzintank explodiert sei, bis hin zu einem misslungenen terroristischen Anschlag auf die Kirche. Erhärtet war natürlich keine dieser wilden Vermutungen. In einer ersten Pressemitteilung hatte die Polizei lediglich verlauten lassen, dass bei dieser Explosion drei Personen ums Leben gekommen seien und an der Kirche erheblicher Sachschaden entstanden sei.

»Ist schon erstaunlich, wie viel Text Journalisten mit so wenig gesicherten Informationen produzieren können!«, stellte Gabathuler fest. »Das habe ich alles gestern Nacht schon erfahren.« Er legte sein Handy weg.

Frank tat es ihm gleich. »Ach ja?«

»Wir waren da schon in Andelfingen. Aber der Kirchgemeindepräsident hat mich noch um Mitternacht angerufen und erzählt, was geschehen ist. Das muss einen ordentlichen Rums gegeben haben.«

»Wir?«, fragte Frank erstaunt.

»Barbara ist da.«

»Läuft da was zwischen euch?«

»Ich glaube, wir stehen am Anfang einer schönen Geschichte.«

»Die Frauen wollen, wen die Frauen wollen«, seufzte Frank.

»Ursina ist doch eine tolle Frau!«

»Und ich würde sie und die Kinder nie und nimmer hergeben. Trotzdem …« Frank musste nicht weiterreden. Gabathuler verstand. Die erste Liebe bleibt eben immer die erste Liebe. Frank wechselte das Thema.

»Weißt du, woran mich dieser Rums, wie du es nennst, erinnert?«

»Woran?«

»Ich weiß auch nicht, wieso. Aber aus irgendeinem Grund muss ich dabei immer an diesen verrückten Idioten denken, den wir zusammen festgenommen haben. Weißt du noch?«

»Wir haben so manchen Spinner dingfest gemacht.« Gabathuler half ihm nicht.

»Das ist bestimmt schon fünfzehn oder zwanzig Jahre her. Der hatte einen Wirt mit einer Waffe bedroht. Wir haben ihn in seinem Garten vor seinem Haus festgenommen.

Und als wir ins Haus gingen, war es bis unters Dach voll mit Waffen und Sprengstoff.«

»Ach, der! Ja, an den kann ich mich noch gut erinnern. Aber was hat der mit dem Anschlag von gestern Abend zu tun?«

»Das war kein defekter Benzintank. Und ein Terroranschlag sieht auch anders aus.«

»Der Spinner von damals kann's aber auch nicht gewesen sein. Der hat sich doch noch in der U-Haft erhängt«, wandte Gabathuler ein.

»Genau. Umso mehr stellt sich doch die Frage: Wer hat so viel Sprengstoff, um diesen Schaden anzurichten?«

»Ja, das muss eine ganz schöne Menge gewesen sein.«

»Nur weil die Scheiße so spät am Abend hochging, sind keine Menschen verletzt worden.«

»Du meinst außer den dreien im Auto.«

»Genau, außer diesen dreien«, wiederholte Frank. »Das war präzise Arbeit. Das muss ein Profi gewesen sein.«

»Und zwar einer, der unbedingt Kollateralschaden vermeiden wollte.«

»Klingt nicht gerade nach Russenmafia. Oder?«

»Da werden die Ermittler wohl die Ärmel hochkrempeln müssen«, sagte Gabathuler etwas flapsig. Frank ging nicht darauf ein.

»Was du wahrscheinlich noch nicht weißt: Die Nase ist festgenommen worden.«

»Das ist wieder mal so etwas, das du mir nicht sagen dürftest.«

»Du weißt es ja auch nicht.«

»Ist schnell gegangen.«

»Nicht wahr? Ich habe auch gestaunt. Sie haben bei ihm ein Prepaid-Handy gefunden. Er bestreitet natürlich, dass es ihm gehört. Nur sieht es ganz danach aus, dass mit diesem Handy die Explosion ausgelöst wurde. Zudem: Seine Fingerabdrücke waren auf dem Handy.«

»Aber wieso sollte er das getan haben?«

»Das frage ich mich auch. Welches Interesse hat die Nase, die drei Killer umzubringen?« Frank betrachtete Gabathuler aufmerksam.

»Dann hätten unsere Nachfolger ja endlich erreicht, was wir nie geschafft haben: Jakovlev ist für immer aus dem Rennen und die Nase hinter Schloss und Riegel.«

»Das wird wahrscheinlich auch die Lösung sein, mit der die ganze Sache zu den Akten gelegt werden wird. Nur ...«

»Nur?«

»Findest du nicht auch, dass das unglaublich schnell gegangen ist? Wir hatten in zehn Jahren intensivster Ermittlungen nicht annähernd diesen Erfolg. Irgendwie passt das alles viel zu gut zusammen.«

»Wenn es nicht die Nase war, dann hat der wahre Täter die falschen Spuren ausgezeichnet gelegt.«

»Nicht wahr? Der wusste genau, worauf er zu achten hatte.« Frank hielt einen Moment inne und nippte am Glas. Dann sagte er: »Roger, ich will ganz offen sein.«

»Ich bitte darum!«

»Da sitzt der Großfürst, den du über Jahre gejagt hast und nie zu fassen bekamst, in deinem Pfarrhaus. Kurz darauf wird er mit einem Präzisionsschuss aus großer Distanz erschossen, mit demselben Gewehr, mit dem vor dreißig Jahren ein Jäger getötet wurde, der nebenbei bemerkt zufällig mit deinem Vater im selben Jagdverein war. Wir beide wissen, dass die Russenmafia nun ein Dreierteam losschicken wird, um den Mord zu rächen. Du musst davon ausgehen, dass die Nase dich erkannt hat und die ›drei in einem Wagen‹ auf dich ansetzen wird. Tatsächlich reisen drei Leute ein, werden dann aber ihrerseits in die Luft gesprengt. Vor deiner Wohnung!« Frank machte eine Pause.

»Ja, wenn du es so darstellst, müsstest du eigentlich gegen mich ermitteln.«

»Deine Person kommt einfach zu oft vor, als dass man dich übersehen könnte.«

»Aber?«

»Ich werde nicht gegen dich ermitteln. Zumal ich gar nicht mit dem Fall betraut bin.« Wieder netzte Frank kurz seine Lippen mit dem Bier und fuhr dann fort: »Und ganz ehrlich: Mir ist im Grunde scheißegal, wer die drei gestern ins Jenseits befördert hat. Um die ist es nicht schade. Die Welt ist um ein paar Verbrecher ärmer. Da sehe ich nichts Schlimmes dabei.«

»So habe ich dich noch nie reden hören.«

Frank blickte aus dem Fenster auf die Menschen, die den Bahnhofsplatz bevölkerten. »Weißt du, wenn ich meine Kinder in den Arm nehme oder sie abends ins Bett bringe, muss ich immer wieder daran denken, dass ich das nie erlebt hätte, wenn du damals nicht alles riskiert und die Wohnung gestürmt hättest.«

»Wir waren Partner! Das gehört sich so!«

»Was ich sagen will ist, ich verdanke dir viel, sehr viel! Darum möchte ich nicht eines Tages an einen Tatort gerufen werden und feststellen, dass meinem Freund in den Hinterkopf geschossen wurde. Und ich möchte auch in keiner Zeitung lesen, dass die Leiche eines gewissen Pfarrer Gabathulers aus der Limmat gezogen wurde.«

Gabathuler blickte auf die halb ausgetrunkene Stange in seiner Hand und nickte nachdenklich. »Ich verstehe«, sagte er. Dann sah er auf und blickte seinem Freund in die Augen: »Mach dir keine Sorgen. Wir werden noch manches Bier zusammen trinken. Versprochen!« Er hielt ihm sein Glas hin.

»So soll es verdammt noch mal auch sein!« Sie stießen an. Dann nahmen beide einen kräftigen Schluck. Und Gabathuler tat so, als sähe er nicht, wie sich sein Freund verstohlen eine Träne wegwischte.

Nach einer Weile setzte Gabathuler wieder an: »Frank, darf ich dich noch etwas fragen?«

»Warum so formell?«

»Wieso bist du immer noch dabei?«

»Bei der Polizei?«

»Ja! Frustriert es dich nicht, dass du den bösen Jungs immer hinterherrennen musst und vor allem die großen Fische nur zu oft nicht zu fassen bekommst?«

Frank dachte kurz nach. »Nein. Nicht wirklich. Auch wenn ich um die frustrierende Seite dieses Berufes weiß, ich tu gerne, was ich tue. Denn es gibt mir das Gefühl, etwas Sinnvolles zu machen.«

»Und wie hältst du deine Frustration in Grenzen?«

»Im Unterschied zu dir sehe ich das Ganze eher wie ein Spiel. Mal gewinnen die, und mal gewinnen wir. Und wenn ich das Land betrachte, in dem ich leben darf, dann liegen wir eindeutig in Führung.«

»Und wer hat gestern gewonnen?«

»Schwierig zu sagen. Aber ich verbuche das mal als Punkt für uns«, sagte Frank mit einem Augenzwinkern. Gabathuler dankte es ihm mit einem Grinsen.

Im weiteren Verlauf des Tages fand Gabathuler keine Zeit, sich auf den bevorstehenden Gottesdienst vorzubereiten. Walter Rohner hatte eine Krisensitzung einberufen. Man musste die Schäden in Augenschein nehmen und Maßnahmen ergreifen, um den Einsetzungsgottesdienst am

Folgetag durchführen zu können. Und es musste ein Weg gefunden werden, wie die zu erwartende Besucherschar an der Stelle der Explosion vorbeigeschleust werden konnte.

Als es ihn bei der Krisenbewältigung nicht mehr brauchte, konnte sich Gabathuler endlich auch bei Bettina melden. Mindestens viermal hatte sie schon versucht, ihn zu erreichen. Jetzt rief er zurück und lud sie ein, mit ihm in Andelfingen einen Spaziergang zu machen.

Bettina begrüßte ihn mit einer schallenden Ohrfeige.

»Die habe ich wohl verdient«, meinte Gabathuler nüchtern.

»Und wie!«, bestätigte ihm Bettina. Ihre Augen waren gerötet.

»Du siehst müde aus«, sagte Gabathuler.

»Ich bin es eben nicht gewöhnt, Menschen umzubringen«, fauchte Bettina zurück.

»Du hast niemanden umgebracht!«, entgegnete Gabathuler energisch.

Es folgte ein intensives Gespräch, in dem sich Vorwürfe und aufmerksames Zuhören, Wutanfälle und verstehendes Nachfragen abwechselten, während sie Andelfingen der Thur entlang hinter sich ließen. Aber je länger das Gespräch dauerte und Gabathuler seine Sicht der Dinge darlegen konnte, desto ruhiger und aufmerksamer hörte Bettina zu.

»Ich wusste ja, dass du davon ausgehst, dass die drei dich erschießen wollen«, sagte Bettina, »und vor der Kirche sitzen, mit dem Handy spielen und dich im richtigen Moment anrufen, klang auch zuerst ziemlich nach Abenteuer.«

»Aber dann wurde es wohl langweilig und zum Arsch-Abfrieren. Richtig?«

»Das ist doch nicht das Problem! Ich habe dabei geholfen, dass du drei Menschen töten konntest!«

»Nun, die Polizei sieht das anders.«

»Roger! Mir ist doch egal, was die Polizei denkt. Du hast mich da in eine Geschichte hineingezogen, die meine Kräfte übersteigt.«

»Diese Geschichte ist nun vorbei«, sagte Gabathuler ruhig, aber bestimmt.

»Wie kannst du dir da so sicher sein?!«

»Vertrau mir einfach.«

»Das letzte Mal, als ich dir vertraut habe, sind drei Menschen gestorben!«

»Das wird nicht mehr geschehen.« Gabathuler sah, dass Bettina Mühe hatte, ihm zu glauben. Er setzte neu an: »Okay. Ich verspreche dir, falls ich je wieder so etwas tun sollte, werde ich dich rechtzeitig informieren und dir nichts mehr verheimlichen.« Es wirkte, und langsam zeigte sich wieder Witz und Kraft in ihren Augen.

»Kannst du mir wenigstens versprechen, dass es die Bösen erwischt hat?«

»Das kann ich mit Bestimmtheit! Das waren Auftragsmörder, übelste Handlanger, skrupellose Verbrecher.«

Spät abends fand Gabathuler endlich auch noch ein paar Stunden Zeit für seine Predigt. Es war weit nach Mitternacht, als er sich schließlich neben Barbara hinlegte, die den Tag mit Lesen und Spazieren verbracht hatte. Gabathuler schlief sofort ein. Doch die Anspannung der vergangenen Tage machte sich bemerkbar. Zudem stand mit seiner Einsetzung ein bedeutender Übergang in seinem Leben bevor. Das alles zusammen war wohl der Grund dafür, dass Gabathuler bereits nach wenigen Stunden wieder hellwach in seinem Bett lag.

Er stand auf, doch als er die Laufschuhe hervorholte, hielt er einen Moment inne. Der routinierte Morgenlauf wollte nicht so recht zum Übergang passen, den er vor sich hatte. Zu viel war geschehen in den vergangenen Tagen und Wochen, und zu bedeutsam war der heutige Tag, als dass er mit der alltäglichen Routine beginnen wollte. Gabathuler sah zum Fenster hinaus. Es war dunkel, und das Dorf lag still da.

Weite Wege war er in den vergangenen Wochen gegangen. »Die Seele kann nur so schnell reisen, wie ein Kamel gehen kann«, lautet angeblich ein arabisches Sprichwort. Und Gabathuler musste feststellen, dass seine Seele noch nicht im Pfarramt von Winterthur-Ganterwald angekommen war. Daher beschloss er, zu Fuß nach Ganterwald zu gehen. Er nahm eine Wanderkarte hervor und suchte einen Weg zu seiner Gemeinde. Dann packte er seine Unterlagen für den Gottesdienst in einen Rucksack und legte Anzug, Schuhe und Talar so bereit, dass Barbara alles leicht finden würde. In einer Notiz bat er sie, ihm die Sachen mitzubringen. Dann machte er sich ein Sandwich und füllte eine Flasche mit Wasser. Zuletzt packte er noch eine Orange in seinen Rucksack. Dann ging er los.

Zu Beginn war es noch so dunkel, dass er seine Schritte sorgfältig setzte. Doch nach und nach passten sich seine Augen an und seine Schritte wurden immer sicherer.

Aufgebrochen war er einst mit dem Ziel, nicht mehr das Böse zu bekämpfen, sondern das Gute zu stärken. Doch seither hatte er vor allem mit dem Bösen zu tun gehabt. Jakovlev hatte sich unerwartet in sein Leben gedrängt, und er, Gabathuler, hatte dessen Treiben endgültig ein Ende gesetzt. Das wiederum hatte ihn ganz unerwartet auf die Spur seines Vaters gebracht. Und zu einer weiteren Leiche, die ihn auf seltsame Weise seinem Vater nähergebracht hatte. Weiter war Gabathuler auf diesem Weg der großen Liebe seines Vaters begegnet. Und deren Tochter, seiner Halbschwester! Die Begegnung mit Bettina war ein einmaliges Geschenk. Ebenso einmalig und schön und doch ganz anders war das Wiederaufflammen der Beziehung zu Barbara. Hoffentlich blieb ihnen ihre Liebe erhalten!

Nichts von alledem hatte er geplant. Im Grunde hatte er den Lauf seines Lebens nicht mehr selber gesteuert, seit er damals im Wald von der Kanzel gestiegen war.

Eigenartig, dachte Gabathuler, wie sich in den vergangenen Wochen Liebe und Tod miteinander vermengt haben. Und hätte er Jakovlev nicht eine Kugel in den Kopf gejagt, wäre das alles wohl nicht passiert. Er hätte keinen Grund gehabt, ins Südtirol zu fahren, und auch Bettina hätte er wohl nie kennengelernt. Schönstes Licht und dunkelste Abgründe dicht beieinander.

Der Weg führte Gabathuler auf einen bewaldeten Hügel. Gabathuler hatte erst wenige Meter zurückgelegt, als er einen Vogel, vermutlich ein Rotkehlchen, zwitschern hörte. Es erinnerte ihn an einen Morgen mit seinem Vater, als sie ebenfalls noch in der Dunkelheit in den Wald gezogen waren. Damals, so war es ihm jedenfalls vorgekommen, begannen unvermittelt alle Vögel laut zu zwitschern. Als hätte sie etwas geweckt. Plötzlich war der dunkle, stille Wald voller Leben. Das laute Gezwitscher hatte ihn darum so beeindruckt, weil es für ihn ja noch dunkle Nacht war. Für die Vögel aber schien der Tag bereits zu beginnen.

Als der Weg die Kuppe des Hügels erreicht hatte, wich Gabathuler vom vorgeschlagenen Wanderweg ab und bog auf eine Straße, die nach Osten und aus dem Wald hinausführte. Dort öffnete sich die Landschaft und gab den Blick in die Weite frei. Gabathuler setzte sich etwas abseits der Straße am Waldrand auf einen Baumstrunk. Er nahm einen kräftigen Schluck aus seiner Wasserflasche und aß sein Sandwich. Danach holte er die Orange hervor, schloss die Augen und atmete den Orangenduft tief ein. Ist nicht das allein schon ein Beweis für den Erfolg des Survival of the Fittest? Ist es nicht schlicht faszinierend, welche Kreativität dieses Prinzip anstößt? Wie sonst sollte ein Baum auf die Idee kommen, diesen Duft in seinen Früchten zu entwickeln, um bei Mensch und Tier Aufmerksamkeit zu erhaschen? Gabathuler genoss jeden Schnitz seiner Orange.

Der Morgen dämmerte. Und weil der Himmel wolkenlos war, konnte er miterleben, wie sich die Sonne langsam über den Horizont erhob. Gabathuler gab sich diesem alltäglichen Wunder hin. Der Himmel färbte sich erst rot und ging dann in das kühle winterliche Gelb über. Schließlich trat die Sonne hervor und flutete die Welt mit ihrem strahlenden Licht. Das konnte nur die Sonne. Gewaltfrei und mit unglaublichem Charme eroberte sie die Welt. Sie lockte, sie verführte. Wer könnte ihr widerstehen? Was für ein Geschenk! Gibt es auch nur einen Menschen, der bei diesem Anblick unberührt bliebe?

Gabathuler packte seine Sachen zusammen und ging weiter. Mit dem anbrechenden Tag wurden auch seine Schritte leichter und schneller, sodass er, als er in Ganterwald eintraf, noch gut Zeit hatte, in der Bäckerei zwei Kaffees zu trinken und ein Schokobrötchen zu essen. Dann ging er in die Kirche. Die Hanselmanns hatten die Kirche schön geschmückt. Zwei große Blumengestecke standen links und rechts vom Taufstein. Der Chor probte noch einmal die schwierigen Stellen mit dem Orchester zusammen. Helfer, die später den Gästen ihre Plätze anweisen sollten, bekamen die letzten Instruktionen. Alles war bereit für die Einsetzung. Gabathuler wurde langsam nervös.

Draußen war der Tatort so weit abgesperrt, dass die Besucher ungehindert zur Kirche und später von dort in den Kirchgemeindesaal gelangen konnten. Sicherheitsbänder wiesen den Weg und die kurzfristig aufgetriebenen, mannshohen Absperrgitter, die mit grünen Planen abgedeckt waren, sorgten für Sichtschutz. Die Spurensicherung hatte ihre Arbeit vor Ort zwar abgeschlossen, aber das Wrack des nun nicht mehr weißen Peugeot 308 stand noch immer da. Es würde wohl erst am Montag abtransportiert werden. Der kircheninterne Krisenstab hatte ganze Arbeit geleistet. Nur um die zerborstenen Fenster der Kirche zu reparieren, dafür hatte die Zeit nicht gereicht, was Gabathuler gar nicht störte.

Im Chor der Kirche hatte Barbara seine Sachen abgelegt, sie musste also auch da sein. Der Gottesdienst konnte pünktlich beginnen. Chor und Orchester eröffneten mit Bachs Kantate. Adrian Müller trug einen schwarzen Anzug mit weißer Krawatte und dirigierte hoch konzentriert, wobei er seinen Auftritt sichtlich genoss. In heiterem Tempo bereitete das Orchester die Stimmung, in die dann der Chor mit seiner Bitte *Nun komm, der Heiden Heiland* einstimmte.

Nach dieser festlichen Eingangsmusik brauchte Dekanin Kneubühler nur noch wenige Worte, um die Gedanken und Herzen der Anwesenden in der Gegenwart zu halten. In einem einzigen Satz erwähnte sie das schreckliche Geschehen vor der Kirche. Dann ging sie sogleich zu einer launigen Begrüßung der Gemeinde über und lenkte schließlich die Aufmerksamkeit auf den neuen Pfarrer.

Kneubühler begann ihre Ansprache mit den Worten: »Wo der Geist des Herrn ist, da ist Freiheit.« Sie sprach von der Freiheit und von der persönlichen Verantwortung, die jeder Einzelne schultern müsse. Und dass dies insbesondere für den Pfarrberuf gelte, der doch große Freiheiten mit sich bringe, aber damit eben auch große Verantwortung.

Als sie geendet hatte, stand der Solotenor auf und sang *Bewundert, o Menschen, dies große Geheimnis*.

Danach war der Moment gekommen, dass der neue Pfarrer in sein Amt eingesetzt würde. Kneubühler und Gabathuler traten vor die Gemeinde. Auf Kneubühlers Frage hin gelobte Gabathuler, seinen Dienst am Wort Gottes mit seinem Leben zu bezeugen, wo immer er hinberufen werde. Darauf sang die Gemeinde alle drei Strophen von *Nun ist vorbei die finstre Nacht*.

Anschließend bestieg der frisch eingesetzte Pfarrer zum ersten Mal die Ganterwalder Kanzel. Von hier oben konnte er den ganzen Raum überblicken. Die Kirche war voll. Er sah vertraute Gesichter wie die der versammelten Kirchenpflege. Dahinter, etwa in der Mitte des Schiffs, saß Barbara. Auf der anderen Seite konnte er Bettina erkennen und neben ihr Jeannine. Weiter hinten machte er sogar Frank aus. Dass sein Freund gekommen war, freute ihn besonders. Einen Moment lang ließ er den Anblick der vollen Kirche auf sich wirken. Dann begann er mit seiner Antrittspredigt.

Darin klang das an diesem Morgen Erlebte nach. Er sprach von den Vögeln, die bereits vor Sonnenaufgang ihr Lied sangen. Und er sprach vom Licht der Sonne, die jeden Morgen von Neuem aufging, als wäre es der erste Tag.

Nach dem Gottesdienst verabschiedete er die Gemeindeglieder am Ausgang, bis ihm Walter Rohner zu verstehen gab, dass er nun in den Gemeindesaal kommen solle. »Es wurden noch ein paar Grußworte angekündigt«, sagte er, nahm Gabathuler beim Arm und führte ihn an der abgesperrten Explosionsstelle vorbei hinüber ins Kirchgemeindehaus. Dort gelang es Gabathuler, noch kurz auf die Toilette zu verschwinden und den Talar auszuziehen. Beim Händewaschen blickte er in den Spiegel. »Nun bist du's! Der Herr Pfarrer Gabathuler. Hast dich gar nicht verändert. Oder doch?« Er atmete noch einmal tief durch und betrat schließlich den Saal, der schon gut gefüllt war.

Eine der Helferinnen reichte ihm ein Glas Wein. »Herzlich willkommen, Herr Pfarrer!«

Gabathuler bedankte sich, kam aber nicht viel weiter. Schon stand eine ältere Dame vor ihm und sprach ihn mit strahlendem Gesicht an: »Sie hatten ja gar nichts aufgeschrieben! Das war großartig.«

»Sie haben mich mit Ihrer Predigt sehr angesprochen. Herzlichen Dank«, meinte eine weitere Frau, die gleich neben der ersten Dame stand. So bewegte Gabathuler sich langsam durch die Anwesenden, die allesamt fröhlich gestimmt waren.

Rohner schlug an sein Glas und bedankte sich bei allen fürs Kommen. Dann begrüßte er Pfarrer Gabathuler. »Aber: Darf ich die Helferinnen bitten, mit den köstlichen Häppchen auch einmal bei unserem Herrn Pfarrer vorbeizugehen? Wir wollen ja nicht, dass er schon am ersten Tag bei uns verhungert.« Ein Lachen ging durch die Anwesenden, und drei Damen machten sich gleichzeitig auf, Gabathuler mit ihren belegten Brötchen zu beglücken.

Nach den offiziellen Reden und Gegenreden löste sich die festliche Schar bald auf. Als auch die Letzten zum Aufbruch bliesen, war die Mittagszeit schon fast vorüber, und Gabathuler merkte, wie sein Blutzuckerspiegel in den Keller gesunken war. Rohner erlöste ihn, indem er verlauten ließ, dass man – also die Mitglieder der Pfarrwahlkommission sowie die Mitarbeitenden – sich nun zum Mittagessen begeben würde. Die geladenen Gäste wechselten in den nur wenige Hundert Meter entfernten Gasthof zur Sonne. Und so klein sich die Gruppe der Verbliebenen in dem großen Saal angefühlt hatte, so groß war sie plötzlich, als sie sich im Restaurant in der altehrwürdigen Stube einer vormaligen Industriellenvilla wiederfand.

Barbara hatte eingewilligt, als seine Begleitung mitzukommen. Da sie noch niemand kannte, wurde sie mit entsprechender Aufmerksamkeit bedacht. Das schien ihr nicht zu widerstreben, obgleich sie sich noch etwas unsicher in diesem für sie neuen Umfeld bewegte. Die Gesellschaft war spät dran, und die Küche stand mit der Vorspeise schon in den Startlöchern. Gabathuler sprach ein Gebet, dann wurde der erste Gang aufgetischt. Die Stimmung wechselte schnell von befangen zu munterem Geplauder. Es konnte nicht ausbleiben, dass auch über die Explosion am Freitagabend gerätselt wurde. Natürlich konnte sich niemand einen Reim auf dieses Ereignis machen. Und die Hanselmanns fragten sich, ob ihr Arbeitsplatz noch sicher sei. Der Nachmittag war schon weit fortgeschritten, als man auseinanderging.

In den darauffolgenden Tagen nahm die Adventszeit ihren Lauf. Gabathuler gestaltete Altersheimandachten, gab Konfirmandenunterricht und hielt die ersten Beerdigungen. Sonntags predigte er, und werktags versuchte er, sich in sein Aufgabenfeld einzuarbeiten. Gabathuler wollte in einem ersten Schritt vor allem die Mitarbeitenden kennenlernen. Er nahm sich daher viel Zeit, um bei Pausenkaffees dabei zu sein, mit Mitarbeitern gemeinsam zu Mittag zu essen oder sich bei informellen Besprechungen bei Mandarinen und Erdnüssen etwas treiben zu lassen.

Im Übrigen genoss er das Zusammensein mit Barbara. Auf Spaziergängen erkundeten sie den Stadtteil Ganterwald. Und im Hinblick auf den bevorstehenden Einzug ins große Pfarrhaus stand ihm Barbara mit Rat und Tat beiseite. Möbel mussten bestimmt, Vorhänge ausgesucht und Zimmer eingerichtet werden. Sie gingen durch die mittlerweile leeren Räume und nahmen Maß, studierten die Küche und die Nasszellen. In den Läden der Winterthurer Altstadt ließen sie sich inspirieren. Es mussten Töpfe und Geschirr, aber auch Möbel für das Esszimmer und eine Polstergarnitur für das Wohnzimmer angeschafft werden. Und wenigstens ein paar Bilder sollten die zahlreichen Wände zieren. Immerhin galt es, ein ganzes Pfarrhaus zu möblieren, und Gabathuler hatte wenig Übung darin, einem Heim das gewisse Etwas zu verleihen. Er war froh, dass Barbara ihm dabei zur Hand ging. Je länger sie in den unterschiedlichsten Läden unterwegs waren, desto bestimmter trat sie auf und lenkte ihn mit sicheren Schritten zu den stilvollen Möbeln, zum passenden Besteck und zur stimmigen Geschirrauswahl. Sie zeigte ihm die benötigten Töpfe, Schüsseln und Kochlöffel für die Küche und sie erklärte ihm, wann es sich lohnte, für Qualität etwas mehr zu bezahlen, und in welchen Fällen er gut die günstigere Lösung wählen konnte.

Ansonsten waren die Tage bis Weihnachten, mal abgesehen davon, dass es die Tage vor Weihnachten waren, ziemlich unspektakulär. Gabathuler arbeitete viel. Er versuchte aber auch, gewisse Rituale in die Pfarramtszeit hinüberzuretten. Er stand jeden Morgen sehr früh auf und absolvierte sein Training. Wenigstens eine halbe Stunde Joggen und eine weitere halbe Stunde Krafttraining mussten drin sein.

Zwei Momente stachen aus den adventlichen Tagen

heraus. Der erste war ein Gespräch mit Barbara. An einem Adventssonntag brachen sie nach dem Mittagessen zu einem Spaziergang auf die Ganterwalder Höhe auf. Als Barbara nach längerem Schweigen mit »Darf ich dich etwas fragen?« einsetzte, wusste Gabathuler, dass sie ein wichtiges Thema anschneiden würde. »Aber klar, nur zu!«, antwortete er und signalisierte seinerseits volle Gesprächsbereitschaft.

»Ein Leben ohne Gewalt ist dir offensichtlich nicht möglich«, begann Barbara, und als Gabathuler etwas entgegnen wollte, gab sie ihm zu verstehen, dass er sie nun nicht unterbrechen soll. »Jakovlev, die drei Gangster vor der Kirche – ich weiß nicht, wie tief du da drin steckst. Aber du scheinst diese Situationen anzuziehen. Ich muss herausfinden, ob ich damit leben kann. Vor allem aber: Wie bringst du das zusammen? Ich meine, du bist jetzt Pfarrer! Stehst du da nicht mit deinem ganzen Leben für etwas anderes ein? Gewaltlosigkeit, Nächstenliebe, Erbarmen, Gnade ... Such's dir aus! Wie kannst du damit leben?«

»Ich muss damit leben«, antwortete Gabathuler. »Offensichtlich gehören diese Extreme zu mir.«

»Aber wie machst du das?«

»Irgendwo habe ich mal gelesen: ›In der Kirche habe ich gelernt: Wenn dich einer auf die rechte Backe schlägt, dann halte ihm auch die andere hin. Im Nahkampfkurs habe ich gelernt: Ein Tritt in die Hoden des Feindes legt diesen am sichersten um.‹ Was gilt nun?«

»Was fragst du mich? Du bist doch der Pfarrer!«, entgegnete Barbara sichtlich irritiert.

»Natürlich ist es die Aufgabe der Menschen in den Kirchen, Gewaltlosigkeit zu leben. Andererseits braucht es manchmal auch einfach einen Tritt in die Eier.«

»Aber wer entscheidet das?«

»Das muss man von Fall zu Fall entscheiden. Und dann mit dieser Entscheidung leben.«

»Wird die Gewalt in unserem Leben je ein Ende haben?«

Diese Frage berührte ihn. Gabathuler blieb stehen. Er blickte in Barbaras Augen und sagte: »Ich bin nun Pfarrer, Barbara. Die Einsetzung am ersten Advent war für mich nicht einfach ein besonders feierlicher erster Arbeitstag. Für mich war das der Start in einen neuen Lebensabschnitt. Und daher gehe ich davon aus, dass die Verbrecherjagd und die damit verbundene Gewalt nun ein Ende haben. Aber die Ereignisse der vergangenen Wochen, das war … da haben mich Dämonen der Vergangenheit eingeholt. Und ich kann nicht versprechen, dass die mich nie wieder überfallen werden.«

Barbara dachte kurz nach und nickte dann. »Das ist mal eine ehrliche Antwort.«

Der zweite Moment, der aus dem adventlichen Alltag herausstach, folgte am nächsten Morgen. Barbara und Gabathuler waren an jenem Sonntagabend nach Andelfingen gefahren. Gabathuler hatte sich fest vorgenommen, den Montag als »Pfarrersonntag« hochzuhalten und an diesem Tag nicht zu arbeiten. So saßen sie am Montagmorgen um zehn Uhr noch beim Frühstück, als es klingelte. Etwas erstaunt ging Gabathuler zur Tür, während Barbara sich einen Morgenrock anzog. Vor der Tür stand Werner Stucki.

»Du hast ja gesagt, ich könne gerne mal vorbeischauen. Und weil ich gerade in der Gegend war, dachte ich, ich versuch's mal.«

Ich sagte aber auch, du sollst vorher anrufen, dachte Gabathuler bei sich, meinte aber nur zu Stucki: »Selbstverständlich. Komm herein. Wir sind noch beim Frühstück. Kann ich dir einen Kaffee anbieten?«

»Um Gottes willen, nein! Ich will nicht lange stören.« Sie begaben sich ins Esszimmer, wo Gabathuler den Neuankömmling Barbara vorstellte. Sie begrüßte Stucki mit einem Nicken und nippte dann an ihrer Kaffeetasse.

»Du siehst, viel Platz hatten wir nicht. Hier haben wir gegessen, da habe ich geschlafen, bis mein Vater den Dachstock ausgebaut hatte. Dann durfte ich nach oben ziehen. Und hier drüben schliefen meine Eltern. Komm, ich zeig es dir. Die Büchse meines Vaters hängt noch über dem Bett wie damals.« Sie betraten das elterliche Schlafzimmer. Stucki schaute sich kurz um. Beim Blick auf die Büchse sagte er fachmännisch: »Ein Karabiner 98k. Ein altes, aber immer noch beliebtes Gewehr unter Jägern. Ist sehr zuverlässig.« Damit hatte sich sein Interesse an diesem Zimmer erschöpft. »Und oben, sagtest du, hast du gewohnt?«

»Ja, das kann ich dir auch zeigen. Es wird dir aber wenig über meinen Vater sagen. Zudem ist es nicht gerade aufgeräumt. Das ist jetzt unser Schlafzimmer«, sagte Gabathuler und wies mit der Hand auf Barbara und sich selbst.

»Lass mal. Das muss nicht sein. Darf ich noch einen Blick in dieses Zimmer werfen?«

»Sicher. Das haben wir als Gästezimmer benutzt und unsere Wäsche drin aufbewahrt.« Gabathuler ging voran. Das Zimmer war nicht groß, und daher hatte es Stucki ebenfalls schnell in Augenschein genommen. Er wollte schon wieder den Raum verlassen, als sein Blick auf den Schrank, genauer auf den Boden unter dem Schrank fiel. »Oh, ist dir etwas hinter den Schrank gefallen?«

»Wieso fragst du?«

»Na, der Boden ist zerkratzt. Sieht aus, als hättest

du ihn verschieben müssen«, sagte Stucki. Gabathuler blickte auf den Boden und dann zu Stucki. Er war beeindruckt, wie genau der junge Polizist beobachtete. »Du hast recht. Ich musste den Schrank nach vorne ziehen, weil die Rückwand lose ist und gelegentlich rausfällt. Ich habe noch keinen Weg gefunden, wie ich sie zuverlässig fixieren kann.«

Wieder ließ Stucki einen fachmännischen Ton anklingen und sagte: »Ja, mit diesen alten Möbeln kann das schon schwierig werden. Normalerweise sind die ja ganz gut gearbeitet. Aber wenn dann mal was aus den Fugen fällt, hat man ein Problem. Darf ich mir das mal anschauen?«

Gabathuler zögerte einen Moment.

»Ich bin gelernter Schreiner«, erklärte Stucki, »vielleicht kann ich dir einen Tipp geben.«

»Ach, ich will dir doch keine Arbeit machen, Werner. Du hast genug zu tun mit den Ermittlungen«, antwortete Gabathuler.

»Das ist doch keine Arbeit. Ich schau mir das nur kurz an.« Mit diesen Worten machte sich Stucki ans Werk und schob den Schrank von der Wand weg. Gabathuler gesellte sich dazu und wies auf die Rückwand des Schranks. Stucki machte sich mit einem Finger daran zu schaffen, und schon kam ihm die Wand entgegen. »Ich verstehe«, sagte Stucki, »die ursprünglichen Nägel finden keinen Halt mehr, und um neue Nägel einzuschlagen ist der Platz zu knapp. Ich würde es mit Klebstoff versuchen. Oder an der Innenseite eine neue Leiste anfügen, in die du dann die Nägel … hoppla!« Stucki hatte sich, ähnlich wie Gabathuler vor einigen Jahren, an der Zimmerwand abgestützt und dabei die eine Leiste nach innen gedrückt. Gabathuler sagte nichts. Gespannt schaute er auf Stucki und die Wand hinter ihm.

»Da ist eine Leiste in der Täfelung locker und dahinter … scheint ein kleiner Freiraum zu sein.« Stucki machte ein überraschtes Gesicht. Gabathuler schwieg. Stucki entfernte die Leiste ganz. Gabathuler biss sich auf die Unterlippe. Stucki linste in den dahinter liegenden Hohlraum, dann griff er mit der einen Hand hinein und zog sie langsam wieder hervor. Sie war leer. »Leer«, benannte er das Offensichtliche. Seine Enttäuschung konnte er nur schwer verbergen.

»Das wäre ein ideales Versteck für Wertsachen.«

»Oder für eine Waffe«, sagte Stucki nachdenklich.

»Mir wäre es lieber gewesen, mein Vater hätte Schmuck darin versteckt, den ich nun für teures Geld verkaufen könnte.«

Stucki war verärgert. Er hatte zweifellos gehofft, etwas zu finden. »Nun«, meinte er schließlich, »jetzt weißt du wenigstens, wo du deine Wertsachen verstecken kannst.« Er schob den Schrank wieder zurück an seinen Platz. »Dann geh ich mal.« Sein ungeordneter Haarschopf unterstrich nun seine Verunsicherung. »Danke für die Führung durch dein Haus.« Gabathuler geleitete Stucki an die Tür, der sich ohne Columbo-Moment verabschiedete. Daher übernahm Gabathuler den Part und rief: »Werner!« Stucki drehte sich erstaunt um. »Eine Frage hätte ich noch.«

»Ja?« Stucki kam wieder etwas näher.

»Was, wenn es ein Insider-Job gewesen ist?«

»Insider? An wen denkst du?«

»Jakovlev wollte ja aussteigen aus dem Mafiageschäft. Was, wenn das die Russenmafia nicht so toll fand, Jakovlev umbrachte und am Schluss alles der Nase in die Schuhe schob?«

»Du kennst das Business wirklich gut«, sagte Stucki anerkennend. »Das ist genau die Strategie, die die Nase bisher verfolgt. Er behauptet, andere hätten es getan und die Spuren so gelegt, dass sie auf ihn weisen.«

»Aber?«, fragte Gabathuler nach.

»Dann bleibt immer noch offen, wie es sein kann, dass zwei Menschen im Abstand von dreißig Jahren mit derselben Waffe erschossen wurden.«

»Könnte das nicht Zufall sein?«

Stucki hob die Schultern. »Möglich ist alles. Nur, ich glaube nicht an Zufälle.« Stucki schaute in die Ferne. Dann sagte er schulterzuckend: »Ach, ich weiß doch auch nicht. Entschuldige die Störung!« Damit verabschiedete sich Stucki und ging zu seinem Auto.

Gabathuler schloss die Tür und ging zurück in die Wohnung. Ein triumphierendes Lächeln lag auf seinem Gesicht. Es hatte sich ausgezahlt, den jungen Polizisten nicht zu unterschätzen. Auch ihm waren die Kratzspuren auf dem Holzboden aufgefallen. Daher hatte er die Büchse aus ihrem sicheren Versteck genommen und – nachdem er Sprengstoff und Zünder aus den Kisten unter seinen Drums hervorgeholt hatte – dort unter den Brettern, dem Teppich und dem Schlagzeug versorgt. Gabathuler ging in die Küche, machte sich einen Kaffee und rief ins Esszimmer: »Kann ich dir auch noch einen Kaffee machen, Barbara?«

Besonders freute sich Gabathuler auf den Gottesdienst an Heiligabend. Eine weitere Kantate von Johann Sebastian Bach stand auf dem Programm. Schon seit geraumer Zeit probte der Chor dieses virtuose Stück. Adrian Müller legte Wert darauf, an diesem speziellen Abend einen guten Eindruck zu hinterlassen.

Gabathuler seinerseits hatte Erwin Hanselmann gebeten, es mit den Reparaturen an der Kirche nicht allzu schnell angehen zu lassen. Ihm gefiel die Vorstellung, dass sie selber in der Christnachtfeier bei kaputten Fenstern und einer nicht ganz dichten Eingangstür die Lieder vom armen Jesulein singen und von jenem Paar erzählen würden, das keine Herberge gefunden hatte und stattdessen in einem kalten, unbeheizten Stall unterkommen musste. Wenigstens ein kleines Stück Unvollkommenheit sollte in der Weihnachtsfeier von Ganterwald erfahrbar werden. Die Hanselmanns waren dabei. Ohne Diskussion.

Und so kam schließlich Heiligabend. Der Chor jubelte so herzlich *Gloria in excelsis Deo*, dass die zu Beginn irritierende Kälte im Kirchenraum bald vergessen war. Überdies ließ Gabathuler viele Lieder singen, die den Menschen zu Herzen gingen und Leib und Seele wärmten. Selbstverständlich stand auch *Stille Nacht, heilige Nacht* auf dem Programm. »Dieses Lied musst du unbedingt singen lassen in der Christnacht«, hatte ihm Andreas Bachmann mitgegeben. »Glaub mir! Das ist wichtig für die Menschen, die kommen.« Und nun sah es auch Gabathuler. Im ganzen Kirchenraum verteilt, erspähte er singende Menschen, denen Tränen über die Wangen liefen.

Dann predigte Gabathuler über den Engel, der an Weihnachten den Hirten auf dem Feld zurief: »Siehe, ich verkündige euch große Freude, die allem Volk widerfahren wird.« Er sprach über die Freude und auch über das Volk, dem die Freude galt. Er sprach davon, dass allen Menschen, unabhängig von Herkunft, Geschlecht, Glaube und was es da an Unterschieden auch noch geben mochte, diese Freude verheißen sei.

Es war eine schöne Feier. Eine Feier, wie er sie von früher her kannte. Was etwas aus dem Rahmen fiel, war jener Mann, der ihn unentwegt freundlich anlächelte, ihn beinahe fixierte. Die Frau neben ihm tat es dem Mann gleich. Beide waren wohl gut sechzig Jahre alt, eher klein und rundlich gebaut. Als Gabathuler auf die Kanzel stieg und seine Predigt hielt, musste er bewusst andere Punkte im Raum anschauen, damit er von den beiden freundlichen Gesichtern nicht abgelenkt wurde.

Nach dem Gottesdienst wartete Gabathuler draußen vor der Kirche, drückte allen die Hand und wünschte ihnen frohe Weihnachten. Und die Männer und Frauen, die die Kirche verließen, bedankten sich für die wunderschöne Feier, staunten über den tollen Chorgesang, und nicht wenige gaben ihrer Freude Ausdruck, dass sie so viele schöne Lieder hatten singen können. Neben Gabathuler stand Tillmann Kunz, der Liegenschaftsverwalter, der sich auch um die Mietangelegenheiten der Jakovlevs gekümmert hatte. Gemeinsam schüttelten sie freundlich lächelnd die vielen Hände. Und wieder fiel Gabathuler dieser Mann auf, der sich im Gedränge langsam auf ihn zubewegte und ihn mit seinem freundlichen Blick fixierte. An seinem Arm führte er seine ebenfalls lächelnde Ehefrau mit. Als die beiden schließlich bis zu Gabathuler vorgedrungen waren, ergriff der Mann Gabathulers Hand mit seinen beiden Händen, schüttelte sie kräftig und strahlte ihn fröhlich an. Dann sagte er etwas, das Gabathuler aber nicht verstand. Er antwortete einfach mit einem herzlichen Lachen, denn die nächsten Gemeindeglieder wollten verabschiedet werden. Das Ehepaar ging weiter und drückte auch Tillmann Kunz fest die Hand. Gabathuler folgte den beiden mit einem Ohr und merkte, dass Kunz ganz selbstverständlich auf deren Worte reagierte. Als sie weitergezogen waren, fragte er ihn: »Haben Sie verstanden, was der Mann da gesagt hat?«

»Aber klar«, antwortete Kunz. »Er wünschte ›Fröhliche Weihnachten!‹ – auf Russisch.«

ENDE

Dank

Großen Dank schulde ich Karin Aeschlimann. Ihr aufrichtiges, kritisches Feedback war für das Werden dieses Debüts entscheidend.

Zu danken habe ich zudem Martin Müller, einem ehemaligen Kriminalpolizisten. Er hat mich in Ermittlungsfragen stets bereitwillig beraten. Ein weiterer Dank geht an Fabian Wildenauer. Der Pfarrer ist auch Jäger und beantwortete geduldig meine Fragen zur Welt der Jagd. Ebenso danke ich der Psychotherapeutin Susan Falck für wertvolle Hinweise. Was in fachlicher Hinsicht an diesem Buch korrekt ist, ist das Verdienst dieser drei. Allfällige Ungenauigkeiten sind einzig der Kreativität des Autors geschuldet.

Den Testleserinnen Monika Russi Balli, Cécile Schwarzenbach und Andrea Verhoek danke ich für wertvolle Rückmeldungen. Derselbe Dank geht auch an Lukas Spinner.

Ein besonderer Dank gilt Daniel Kampa für die Aufnahme dieses Buches ins Programm des Atlantis Verlages. Meike Stegkemper danke ich für die aufmerksame Betreuung des Debütanten. Schließlich habe ich René Stein für die sorgfältige Durchsicht des Manuskripts zu danken.

Der größte Dank aber geht an meine Frau, Christine Stückelberger-Ferrario. Ohne ihre große und großartige Unterstützung hätte ich diese Geschichte gar nicht erst schreiben können. Danke für alles!